Lotti Harlow liebt Bücher genau so sehr, wie das Meer. Was ist da naheliegender, als beides zu vereinen und Romane zu schreiben, die stets in der Nähe der Küste spielen? Wenn sie nicht gerade selbst am Laptop sitzt und Ideen auf Papier bannt, hört sie gerne Musik und träumt sich dabei an die entlegensten Orte.

Bis ihr Traum vom eigenen Haus am Meer wahr wird, lebt sie mit ihrem vierbeinigen Begleiter in einem kleinen Dorf auf dem Land und arbeitet im Programmmanagement bei einem Verlag.

LOTTI HARLOW

EIN BISSCHEN Cornwall IM Herzen

EIN CORNWALL-LIEBESROMAN

Erstausgabe Juni 2023

Copyright © 2023 dp Verlag, ein Imprint der
dp DIGITAL PUBLISHERS GmbH
Made in Stuttgart with ♥
Alle Rechte vorbehalten

Ein bisschen Cornwall im Herzen

ISBN 978-3-98778-404-0
E-Book-ISBN 978-3-98637-639-0
Hörbuch-ISBN: 978-3-98637-642-0

Covergestaltung: ARTC.ore Design
Covergestaltung: ARTC.ore Design / Wildly & Slow Photography
Unter Verwendung von Motiven von
shutterstock.com: © Le Do, © Konmac, © Albert Pego, © Andrew
Roland, © SeDmi, © Helen Hotson
Lektorat: Mona Dertinger
Satz: dp DIGITAL PUBLISHERS GmbH
Druck und Bindung: Books on Demand GmbH, Norderstedt

Kapitel 1

Hallo und willkommen bei Rumpel aus der Tonne ... oder so ähnlich

Die Türklingel lässt mich hochfahren. Verwirrt blicke ich auf, fahre mir über die müden Lider. Ich muss eingeschlafen sein. Der Fernseher läuft im Hintergrund. Sheldon Cooper stößt gerade mal wieder seine Freunde vor den Kopf und bringt alle gegen sich auf. Die Folge kenne ich beinahe auswendig, kann den Text gedanklich mitsprechen, so oft habe ich diese Serie in den letzten Wochen gesehen.

Erneut klingelt es und ich hieve mich vom Sofa, dabei fällt mir die Chipspackung von der Brust, die ich dort geparkt und vollkommen vergessen habe. Der Dielenboden knarrt bei jedem Schritt bis zur Gegensprechanlage.

»Hallo?«, frage ich in den Hörer und lausche. Straßengeräusche dringen zu mir, Passanten unterhalten sich, Autos fahren im Hintergrund.

»Ich bins«, flötet meine beste Freundin Mimi.

Kurz spiele ich mit dem Gedanken, sie vor der Tür stehen zu lassen und mich tot zu stellen. Das Level an Fröhlichkeit, das sie versprüht, jagt mir bereits eine Gänsehaut über die Arme und ist das Letzte, worauf ich gerade Lust habe.

»Du hast bereits hallo gesagt, Carla. Die Nummer mit dem Totstellen funktioniert nicht mehr«, meint Mimi und ich muss grinsen. Sie kennt mich zu gut. Und hat recht. Deswegen drücke ich den Knopf, der die Eingangstür unten öffnet, und ziehe die Wohnungstür einen Spaltbreit auf. Danach schlurfe ich zurück ins Wohnzimmer, sinke auf die Couch. Durch die großen Fenster scheint die Sonne ins Innere der Wohnung, steht im Kontrast zu meiner schlechten Laune, die gegen minus unendlich strebt.

Aus dem Treppenhaus höre ich Schritte. Mimi betritt die Wohnung, lässt die Tür hinter sich ins Schloss fallen. Mit einem lauten Knall landet ihre Tasche auf dem Boden, dann streift sie sich die Schuhe von den Füßen und kommt zu mir ins Wohnzimmer.

»Scheiße«, entfährt es ihr. Das Grinsen rutscht ihr einen Moment von den Lippen, bevor sie sich fangen kann. Seit sie Mutter geworden ist, trägt sie häufig bequeme Hoodies, die ihr einige Nummern zu groß sind. Dazu schwarze Leggins. Ihr dunkles Haar hat sie zu einem praktischen Pferdeschwanz zusammengefasst. »Was zur Hölle ist denn hier passiert?«

Ich betrachte das Chaos, das ich in den letzten Tagen hinterlassen habe. Auf dem Couchtisch stapeln sich Kartons vom Lieferservice. Auf dem Boden liegen leere

Wasserflaschen und Süßigkeitenverpackungen, dazwischen schmutzige Wäsche. Im Flur häufen sich die Pakete, die seit Montag angekommen sind. Die Motivation, sie zu öffnen, konnte ich einfach nicht aufbringen.

Mimi wischt die Chips, die vorhin aus der Packung gefallen sind, vom Sofa und setzt sich neben mich, seufzt.

»Wann hast du das letzte Mal geduscht?«

»Welchen Tag haben wir?«

»Freitag.«

Oh. Wirklich? »Gestern«, lüge ich und streiche mir eine dunkelblonde Strähne aus dem Gesicht. Tatsächlich fühlt sie sich fettig an.

»Sicher«, meint Mimi. »Gelüftet?«

Dieses Mal zucke ich bloß mit den Schultern. Wahrscheinlich sollte es mir peinlich sein, allerdings ist es mir vielmehr egal. Wozu duschen? Wozu lüften? Alles hat seinen Sinn verloren.

»Scheiße«, keucht Mimi auf einmal und ich wende mich ihr zu. Ihre Augenbrauen berühren beinahe ihren Haaransatz, ihr Mund ist vor Entsetzen verzerrt. Den Blick hat sie auf meine Beine gerichtet. »Seit wann besitzt du eine Jogginghose? Damit ist es offiziell, du hast die Kontrolle über dein Leben verloren.«

Soll ich lachen? Oder besser weinen? Ich entscheide mich für Ersteres und strecke Mimi die Zunge raus. Damit hat sie nur die Worte meines festen Freundes David wiederholt, der diese Meinung vertritt. »Das ist dir erst durch die Jogginghose bewusst geworden?«

Mimi steht auf. »Jetzt übertreibst du.«

»Es waren deine Worte.«

»Nur ein Scherz, Rumpel. Ich wollte einmal klingen wie David.« Allerdings wissen wir beide, dass in jeder

Aussage etwas Wahrheit steckt. Und es stimmt, ich habe das Ziel im Leben verloren. Das Wichtigste, das ich hatte. Das Einzige, das mich seit Jahren ausgemacht hat – meine Stimme. Oder besser gesagt: Meine Kreativität ist versiegt. Es gibt nichts mehr, was ich zu sagen habe. Und das als Kolumnistin, Autorin und Influencerin.

Mimi geht zum Fenster, reißt es auf und lässt damit nicht nur warme Sommerluft, sondern auch den Lärm von Frankfurts Innenstadt herein. Brummend ziehe ich mir die Decke über den Kopf und rolle mich auf dem Sofa zusammen. Das schöne Wetter treibt meine Laune weiter in den Keller. Wobei, eigentlich ist sie mittlerweile sowieso beim Erdkern angelangt. Viel tiefer geht nicht.

»Du gehst jetzt duschen, danach sieht die Welt wieder besser aus«, meint Mimi.

»Weil eine Dusche alle Probleme lösen kann.«

Mimi schnaubt. »Wohl kaum. Allerdings wären dir meine Nase und wahrscheinlich sogar die Nachbarn dankbar.«

»Willst du mir durch die Blume sagen, dass ich stinke?«

»Vergiss die Blume. Mädchen, du stinkst wie ein Puma.«

Ich grinse. »Nett, wirklich ...«

»So bin ich.« Mimi deutet eine Verbeugung an. »Immer stets zu Diensten, um dir die knallharte Wahrheit direkt ins Gesicht zu sagen. Ich stehe dir 24 Stunden 365 Tage im Jahr zur Verfügung. Bis ans Ende deines Lebens.«

»Wohl eher bis ans Ende *deines* Lebens«, entgegne ich trocken.

Mimi plustert die Wangen auf. »Ey.«

»Was denn, du wolltest doch die knallharte Wahrheit.«

»Nur aus meinem Mund und anderen gegenüber. Hören will ich sie eher weniger.«

Nun lache ich. »Ach so, ist klar. Aber gut, dann nehme ich deine Dienste in Anspruch – bis ans Ende unseres Lebens.«

»Kannst du«, bestätigt Mimi und scheucht mich von der Couch auf, nachdem ich weiterhin keine Anstalten mache aufzustehen. »Und jetzt: Geh!«

Wie befohlen erhebe ich mich. Im Bad schließe ich die Tür hinter mir und sinke einige Sekunden dagegen. Dann gehe ich zum Waschbecken, stütze mich darauf ab und werfe einen Blick in den Spiegel. Beinahe erschrecke ich vor mir selbst. Müde blicken mir zwei blaue Augen entgegen, unter denen tiefe Schatten liegen. Das Haar hängt mir strähnig ins Gesicht, verdeckt die Sommersprossen auf den Wangen, die jeden Sommer aufs Neue auftauchen, nur um im Winter wieder zu verblassen.

Ich schäle mich aus den Klamotten, schmeiße sie direkt in die Wäsche und steige dann unter den heißen Wasserstrahl. Mit geschlossenen Augen lehne ich gegen den kalten Kacheln und seufze. Meine Gedanken rasen, während ich gleichzeitig keinen davon zu fassen bekomme. Wahrscheinlich ist es Selbstschutz, denn auf keine einzige der Fragen, die mir durch den Kopf gehen, habe ich einen Antwort.

Was soll ich tun? Wie wird es weitergehen? Habe ich den richtigen Weg gewählt? Soll ich ihn weiter gehen oder lieber umdrehen? Neu anfangen?

Neu anfangen?

Wie lächerlich.

Ich bin Ende Zwanzig, langsam sollte ich den Dreh raus haben, sollte wissen, wie das Leben funktioniert, oder? Während meine Freunde heiraten, Kinder kriegen und Häuser bauen, mache ich lustige Videos, die ich im Internet hochlade. Ganz zu Davids Missfallen.

»Carla?« Mimi klopft gegen die Tür. »Hör auf, die Dinge kaputt zu denken.«

Lachend öffne ich die Augen. »Geh weg.«

Zehn Jahre Freundschaft führen wahrscheinlich unweigerlich dazu, dass man sich irgendwann so gut kennt, dass man die Handlungen und Gedanken der anderen voraussagen kann. Wir haben so viel gemeinsam durchlebt, unsere Freundschaft war mal laut, mal leise. Aber wir haben uns nie aus den Augen verloren, im Gegenteil, sind nur enger zusammengewachsen.

Schnell wasche ich mir das Haar, schrubbe die letzten Tage von der Haut und trete aus der Dusche. Tatsächlich fühle ich mich besser. Allerdings ist Mimi die Letzte, der ich das auf die Nase binden würde.

»Noch mehr Jogginghosen?«, stellt Mimi fest, als ich in frischen Klamotten aus dem Schlafzimmer schlurfe. In der Hand habe ich einen pinken Labello, der nach Kirsche riecht, und trage ihn auf die Lippen auf. Der süße Geruch steigt mir in die Nase und ich schließe die Lider eine Sekunde. Wie sehr habe ich das vermisst. Leider bin ich ziemlich süchtig nach den Dingern.

Dann gehe ich zu Mimi, bemerke ihren Blick und erinnere mich an die Frage. Ich zucke mit den Schultern. »Verstecke sie vor David.«

»Wo ist er eigentlich?«

»Hat Nachtdienst diese Woche, deswegen verbringt er die Zeit in seinen eigenen vier Wänden.«

Mimi legt die Stirn in Falten. »Das erklärt die Unordnung.«

»Was soll das denn heißen?« Ich verschränke die Arme vor der Brust.

»David würde es keine fünf Minuten in diesem Chaos aushalten, ohne sich lautstark zu beschweren.« Wohl wahr. »Wobei er sich wahrscheinlich genauso laut über deinen Zustand beklagen würde.« Auch wahr. Deswegen habe ich diese Woche in vollen Zügen ausgenutzt, um in Selbstmitleid zu baden.

Ich blicke mich im Wohnzimmer um. »Oh nein, was ist mit dem Chaos passiert.«

»Habe ich beseitigt.«

»Dabei habe ich mir so viel Mühe damit gegeben.«

Mimi lacht. »Hab ich gemerkt.«

Der Duft von frischem Kaffee dringt zu mir und ich ziehe die Nase kraus. Noch etwas, das es nur dank David in meiner Wohnung gibt – eine Kaffeemaschine. Alleine bei dem Geruch zieht sich mein Magen zusammen. Mimi weiß das, allerdings würde ich es nie wagen, mich zwischen sie und ihre Sucht nach dem braunen Gebräu zu stellen. Da hört die Freundschaft bei ihr nämlich wirklich auf.

Mimi setzt sich aufs Sofa, deutet auf eine große Tasse auf dem Couchtisch. »Deine Kolumne geht also in die Sommerpause?«

»Ja«, bestätige ich und gehe zu ihr, greife nach dem Himbeertee. Der süße Geschmack zergeht auf meinen Geschmacksknospen.

»Und der Verlag hat dein neues Buch abgelehnt?«

Dieses Mal schüttle ich den Kopf. »Nicht ganz.«

»Was soll das heißen?«

»Es gab ein Angebot. Allerdings werde ich wohl ablehnen.«

Mimi legt die Stirn in Falten. »Du wirst ablehnen?«

»Werde ich ... die Idee war einfach Mist.«

»Die Idee war Mist?«

Ich nicke, trinke erneut einen großen Schluck, behalte den Tee einige Sekunden im Mund, bevor ich schlucke. Eine dumme Angewohnheit. Kurz ist es still, dann beugt Mimi sich ein Stück zu mir. »Aber war es nicht deine Idee?«

»Deswegen war sie ja Mist.«

Verwirrt mustert Mimi mich. »Soll das Sinn ergeben?«

Wie soll ich ihr etwas erklären, das ich selbst kaum verstehe? »Es hat sich falsch angefühlt.«

»Es hat sich falsch angefühlt?«, wiederholt sie erneut meine Worte und ich verdrehe die Augen.

»Mutierst du gerade zum Papagei?«

»Bloß weil du dir alles aus der Nase ziehen lässt und ich gar nichts verstehe.«

»Da sind wir schon zwei«, murmle ich in die Tasse und sauge den süßen Geruch nach künstlichen Himbeeren auf. »Keine Ahnung, Mimi. Es fällt mir schwer, es zu erklären. Ich habe in den letzten Jahren über so viele Dinge geschrieben, so viele Videos gedreht und ständig das getan, was meine Agentur mir geraten hat.

Irgendwie habe ich das Gefühl, mir gehen die Themen aus ... Worüber soll ich denn schreiben? *How to survive as Millenial* ist tot ... im wahrsten Sinne des Wortes. Oder zumindest stirbt es langsam.«

»Bist du irre? Oder verschließt du einfach gerne die Augen vor der Wahrheit?«, fragt Mimi und stellt ihre Kaffeetasse auf dem Couchtisch ab. »Dein Blog ist unfassbar erfolgreich. Der Instagram-Kanal dazu floriert und es vergeht kein Tag, an dem du nicht mehrere Kooperationsanfragen bekommst. *How to survive as Millenial* war auf der Spiegel-Bestsellerliste und dein Verlag möchte an einem neuen Roman mit dir arbeiten ... ehrlich, wo ist dein Problem?«

Seufzend drehe ich das Gesicht von ihr weg. Sie versteht es nicht, das tut niemand. Mich selbst eingeschlossen. Trotzdem kann ich die Panik im Inneren, die Leere, jedes Mal wenn ich vor dem Laptop sitze, nicht ignorieren. »David hat recht ...«

»Mit diesen Worten beginnt nie etwas Gutes«, sagt Mimi und greift nach ihrer Tasse. Ich wende mich ihr zu, hebe fragend die Augenbrauen. »Es ist kein Geheimnis, dass David deinen Job hasst, oder?« Stimmt, er hält alles, was ich schreibe, für Zeitverschwendung. Genau das hat er mich erst letzte Woche wieder spüren lassen.

»Es ist nicht der Job«, entgegne ich. »Nur die Richtung, die ich eingeschlagen habe. Journalismus ist solide. Satire dagegen ... weniger. Vor allem dann, wenn man sich über eine ganze Generation lustig macht.«

»Du machst dich nicht über unsere Generation lustig. Im Gegenteil. Deine Videos geben vielen Menschen das Gefühl, verstanden zu werden.«

Ich winke ab. Es spielt keine Rolle, ändert nichts an der Tatsache, dass meine Muse verschwunden ist. »Jedenfalls hat David mir vorgeschlagen, mich auf andere Themen zu konzentrieren. Durch seine Beziehungen hat er mir ein Bewerbungsgespräch bei der Frankfurter Allgemeinen besorgt.«

»Und du hast vor hinzugehen?«, fragt Mimi und ich nicke. Hab ich eine andere Wahl? Wer weiß schon, wann die Kreativität zurückkommt. »Das ist ein Scherz. Dein Talent wäre vollkommen verschwendet. Ein neuer Job ist das Letzte, was du brauchst. Gut, du bist ausgebrannt. Das sind wir alle mal. Das ist kein Grund, den Kopf in den Sand zu stecken.« Mimi legt mir die Hand auf den Oberarm, betrachtet mich mitleidig und ich würde am liebsten kotzen. Dann quietscht sie plötzlich. Ich zucke zusammen, weiche vor ihr zurück. »Erinnerst du dich, wie planlos du warst, bevor dir die Idee zu *How to survive as Millenial* kam? Es war das Ende unseres Studiums. Ich hatte meine Zusage für den Master und du hattest keinen Schimmer, wie es weitergehen sollte. Wir saßen auf deinem Balkon, und haben ein oder zwei Flaschen Wein getrunken.«

Ich schnaube. »Ein oder zwei Flaschen. Ist das die Umschreibung für wir waren vollkommen betrunken? Den Kater am nächsten Tag werde ich niemals vergessen.« Allein beim Gedanken daran dröhnt mir der Schädel.

»Genau das ist es, was du brauchst.«

»Einen heftigen Kater?«, frage ich ungläubig.

Mimi schüttelt den Kopf. »Entspannung. Damals war das der erste Moment seit Wochen, in dem du abgeschaltet hast.«

Leider ist das leichter gesagt als getan. »Entspannt war ich das letzte Mal 1995.«

»Da warst du kaum geboren.«

»Ja, eben deswegen.«

»Ach, Carla«, sagt sie lachend. Dann verändert sich auf einmal ihr Ausdruck, sie legt die Stirn in Falten. »Aber gestern hast du gepostet, dass du bei Starbucks sitzt und neue Ideen für deinen Roman notierst.« Ich schüttle den Kopf. »Waren die ganzen Videos und Storys, die du hochgeladen hast ... »

»Vorgedreht«, unterbreche ich sie. »Oder glaubst du, ich gehe in dem Zustand vor die Kamera?«

»Vielleicht solltest du das? Es gehört auch zur Wahrheit eines Millenials.«

Vorsichtig nippe ich an dem Tee. Leider ist er mittlerweile kalt, deswegen trinke ich einen großen Schluck, genieße die Süße, die auf der Zunge explodiert. »Die Leute wollen keine Wahrheit, Mimi. Sie wollen Unterhaltung.«

»Die Leute wollen dich. Sie wollen *deine* Wahrheit, *dein* Leben.«

Vehement schüttle ich den Kopf. »Nein, das ist ein Irrglaube. Sobald ich ernstere Themen anspreche, verliere ich Follower. Oder wenn ich mich politisch äußere ... was glaubst du, was für Nachrichten ich da bekomme? Niemand will meine Meinung wissen.«

»Jetzt bist du zu hart. Zu hart zu dir und deinen Followern.«

Seit Jahren sind die Sozialen Medien mein Arbeitgeber. Ach was, mein Zuhause. Dort verbringe ich den Großteil meiner Zeit, habe stets die Follower und den

Content im Kopf. Deswegen bin ich mir hundertprozentig sicher, was der Community gefällt. Ich weiß, welche Kommentare ich zu welchen Themen zu erwarten habe. Einige Follower kenne ich sogar mit Namen. Eigentlich liebe ich diesen Job. Er hat mir gegeben, was ich viele Jahre gesucht habe – Freiheit. Die Chance, mich kreativ auszuleben, selbstbestimmt zu arbeiten und trotzdem Geld zu verdienen. Außerdem erfüllt es mich, den Leuten ein Lächeln ins Gesicht zu zaubern. Egal, wie unnötig manche Menschen die Videos finden mögen, ich drehe sie gerne. Zumindest bisher. Gerade jedoch fällt mir selbst das Atmen schwer. Zumindest fühlt es sich so an.

»Wann warst du das letzte Mal im Urlaub?«, fragt Mimi und ich sehe von der Tasse auf.

»Erst über Weihnachten, die Wienreise.«

Mimi stellt ihren Kaffee auf den Esszimmertisch. Dabei weht ein Schwall des Geruchs zu mir rüber. »Das kannst du wohl kaum Urlaub nennen. Du warst bei der Eröffnung eines Szenehotels und wurdest dafür gebucht.« Zu unmotiviert, um zu widersprechen zucke ich mit den Schultern. »Gut, ich präzisiere: Wann hast du das letzte Mal für mehr als zwei Wochen keinen Finger gerührt, Instagram und Co abgeschaltet und das Leben genossen?«

»1995?«, scherze ich, spüre den Funken Wahrheit allerdings bitter auf der Zunge. »Gab es damals schon Smartphones?«

»Carla.«

»Nur ein Spaß«, winke ich ab und versuche, mich ernsthaft zu erinnern. »Keine Ahnung.« Tatsächlich ist da nichts. »Wie stellst du dir das vor? Sobald ich länger abwesend bin, langweilen sich die Follower, suchen sich neue Seiten, die sie unterhalten.«

Mimi verschränkt die Arme vor der Brust. »Zwei Wochen sind kein Weltuntergang. Jeder braucht Urlaub.«

Wahrscheinlich fällt gerade irgendwo ein selbstständiger Autor, Grafiker oder auch eine alleinerziehende Mutter vor Lachen tot um.

Resigniert seufze ich. Klar, Mimi versucht, mich aufzumuntern und zu motivieren. Leider bewirkt sie das Gegenteil. Statt neue Hoffnung zu schöpfen, bin ich frustriert. Denn eigentlich reicht es mir, dass ich jeden Tag gegen David kämpfe, der weder versteht, was ich tue, noch den Beruf als eben solchen anerkennt. Für ihn ist das ein nettes Hobby. Dabei wäre es schön, wenn er nur einmal einen Artikel von mir lesen würde und stolz darauf wäre. Auf die Arbeit und Mühe, die ich in das Ganze gesteckt habe. Aber dafür muss ich wohl Karriere bei einem angesehenen Magazin oder einer Tageszeitung machen.

Erneut seufze ich. »Vielleicht ist es der beste Weg, das Bewerbungsgespräch anzunehmen. Einfach mal zu schauen, was passiert. Wahrscheinlich lehnen die mich sowieso ab, weil ich zu wenig Erfahrung habe.«

»Zu wenig Erfahrung?« Mimi blickt empört auf. »Ist dir eigentlich klar, was du dir selbst aufgebaut hast? Die können froh sein, wenn du für sie arbeitest.«

Nachdem ich den letzten Schluck des Himbeertees getrunken habe, stelle ich die Tasse auf den Tisch. Stattdessen greife ich nach einem Kissen und drücke es mir an die Brust. Sollte ich den Job wirklich bekommen, müsste ich aufhören, meine Kolumne zu schreiben. Auch Instagram, TikTok und der Blog würden darunter leiden. Wahrscheinlich würde ich Follower verlieren, da ich weniger Beiträge und Videos drehen könnte. Tatsächlich ist es ziemlich zeitintensiv, ständig Content zu liefern. Ich drücke das Kissen fester zusammen, versuche, die plötzliche Übelkeit damit zu verscheuchen.

Mimi beugt sich zu mir und legt mir den Arm um die Schulter. »Ist es das, was du willst?«

»Hm?«, entgegne ich verwirrt, habe den Faden verloren.

»Willst du bei der Zeitung arbeiten? Dann geh zu dem Gespräch und zeig denen, wie gut du bist. Willst du lieber weiter an deinem Roman schreiben und die Leute mit witzigen Videos erheitern? Dann tu das. Du bist jung, dir steht die Welt offen.«

Ich zwinge mich zu einem Lächeln, blinzle die Tränen hinter den Lidern weg. Die Welt hat momentan keinen Platz für eine Influencerin in der Schaffenskrise. Dieses Gefühl verschweige ich Mimi jedoch. Allein bei dem Gedanken, mich zu erklären, erschaudere ich.

»Egal, wofür du dich entscheidest, Carla, es ist der richtige Weg.«

»Danke«, murmle ich. Die letzten Tage habe ich in Selbstmitleid gebadet, mich kaum unter Leute gewagt, geschweige denn mit jemandem gesprochen. Nun fühle ich nur Leere. Das Gespräch mit Mimi und die ganzen Emotionen dahinter haben mich ausgelaugt. Deswegen brauche ich etwas Entspannung. »*Gilmore Girls*?«, werfe ich in den Raum. Es ist unsere Comfort-Serie. Wann immer das Leben zu viel wird, flüchten wir uns nach Stars Hollow. Genau das, was ich gerade brauche.

»*Gilmore Girls*!« Mimi greift nach ihrer Tasse. »Dafür brauche ich aber eine neue Portion Kaffee. Und was hältst du von Mac and Cheese?«

»Viel«, antworte ich und stehe auf, folge Mimi in die Küche.

Kapitel 2

Einen Salat direkt aus der Hölle bitte

Ich betrachte mich im Spiegel. Das weiße Oversize-T-Shirt habe ich in die dunkelgrüne Culotte gesteckt. Dazu trage ich helle Tuchschuhe, die das Outfit abrunden. Dadurch wirkt es klassisch, aber elegant und nicht zu overdressed. Ich bewerbe mich schließlich als moderne Journalistin bei einer Zeitung und nicht um den Posten der nächsten Staatsanwältin.

Locker fällt mir das Haar auf die Schultern. Sofort streiche ich mir die vordersten Strähnen hinters Ohr. Im Spiegel mache ich ein Bild, schicke es Mimi, die begeistert ist. Perfekt, das Outfit steht somit.

Obwohl das Bewerbungsgespräch erst am Nachmittag ist, kämpft sich die Nervosität langsam an die Oberfläche. Dabei bin ich gar nicht sicher, ob ich diesen Job will. Die Liste – ja, es gibt wirklich eine – der Pros und Contras ist lang. Auf beiden Seiten. Was mein Herz will? Keine Ahnung. Nicht den geringsten Schimmer.

Irgendwie fühle ich gleichzeitig unfassbar viel und gar nichts. Wie das geht? Was weiß ich ...

Seufzend fahre ich mir durchs Haar, betrachte mich erneut im Spiegel. Vielleicht ist das Outfit zu leger? Sollte ich lieber einen Blazer überziehen? Allerdings ist es dazu eigentlich zu warm. Oder High Heels. Wobei ich mich darin schnell unwohl fühle und gerade bei einem Bewerbungsgespräch sollte ich mit Stärke und selbstbewusstem Auftreten glänzen. Dieses Outfit repräsentiert meine Persönlichkeit, gibt ihr Raum. Trotzdem kann ich es nicht lassen, stelle mir vor, der Redakteur zu sein, der mir später gegenübersitzen wird. Was werden seine ersten Gedanken sein?

Genug. Denn auf diese Weise befeuere ich die Nervosität. In meinem Magen rumort es, deswegen drücke ich mir die Hand auf den Bauch und schlurfe in die Küche. Dort koche ich mir einen Tee. Zwischen das Sprudeln des Wasserkochers mischt sich das Geräusch eines Schlüssels, der in das Schloss der Eingangstür geschoben wird. Alarmiert erstarre ich, lausche angestrengt. Tatsächlich, jemand kommt in die Wohnung. Wie üblich quietscht das Scharnier ganz leicht, kündigt den Besucher an. Einen Schlüssel besitzt neben mir nur David, der jedoch in der Klinik bei seiner Schicht ist. Leise schleiche ich zum Durchgang, spähe hinaus in den Flur. David lehnt an der Wand, öffnet die Schnürsenkel der braunen Lederschuhe und streift sie sich von den Füßen.

»Du hast mich erschreckt«, sage ich erleichtert und komme aus dem Versteck hervor.

»Wieso?«

»Hab nicht mit dir gerechnet.«

David grinst. Dabei hebt er eine kleine weiße Plastiktüte hoch, die mir bisher verborgen geblieben ist. »Mittagspause. Ich hab was beim Dönermann geholt.«

Kaum dass er das Wort Döner erwähnt, läuft mir das Wasser im Mund zusammen. Der Geruch von Gewürzen und Soße durchflutet auf einmal die Wohnung und bringt Glückshormone mit sich. »Für dich habe ich einen Salat mitgebracht.«

»Wie bitte?«

»Wegen dem Geruch.«

»Der Geruch?«

»Na ja, der Knoblauch, die Soße ... du wirst nachher mit anderen Menschen in einem kleinen Raum sitzen. Willst du da wie eine Dönerbude stinken?«

Darüber habe ich nicht nachgedacht. Natürlich hat David recht, dennoch würde ich am liebsten in seinen Döner beißen. Vor seinen Augen, während er mir dabei zuschaut und in einem Salat herumstochert. Stattdessen ist es genau andersrum. Wir sitzen uns am Küchentisch gegenüber, essen schweigend.

Viel zu schnell hat David seine Portion verschlungen und holt einen weiteren Döner aus der Tüte. Gemein. »Bist du nervös? Ich habe mir heute extra etwas länger Zeit genommen und einige Termine an Kollegen abgegeben, damit ich dir Gesellschaft leisten kann.« Mit einer Serviette wischt er sich die letzten Krümel von den Lippen.

»Danke, das ist total lieb von dir. Tatsächlich bin ich aufgeregt.«

»Marvin ist ein guter Freund, er wird nett zu dir sein, mach dir keine Gedanken.«

Nettigkeit hilft mir leider kaum, wenn ich ihn nicht mit meinen Qualitäten überzeugen kann. Aber ich schlucke diese Bedenken, nicke stattdessen und schiebe mir ein Salatblatt in den Mund.

»Außerdem ist Auftreten die halbe Miete. Hast du schon überlegt, was du anziehen wirst?« Ich deute auf meine Klamotten. »Das?« Ungläubig mustert David das Outfit.

»Was ist falsch daran?«

Erneut lässt er seinen Blick über mein Erscheinungsbild wandern. Wie kleine Nadelstiche fühle ich ihn auf der Haut. Deswegen lasse ich die Gabel sinken und fahre mir über die Oberarme.

David beißt abermals in sein Mittagessen. Soße tropft vom Brötchen, landet auf seinem Teller. »Das ist kein Scherz, Carla, sondern eine ernstzunehmende Stelle. Du musst einen guten Eindruck hinterlassen. Hast du keine anständige Bluse? Und elegantere Schuhe? Marvin ist mein Freund, Schatz ...«

Innerlich verdrehe ich die Augen. Der Schein ist das, was zählt – zumindest in Davids Welt. Er schiebt sich den letzten Bissen in den Mund. Mir liegt eine angesäuerte Erwiderung auf der Zunge. Statt sie auszusprechen, spieße ich ein Salatblatt und eine Tomate auf.

»Bitte«, sagt David, nachdem er die letzten Reste mit einem Schluck Wasser hinuntergespült hat. »Mir ist es wichtig, dass du diesen Job bekommst. Ich möchte dich glücklich sehen. Durch diese Stelle kannst du tun, was du gerne machst, und bekommst gleichzeitig die Anerkennung, die du verdient hast. Denn du kannst schreiben, Carla. Du kannst Leute mit deinen Worten bewegen. Du brauchst nur die richtige Plattform für deine

Stimme.« Mit einem Lächeln auf den Lippen und schräggelegtem Kopf betrachtet er mich. In seinen Augen sehe ich, dass er es ernst meint.

»Du kennst Marvin besser als ich«, erwidere ich und stehe auf. »Was, glaubst du, würde ihm gefallen?«

Ich steuere das Schlafzimmer an, während David mir folgt. Auf dem Bett liegen Klamotten verteilt.

»Marvin ist der klassische Typ. Schlichte Eleganz trifft seinen Geschmack«, meint David und nimmt einen Kleiderbügel aus dem Schrank, auf dem eine weiße Rüschenbluse hängt. Dazu zieht er einen Rock aus dem Fach und zeigt dann auf schwarze Pumps. »Das sollte ihn überzeugen.«

»Gut«, entgegne ich und sinke auf die Bettkante. Am liebsten würde ich erneut unter die Dusche springen. Wieso bin ich so nervös? Wahrscheinlich, weil ich mich heute verkaufen muss. Weil ich jemandem begreiflich machen muss, wieso er eine unerfahrene Journalistin einstellen sollte. Dabei hasse ich es, über mich zu reden. Vor der Kamera ist das etwas anderes. Im Moment der Aufnahme bin ich vollkommen allein, muss keinem neugierigen Blick standhalten. Außerdem sind die Videos voller Humor und Witz. Es macht Spaß, sich über eine ganze Generation lustig zu machen. Tausende von Menschen finden sich in den Geschichten wieder, erkennen sich in den kurzen Kolumnen und lachen miteinander über sich selbst. Kann es etwas Schöneres geben?

Kapitel 3

Wer braucht jetzt den Alkohol?

Kaum fünfzehn Minuten später drücke ich David einen Kuss auf die Lippen, verabschiede mich und steige aus seinem schwarzen Audi. Netterweise setzt er mich auf dem Weg zurück ins Krankenhaus ab. »Du schaffst das«, ruft er mir durch das heruntergelassene Fenster zu. Ich winke ihm, drehe mich um und betrachte das große Gebäude, in dem sich die Zeitung befindet. Es gleicht einem Glaskasten, in dem es im Sommer unfassbar heiß sein muss. Zumindest, wenn die Klimaanlage ausfallen sollte. Ein letztes

Mal atme ich tief ein und gehe dann durch die Drehtür ins Innere.

Tatsächlich weht mir ein kühler Wind entgegen. Ich schaudere, straffe schließlich die Schultern und gehe zu dem großen Empfangstresen. Die junge Frau, die dahinter sitzt, dürfte in meinem Alter sein. Kokett lächelt sie und erhebt sich, sobald ich direkt vor ihr stehe.

»Hallo, ich bin Susie. Wie kann ich Ihnen helfen?« Ihre Stimme ist derart süß, dass ich locker fünf Jahre von dem geschätzten Alter abziehe, und klingt eher, als hätte sie gerade frisch die Schule abgeschlossen.

»Ich habe ein Vorstellungsgespräch bei Marvin Herzog«, lasse ich sie wissen. Sofort nickt sie, beugt sich zu ihrem Computer und überprüft, ob ich die Wahrheit sage. Sobald sie den Termin gefunden und meine Worte bestätigt hat, nickt sie erneut.

»Herr Herzog wartet im Konferenzzimmer *Feuilleton* auf Sie«, erklärt sie. »Mit dem Aufzug in den obersten Stock, dann rechts und vorbei an *Politik, Wirtschaft* und *Finanzen*.«

Ich verkneife mir das Lachen. Na, hoffentlich ist es ein gutes Zeichen, dass ich vorbei an *Politik, Wirtschaft* und *Finanzen* muss. »Danke«, sage ich und gehe links Richtung Aufzüge. Nervös atme ich durch, als ich im richtigen Stock ankomme, und passiere schließlich festen Schrittes die angekündigten Konferenzräume.

In dem Moment, in dem ich die Hand hebe, um zu klopfen, öffnet sich die Tür. Der Mann mir gegenüber ist genauso überrascht wie ich. Daher herrscht einige Herzschläge Stille. Seine Augenbrauen sind hochgezogen, der Zug um den Mund verhärtet. Tiefe Falten graben sich in seine Haut.

Die Begrüßung, die ich mir zurechtgelegt habe, ist wie weggeblasen. Ich öffne den Mund, schließe ihn.

Wer bin ich?

Was will ich hier?

»Frau Deininger?«

Ach, genau, das bin ich. Nickend strecke ich Marvin Herzog die Hand entgegen. »Das bin ich«, entgegne ich überflüssigerweise. Die Nervosität tropft aus meiner Stimme, deswegen räuspere ich mich.

»Sie sind einige Minuten zu früh, daher war ich verwundert. Nett, Sie kennenzulernen, ich bin Marvin Herzog.« Endlich ergreift er meine Finger, drückt sie fest zusammen. Schmerz schießt mir in die Knochen, doch ich unterdrücke ihn. Der erste Eindruck zählt, daher erwidere ich die den festen Händedruck. Bin ich beim Armdrücken oder bei der Frankfurter Allgemeinen gelandet? Ich achte darauf, das Lächeln auf den Lippen zu behalten und Freundlichkeit zu versprühen. »Kommen Sie rein und nennen Sie mich ruhig Marvin. Schließlich kenne ich Ihren Ehemann.«

Kurz bin ich verwirrt, dann wird mir klar, dass er von David spricht. Die Berichtigung spare ich mir, schließlich ist es David, der die Ehe für Schwachsinn hält, während ich von einer großen Feier im weißen Kleid träume. Einfach lächeln, Carla.

Marvin macht einen Schritt zur Seite und endlich kann ich ins Innere des Raums sehen. Das Zimmer wird von drei großen Tischen dominiert, die in U-Form positioniert wurden. Aus dem Fenster eröffnet sich mir der Blick über Frankfurt. Ich muss mich davon abhalten, zur Scheibe zu rennen und mir die Nase daran platt zu drücken, so schön sieht es aus. Wolkenkratzer ragen in die Höhe, zwischendrin kleinere Gebäude, die das Bild abrunden.

»Kommen Sie rein, nehmen Sie Platz.« Marvin deutet auf einen Stuhl, vor dem auf dem Tisch ein Glas und mehrere Flaschen mit verschiedenen Getränken stehen. »Bedienen Sie sich ruhig. Wir warten noch einen Moment auf meinen Assistenten, der Protokoll führen wird.«

Protokoll? »Klar, kein Problem.«

Sobald ich sitze, öffne ich das Mineralwasser und fülle etwas ins Glas, trinke einen Schluck, um die Nerven zu beruhigen. Marvins Mimik ist starr. Habe ich einen guten ersten Eindruck hinterlassen? Oder hat er sich bereits eine Meinung gebildet? Die Stille ist unerträglich, genau wie Marvins Blick, der auf mir liegt. Zum Glück erlöst uns das Klingeln seines Handys.

»Entschuldigen Sie, da muss ich ran.«

Ich winke ab und bin erleichtert, während Marvin sich erhebt und ans Ende des Raumes geht. Gleichzeitig tritt ein junger Mann ein. Er lächelt, beugt sich zu mir.

»Kann ich Ihnen etwas anbieten? Einen Kaffee? Tee? Oder eher einen Schnaps?«

Verwirrt hebe ich eine Augenbraue. War das ein Scherz? Die Miene des Mannes gibt keinen Aufschluss darüber.

»Brauche ich den denn?«, flüstere ich zurück.

»Kommt drauf an.«

Bevor ich nachfragen kann, was er damit meint, beendet Marvin sein Gespräch und kehrt zu uns zurück.

»Kaffee reicht vollkommen«, sage ich und der junge Mann nickt, verschwindet wieder. Kaum einen Herzschlag später ist er mit einem kleinen Tablett zurück. Darauf befinden sich zwei Tasse, von denen er eine Marvin zuschiebt. Dieser nimmt sie direkt in die Hand und leert den Espresso in einem Zug. Ich bin beeindruckt. Hitzerezeptoren scheinen ein Fremdwort für ihn zu sein.

»Gut, dann lassen Sie uns anfangen«, sagt Marvin danach und ich drücke automatisch den Rücken durch, straffe die Schultern. »Schön, dass Sie es einrichten konnten. David hat mir erzählt, dass Sie sich beruflich umorientieren wollen.«

Wollen? Keine Ahnung. So richtig habe ich darauf bisher keine Antwort gefunden. »Genau, momentan schreibe ich eine Kolumne, betreibe mehrere Social-Media-Kanäle und Blogs. Daher suche ich ein neues Aufgabenfeld, an dem ich wachsen kann.« Sind das meine Worte oder die, die David mir in den Mund gelegt hat? Die Grenzen verschwimmen. Das Herz pocht mir heftig gegen die Rippen, denn Marvin, dieses ganze Gebäude und die Geräusche machen mich nervös.

»Was genau kann ich mir darunter vorstellen?«

In knappen Worten gebe ich meinen Werdegang wieder, erzähle von dem Instagram-Kanal, dem Blog, der eigenen Kolumne und den Büchern, die ich geschrieben habe.

Marvins Mimik ist komplett erstarrt, während ich erzähle, gibt keinerlei Aufschluss darüber, was er denkt. Atmet er überhaupt? Sein Assistent hingegen schreibt eifrig mit. Zwischendurch hebt er kurz den Blick. Mitleid ist deutlich erkennbar, was mich dazu bringt, zum Ende der Aufzählung zu kommen.

»Das hört sich wirklich interessant an«, kommentiert Marvin, wobei der Ton, den er anschlägt, seiner Aussage widerspricht und eher so klingt, als hätte er gerade etwas Unangenehmes gehört. »Bei der Frankfurter Allgemeinen arbeiten wir mit echtem Journalismus. Unsere Zielgruppe verlässt sich darauf, dass unsere Artikel recherchiert sind, dass wirklich Arbeit dahintersteckt.«

Dass wirklich Arbeit dahintersteckt? Das wirklich Arbeit dahintersteckt?! Ich verschlucke mich an meiner eigenen Spucke, kaschiere es mit einem Husten und trinke einen Schluck Wasser. Marvin spricht direkt weiter, ohne Notiz von mir zu nehmen.

»Zu Ihrem Aufgabenfeld würde es erst einmal gehören, einem Redakteur zu assistieren. Sie würden Recherchearbeiten übernehmen und jemandem zuarbeiten, der am Ende die Artikel schreibt, der damit Erfahrung hat. Dabei könnten Sie lernen, wie Journalismus funktioniert, wie Sie sich strukturieren können und für eine etwas andere Klientel, das mit Sicherheit anspruchsvoller ist, zu arbeiten.«

Anspruchsvollere Klientel? Was denkt der Kerl, was ich bisher getan habe? Däumchen gedreht? Mitnichten. Ich habe die Zielgruppe genau studiert, habe Content produziert, der ankam, der gesehen und konsumiert werden wollte. Gleichzeitig habe ich Werbekampagnen organisiert und abgestimmt, damit auch diese zu den Followern passten. Ich habe eine Kolumne verfasst, die mehrere Tausend Millenials erreicht und berührt hat. Nebenher habe ich ein Buch geschrieben, habe die Aufgaben dabei komplett selbst organisiert.

Marvin ist genau wie David. Er nimmt diesen Beruf null ernst. Wahrscheinlich stört er sich sogar daran, dass ich das, was ich tue, als Arbeit bezeichne. Wut kocht in mir hoch, vertreibt die Nervosität. Ich stelle die Tasse auf dem Tisch ab.

»Genau, Ihre Aufgabenfelder werden vielseitig sein. Und natürlich haben sie die Chance aufzusteigen. Bei uns kommt es auf die Leistung an«, erklärt Marvin weiter. »Woher Sie kommen, was Sie vorher gemacht haben, spielt keine Rolle. Lediglich ihre Präsentation in der Gegenwart ist von Bedeutung, machen Sie sich also keine Sorgen.« Marvin legt eine kleine Pause ein, in der ich Zeit habe, meine Gedanken zu sortieren. Sobald ich das getan habe, schalte ich ab. Dieses Bewerbungsgespräch ist gelaufen. Egal, wie sehr David sich wünscht, dass ich anfange, hier zu arbeiten, ich kann es nicht. Ich bin hier genauso fehl am Platz wie ein Zuckerwattestand in einer Zahnarztpraxis. Marvin und der Job, den er mir schmackhaft zu machen versucht, passen nicht zu mir. Wir haben komplett verschiedene Ansichten von der Welt. Wie soll ich unter diesen Umständen Artikel schreiben, hinter denen ich stehe? Oder ist das überhaupt der Anspruch der Frankfurter Allgemeinen? Vielleicht ist das bei *richtigen* Journalisten anders. Sie schreiben, was sie müssen, und weniger, woran ihr Herz hängt. Das ist ein Weg, aber leider nicht meiner.

»Da David wirklich ein guter Kerl ist und ich ihn schätze, würde ich sagen, wir vereinbaren eine Probezeit von sechs Monaten und Sie können direkt zum ersten des nächsten Monats beginnen. Dann schauen wir Mal, wie es klappt und was genau ihre Aufgabe bei uns im Haus sein könnte«, sagt Marvin endlich und ich beiße die Zähne zusammen. Mir ist gleichzeitig zum Lachen und Heulen zumute. Keine Ahnung, welche Seite gewinnen würde, ließe ich den Emotionen freien Lauf. Mir ist sofort klar, dass Kompetenz bei der Einstellung keine Rolle gespielt hat. Im Gegenteil, Marvin betrachtet das, was ich bisher erreicht habe, mit Spott. Die Stelle bekomme ich bloß, weil er denkt, seinem Freund damit einen Gefallen zu tun. In mir bricht endgültig etwas, bringt die Selbstbeherrschung zum Wackeln und sorgt dafür, dass ich zum ersten Mal seit Wochen weiß, was ich will. Oder eher: worauf ich verzichten kann –

nämlich die Stelle an der Seite eines Mannes, der mich niemals ernstnehmen wird.

»Ehrlich gesagt, habe ich einige Bedenken«, gebe ich zu, da Marvin mich abwartend betrachtet und mir die Worte fehlen. Wie verpacke ich die Gedanken in Nettigkeiten?

»Bedenken«, echot er schließlich ungläubig.

Ich straffe den Rücken. Zeit für die Wahrheit. »Eigentlich sind es weniger Bedenken und mehr Tatsachen. Sind wir ehrlich, ich passe nicht zur Frankfurter Allgemeinen. Nein, das ist ungenau: Ich passe nicht zu Ihnen. Wir beide sind grundverschieden und eigentlich gibt es kaum etwas, das mir ferner liegt, als tagtäglich an der Seite von jemandem zu arbeiten, der weder meinen Werdegang noch mein Talent zu schätzen weiß. Dafür ist mir meine Zeit zu schade.«

Okay ... das hätte ich vielleicht anders formulieren sollen. Dennoch trifft es den Nagel auf den Kopf. Auf Marvins Stirn erkenne ich tiefe Falten, die sich immer weiter in die Haut graben. Seine Augen werden größer, bis die Brauen unter dem Haar verschwinden. Er öffnet den Mund, schließt ihn. Mein Stichwort. Ich stehe auf, neige leicht den Kopf. »Danke für Ihre Geduld und die Möglichkeit, dieses Vorstellungsgespräch zu führen. Es tut mir leid, dass es für uns beide unerfreulich war.« Dann nicke ich auch seinem Assistenten zu. »Den Alkohol braucht nun wohl ein anderer.«

Schließlich greife ich nach der Tasche, drücke sie mir gegen den Bauch und schreite hinaus. Adrenalin pocht durch meinen Körper, macht Captain Marvel aus mir. Zumindest fühlt es sich so an, als könnte ich die Erde vor Thanos oder zumindest einer Alien-Armee beschützen. Meine Lippen ziert ein Lächeln, das mir entgleitet, sobald ich das Gebäude hinter mir gelassen habe. David kommt mir in den Sinn und ich bleibe abrupt stehen. Shit, das gibt Ärger. Na ja, wenn wir es genau nehmen, habe ich lediglich das ausgesprochen, was längst in der Luft lag. Dabei habe ich weder Marvin noch die Zeitung beleidigt. Auch wenn ich mir sicher bin, dass er das anders sieht, denn beim Verlassen des Raums habe ich eindeutig verletzten Stolz gewittert.

Frustriert fahre ich mir mit Mittel- und Zeigefinger über die Stirn, massiere die Stelle, die langsam zu pochen beginnt. Egal, welchen Weg ich gewählt hätte, irgendjemand wäre enttäuscht gewesen. Entweder hätte ich Davids Ansprüche an mich verraten oder meine eigenen. Dieses Mal habe ich mich selbst gewählt, nun muss ich die Konsequenzen tragen.

In der Tasche vibriert es, was die Gedanken durchbricht. Beruhig dich, Carla. Du hast die richtige Entscheidung getroffen. Ich atme tief durch, krame in der Tasche nach dem Handy und nehme den Anruf entgegen, ohne aufs Display zu schauen.

»Hallo?«

»Gehts dir gut?« David klingt besorgt und gestresst.

Ich nicke. »Mehr oder weniger.«

»Sicher?«

»Ja«, entgegne ich verwirrt. »Wieso?«

»Weil Marvin mir eine komische Geschichte aufgetischt hat, dass du ihn beschimpft hättest, und irgendwie konnte ich mir dein Verhalten nicht erklären, da habe ich mir Sorgen gemacht«, erklärt David.

Erneut atme ich tief durch, gehe einige Schritte weiter zu einer Bank. Seufzend sinke ich nieder, weil die Schuhe unbequem sind und Stehen anstrengend ist.

»Nun, beschimpft würde ich das nicht direkt nennen.«

»Wie würdest du es dann nennen?«

»Er war mir gegenüber unfassbar herablassend, David. Weder hat er mich ernstgenommen noch hat er mir auch nur einen Funken Respekt entgegengebracht. Das habe ich ihm gesagt.«

David seufzt. »Respekt muss man sich verdienen, Carla.«

»Nein, zuerst sollte jeder Mensch respektiert werden. Das ist die Basis für ein gutes Miteinander.«

»In welcher Welt lebst du? Tauche auf aus deiner pinken Blase. Wir befinden uns in einer Marktwirtschaft, zum Überleben brauchst du Geld. Glaubst du wirklich, dass du bis zu deiner Rente lustige Videos ins Internet stellen kannst? Wohl kaum. Deswegen solltest du echt die Kurve kriegen. Oder wovon möchtest du später leben? Armut ist ein großes Thema und langsam ist es wirklich an der Zeit, erwachsen zu werden.«

»Weißt du«, murre ich, getragen von der Wut, die mir den Nacken hinaufkriecht und mir Stärke verleiht, »ich habe dir gerade erzählt, dass mich jemand schlecht behandelt hat. Wieso suchst du den Fehler bei mir?« Danach lasse ich das Handy sinken, lege auf. Obwohl ich wusste, dass David auf diese Weise reagieren würde, trifft es einen wunden Punkt. Anstatt mir den Rücken zu stärken, hat er die andere Seite gewählt, und das, ohne überhaupt meine Version der Geschichte anzuhören. Ich lasse die Schultern sinken. Tränen drücken hinter den Augen, doch ich schlucke sie hinunter. Nein, es war richtig. Das Wissen darüber macht das gebrochene Herz kaum erträglicher, denn ich bin enttäuscht. Enttäuscht von David, von Marvin, von der Gesellschaft und mir selbst. Dieses Vorstellungsgespräch war von Anfang an eine dumme Idee. Ich bin bloß David zuliebe hingegangen, obwohl mir mein Bauch davon abgeraten hat. In nächster Zeit sollte ich öfter auf ihn hören. Schließlich versucht er, mich zu beschützen. Und darin ist keiner besser als er.

Ein letzter Seufzer, Carla. Dann stehst du auf und gehst deinen Weg weiter. Gedacht, getan. Seufzend stehe ich auf, verstaue das Handy in der Tasche und gehe Richtung U-Bahn.

Zu Hause angekommen streife ich mir die Schuhe von den Füßen. Scheiße, tut das weh. Vorsichtig bewege ich die Zehen. Genau deswegen hasse ich Pumps. Erleichtert falle ich aufs Sofa. Je weiter ich mich von dem großen Glasgebäude entfernt habe, desto größer ist der Stolz auf mich selbst geworden. Zwar hat es einen Moment gedauert, doch schlussendlich habe ich für meine Prinzipien eingestanden, habe den Mut gefunden, Marvin die Meinung zu sagen. Die Tatsache erfüllt mich mit Glück, zumindest einige Sekunden.

Im Bad schminke ich mich ab, wasche das Gesicht und springe kurz unter die Dusche, um den Tag und die damit verbundenen Gefühle endgültig loszuwerden. Der Wasserstrahl wäscht die Negativität komplett ab, lässt nur den Stolz und die Zufriedenheit zurück. Zumindest so lange, bis mir klar wird, dass ich nun wieder am Anfang stehe. Wie soll es weitergehen? Ich stecke noch immer in einer kreativen Krise. An diesem Problem hat sich nichts geändert.

Ich schlurfe zurück ins Wohnzimmer, falle im Bademantel aufs Sofa. Einige Minuten starre ich an die Wand. Mein Hirn ist komplett leer, ich beobachte die Sonne, die durchs Fenster hereinscheint und ein Muster auf den Holzboden wirft. Mir fehlt die Kraft, um meine Probleme auseinanderzunehmen. Sie scheinen wie ein unüberwindbarer Berg. Bestimmt gibt es einen Weg nach oben, allerdings bleibt er mir verborgen. Stattdessen stehe ich im Schatten, unfähig, überhaupt etwas zu erkennen.

Mein Smartphone klingelt. Der Name auf dem Display überrascht mich, denn ich hatte Davids erwartet. Stattdessen ist es meine Tante.

»Hallo?«

»Hey, Carla.« Maggies Stimme klingt fröhlich wie immer. Seit meiner Kindheit ist sie meine Lieblingstante. Obwohl sie vor Jahren nach Cornwall ausgewandert ist, halten wir den Kontakt. Wir sind einfach auf einer Wellenlänge. Die Kamera geht an und ich sehe Maggie. Ihr dunkles lockiges Haar steht wirr von ihrem Kopf ab. Unter den Augen erkenne ich tiefe Ringe. Dennoch liegt ein Lächeln auf ihren Lippen. Habe ich sie jemals ernst oder gar traurig erlebt? Nein, bisher nicht.

»Alles gut?«

Sie nickt. »Ja, quasi.«

»Quasi? Was soll das bedeuten?«

»Nun ja«, sagt sie und lehnt sich zurück. Das große Kissen, das hinter ihr auftaucht, ist in einem sterilen Weiß gehalten, hat kaum etwas mit der Bettwäsche zu tun, die Maggie sonst bevorzugt. Genauso wenig wie das Bett, in dem sie liegt.

»Ist das ein Krankenhaus?« Meine Stimme geht mehrere Oktaven höher und ich straffe die Schultern. Um besser zu sehen, halte ich das Handy näher ans Gesicht. Als ob das was bringt, Carla. Ich schüttle den Kopf. »Maggie, bist du im Krankenhaus?«

»Ja«, gibt sie leise zu.

»Was ist passiert?«

»Treppenstufen, meine Füße ... mehrere Meter ...«

Ich schließe die Augen einen Moment. »Du bist die Treppen runtergefallen?«

»Ja.«

»Und hast du dir was gebrochen? Innere Verletzungen ... muss ich dir jede Kleinigkeit aus der Nase ziehen?«

Sie lacht. »Mach dir keine Sorgen, Carla. Es hört sich viel schlimmer an. Im Grunde hatte ich großes Glück. Die Rippen sind noch ganz, genau wie die Wirbelsäule. Nur das rechtes Bein ist kaputt. Die Knochen sind gesplittert und ich muss morgen operiert werden. Danach sollte ich einige Wochen das Bett hüten.«

»Da soll ich mir keine Sorgen machen?«

»Okay, du hast die Erlaubnis, dir fünf Minuten Sorgen zu machen, danach lässt du los, ja? Sonst bekommst du Falten.«

Nun lache ich. Maggie schafft es wirklich jedes Mal, der Situation die Schärfe zu nehmen. »Falten sind wirklich das Letzte, über das ich mir jetzt den Kopf zerbreche.«

»Stimmt, bei deinem Charme ...«

»Maggie«, schimpfe ich sie grinsend. »Fünf Minuten, also lass uns direkt zur Sache kommen. Wie schwer wird die OP? Was sagen die Ärzte, wirst du danach normal laufen können? Sind die Schmerzen schlimm? Wie lange dauert die Genesung? Sonst gehts dir wirklich gut? Keine anderen Verletzungen, die du mir zuliebe verschweigst?«

»Wow, das sind aber ein Haufen Fragen«, sagt Maggie, nachdem ich geendet habe. Dabei war das vielleicht die Hälfte. »Ich nehme die fünf Minuten zurück. Hör auf, dir Gedanken zu machen. Ich werde wieder, Carla.«

»Wenn ich still sein soll, wieso rufst du dann an?«, frage ich halb genervt, halb belustigt. Nun bröckelt Maggies Maske der Fröhlichkeit eine Sekunde. Ihr Mundwinkel zuckt, während sie die Zähne zusammenbeißt und die Stirn in Falten legt. Der Moment ist so schnell vergangen wie gekommen und zurück ist ihr Lächeln. Egal, was sie sagt, ich habe die Angst gesehen. Eine Operation ist schließlich eine Operation. Auch wenn die Chancen von Komplikationen noch so gering sein mögen, könnte es welche geben. Daher fasse ich einen Entschluss. Ich fliege nach Cornwall.

»Die OP ist erst morgen und mir ist langweilig«, erklärt Maggie, doch ich erkenne die Lüge. Den Entschluss verschweige ich. Zum einen möchte ich verhindern, dass Maggie auf mich wartet, und zum anderen ist es bisher nur eine Idee. Womöglich finde ich keinen Flug, der vor der OP in Cornwall ankommt. Daher möchte ich zuerst die Gegebenheiten klären, bevor ich etwas verspreche, das am Ende schiefgeht.

»Langweilig?« Ungläubig sinke ich an der Rückenlehne des Sofas so lange hinab, bis mein Kopf bequem aufliegt. »Du hast nun endlich mal die Gelegenheit, ohne schlechtes Gewissen Serien zu schauen, bis der

Arzt kommt. Im wahrsten Sinne des Wortes. Genieße die Zwangspause. Suchte eine komplette Staffel Peaky Blinders oder The Crown. Oder lies einen dicken Schinken, der dich die ganze Nacht wach hält.« Ist das vor so einem großen Eingriff überhaupt ratsam? Vielleicht braucht man dafür genug Schlaf und sollte sich ausruhen? Wobei man in Narkose schon dazu gezwungen wird. Träumt man eigentlich, während man narkotisiert ist? Maggie hat recht, ich stelle wirklich zu viele Fragen, selbst wenn ich diese nur denke.

Durch das Handy höre ich leise Fernsehgeräusche. »Der Arzt meinte, ich soll früh zu Bett gehen.«

»Fies.«

Maggie nickt. Dann blickt sie zur Seite, wahrscheinlich aus dem Fenster. Genau wie ich ist sie eine aktive Person, jemand, der lieber etwas tut, anstatt nur herumzusitzen. Ungewissheit und Trägheit haben wir aus unserem Wortschatz gestrichen. Zumindest normalerweise. Allerdings ist mein Leben gerade auf den Kopf gestellt. Und Maggies ebenfalls, wenn auch unfreiwillig.

»Wie geht es mit dem Café weiter?«, frage ich, um die Stille zu durchbrechen. »Wer kümmert sich in der Zeit, in der du dich erholen sollst?« Maggie schweigt und ich ahne ihre Antwort. »Hast du vor, dich trotz Gips in den Laden zu schleppen?«

Maggies Mundwinkel zuckt, doch sie beißt die Zähne zusammen und unterdrückt das Lächeln. Wir kennen uns zu gut. »Keine gute Idee, schon klar. Trotzdem habe ich keine Wahl. Es ist mein Café. Wer soll sich sonst um die daily doings kümmern? Natürlich werden mir die

Bedienungen helfen, aber den Rest muss ich selbst erledigen.«

»Maggie«, ermahne ich sie. Damit hat sie den Plan endgültig besiegelt. Mit der linken Hand greife ich nach dem Notebook, das am anderen Ende des Sofas liegt, klappe es auf. Nachdem ich das Passwort eingegeben habe, suche ich den ersten Flug heraus. Direkt morgen früh um kurz vor zehn könnte ich zuerst nach Manchester und dann weiter nach Newquay. Das letzte Mal bin ich mit dem Auto nach Düsseldorf gefahren, da ich dort einen Direktflug nehmen konnte. Anscheinend ist diese Alternative nicht mehr möglich, und da es schnell gehen muss, wähle ich die Variante mit dem Umstieg. Ich buche das Ticket, während ich Maggie von ihrer Langeweile ablenke und wir uns über einige Serien unterhalten, die wir zuletzt gesehen haben. Schließlich kommt der Arzt in den Raum und wir beenden das Gespräch. Es fällt mir leicht aufzulegen, denn der Abschied ist von kurzer Dauer, da ich bereits morgen um diese Zeit an ihrem Krankenbett sitzen kann. Leider werde ich die OP verpassen, aber immerhin bin ich an ihrer Seite, sobald sie aufwacht.

Ohne lange zu zögern, stehe ich auf, gehe ins Schlafzimmer und ziehe Klamotten an. Ein Ziel zu haben belebt den müden Geist, lässt mich den ernüchternden Tag vergessen. Ehrlich gesagt fühle ich seit Wochen zum ersten Mal wieder Tatendrang. Es gibt etwas, das ich tun kann und das mir eine Aufgabe gibt. Endlich kann ich frei atmen, während sich mein Kopf auf etwas konzentriert, das weder die Zukunft noch die Beziehung zu David oder das Vorstellungsgespräch ist. Ich verbinde das Smartphone mit der portablen Box im

Schlafzimmer. Dieses Mal wähle ich eine Spotify-Playlist der aktuellen Radiohits. Ich bewege die Hüften zu den Beats, ziehe den Koffer aus dem Schrank und fülle ihn mit Klamotten. Viel zu schnell ist das Ding voll und ich überlege, ob ich ohne mein Kuschelkissen überlebe. Nein, allein der Gedanke ist naiv. Wie soll ich in einem fremden Bett, mit fremden Eindrücken und Gerüchen ohne das Kissen einschlafen? Unmöglich. Da spielt es keine Rolle, ob ich fünf oder knapp dreißig Jahre alt bin.

Kurz überprüfe ich die Einreisebedingungen für England, suche den Reisepass und die restlichen Dokumente, die ich eventuell brauchen könnte, zusammen. Beim nächsten Blinzeln ist der Tag vergangen und ich liege im Bett. Davids Anrufe habe ich ignoriert. Morgen früh werde ich ihm vom Flughafen aus eine Nachricht schreiben. Aber erst, wenn ich durch den Security Check bin. Keine Ahnung, ob er versuchen würde, mir die Reise auszureden, allerdings habe ich dafür im Moment keine Kraft. Jedes Gespräch gleicht einem Kampf. Außerdem sitzt die Enttäuschung über sein Verhalten nach dem Bewerbungsgespräch weiterhin tief.

Anstatt David zu informieren, habe ich Mimi angerufen und ihr von dem Plan erzählt. Direkt nach dem ausführlichen Rant über die Männerwelt, den Kapitalismus und Marvin. Irgendjemand sollte schließlich wissen, wo ich bin und dass es mir gut geht. Wobei, ich habe während des Packens einige Storys gemacht und auf Insta hochgeladen. Daher sollte eigentlich nahezu jeder in meinem Umfeld verstanden haben, dass ich auf dem Weg nach Cornwall bin. Denn mir folgen neben all den unbekannten Gesichtern auch Freunde und

Familie. David hingegen habe ich für die Storys gesperrt. Danke, Mark Zuckerberg, für die wunderbare Funktion.

Kapitel 4

Von chaotisch zu völligem Chaos in weniger als einem Telefonanruf

Newquay empfängt mich mit Sonne. Ich blinzle, als ich den Flughafen verlasse und Richtung Autovermietung gehe. Vom netten Flugbegleiter weiß ich, dass es zwei Firmen gibt, von denen eine heute allerdings geschlossen hat. Deswegen steuere ich das grüne Logo von Europcar an. Der kleine quadratische Kasten ähnelt dem unserer deutschen Filialen sehr. Durch die große Fensterfront erkenne ich einen jungen Mann, der hinter einem Tresen sitzt. Sobald er mich sieht, springt er auf und läuft zu Tür.

»Brauchen Sie Hilfe?«, fragt er. Zuerst möchte ich ablehnen, dann denke ich an das Gewicht des Koffers und allein bei dem Gedanken, ihn die drei Stufen zum Eingang hochtragen zu müssen, ächze ich innerlich. Daher nicke ich. »Gerne.«

»Schön, ich bin Steven«, stellt er sich lächelnd vor und springt die Stufen hinunter. Schnell nimmt er mir das Gepäck aus der Hand und hievt es die Treppe hinauf. Drinnen schiebt er den Koffer zur Seite, sodass er aus dem Weg ist. Es ist warm und riecht herrlich nach süßem Früchtetee. Sofort läuft mir das Wasser im Mund zusammen. Mein Magen knurrt, denn das Frühstück ist eine gefühlte Ewigkeit her.

»Wie kann ich helfen?«, fragt Steven und ich wende mich ihm zu, gehe zum Tresen. Kurz schildere ich das Anliegen und im Nu habe ich den letzten verfügbaren Wagen gemietet, der nicht reserviert war. Zum Glück. Innerhalb weniger Minuten unterschreibe ich den Vertrag und sitze schließlich in dem kleinen Fiat.

Ich starre mehrere Sekunden auf das fehlende Lenkrad, bis mir bewusst wird, dass ich auf der falschen Seite eingestiegen bin. Das wird mir sicher noch weitere hundert Mal passieren, bevor ich mich daran gewöhnt habe, dass in England die Fahrer- und Beifahrerplätze vertauscht sind. Immer noch grinsend wechsle ich auf den richtigen Platz und drücke den Knopf für die Zündung. Nichts. Ich versuche es erneut. Stille. Der Motor bleibt stumm. Ich lege den Kopf schief, mustere das Armaturenbrett. Was mache ich falsch? Starten die Autos in England anders? Aber wie? Wie ein kleines Kind drehe ich an verschiedenen Reglern, betätige die Blinker sowie Kupplung, Gas und Bremse. Das Ergebnis bleibt gleich, der Motor stur.

Zwar ist es mir unangenehm, zu Steven rennen, allerdings bleibt mir keine andere Wahl. Zumindest nicht, wenn ich den Parkplatz irgendwann in diesem Fiat verlassen will. Ein Blick auf die Uhr zeigt, dass Maggie mittlerweile im OP liegt. Wenn ich weiterhin Zeit verschwende, werde ich zu spät ankommen.

Als ich das Gebäude erneut betrete, ist ein weiterer Mann anwesend. Er steht mit dem Rücken zu mir, dreht sich nicht Mal um, nachdem die Türglocke meine Ankunft angekündigt hat. Dazu ist er zu sehr auf den Bogen Papier vor sich konzentriert. Im Gegensatz zu mir liest er den Mietvertrag, den er unterschreiben soll, genauestens durch. Anscheinend hat er sein Leben im Griff ...

Steven lehnt sich zur Seite und sieht an ihm vorbei. »Alles in Ordnung?«

»Nein, der Wagen streikt.«

»Was?« Steven mustert mich. Seine Stirn liegt in Falten, die Augenbrauen hat er hochgezogen. Habe ich die Vokabeln verwechselt? Eigentlich ist mein Englisch relativ gut. Trotzdem formuliere ich die Antwort neu. Es scheint kein Verständigungsproblem zu sein, denn Stevens Mimik bleibt gleich.

»Dabei ist das Auto neu«, murmelt er und schaut kurz zu dem Mann vor sich. Wahrscheinlich wiegt er ab, wie lange es dauern wird, den Vertrag durchzulesen. Dann geht er um den Tresen herum. »Ich bin gleich zurück, Mr Blackwood«, sagt er schließlich. Sofort fällt mir auf, dass er den Mann mit Familiennamen statt mit Vornamen anspricht.

Steven deutet zur Tür. Zusammen gehen wir zurück zum Auto und ich reiche Steven den Schlüssel. Während er sich hinters Steuer setzt, warte ich neben der Tür, beobachte ihn. Genau wie ich drückt er den runden Knopf neben dem Lenkrad. Nichts. Erleichterung macht sich in mir breit, denn nach Stevens Reaktion kam ich mir ziemlich dumm vor. Ja, ich habe die Kontrolle über mein Leben verloren, aber zumindest ein Auto sollte ich starten können, oder?

Steven hievt mein Gepäck aus dem Kofferraum und schiebt es zurück zur Autovermietung. Dort beugt sich *Mr Ich-lasse-mich-von-nichts-und-niemandem-aus-der-Ruhe-bringen* immer noch über den Vertrag. Wird er ihn wirklich bis zum Ende lesen? Wort für Wort? Ich bewundere ihn für seine Geduld. Mir ist nach den ersten drei Sätzen die Puste ausgegangen. Danach habe ich den Rest überflogen.

»Das ist wirklich blöd«, murrt Steven zum wiederholten Mal. Ungeduldig werfe ich einen Blick auf das Smartphone, checke abermals die Uhrzeit. »Wann kann ich ein neues Auto haben?«

»Einen Moment, ich checke das.«

Ich nutze die Gelegenheit, um Mr Überkorrekt von der Seite zu mustern. Eine dunkle Strähne hängt ihm ins Gesicht. Er dürfte ungefähr in meinem Alter sein, wobei sein Klamottenstil es schwer macht, das einzuschätzen. Der schwarze Anzug steht ihm unfassbar gut, bringt seine helle Haut noch mehr zur Geltung und unterstreicht die Ernsthaftigkeit, die sein komplettes Auftreten ausstrahlt. Die Fantasie geht augenblicklich mit mir durch, malt sich die wildesten Geschichten aus. Ob er wohl bei der Mafia ist? Oder ein Auftragskiller? CEO des größten Unternehmens Englands? Nein, jetzt hab ichs: Bodyguard eines Superstars, der gleich reingeschneit kommt und sich unsterblich in mich verliebt!

Ich grinse über die Ideen. Vielleicht sollte ich einen Roman daraus basteln. Immerhin wüsste ich dann wieder etwas mit meinem Leben anzufangen.

»Morgen früh«, sagt Steven schließlich und mein Blick wandert zu ihm. Das kann unmöglich sein Ernst sein. Da draußen gibt es unzählige Autos.

»Morgen früh?«

»Ja, bis dahin ist leider alles reserviert.« Nun erinnere ich mich, dass er diese Info zuvor bereits erwähnt hatte.

»Fuck«, entfährt es mir. Coverporth ist so klein, dass ich bezweifle, dass es ein Shuttle dorthin gibt. Öffentliche Verkehrsmittel? Damit bin ich wahrscheinlich Stunden unterwegs. Ich muss aber so schnell wie möglich ins Krankenhaus. Natürlich würde es Maggie kaum stören, wenn ich später komme, sie weiß bisher ja nicht mal, dass ich auf dem Weg bin. Aber ich habe ihr die Angst angesehen und möchte deswegen so bald es geht für sie da sein. Frustriert reibe ich mir übers Gesicht. Egal, Krone richten und weiter. Muss eben eine andere Lösung her. »Kein Problem, dann gebe ich mich erst mal mit einem Taxi zufrieden.«

»Das dürfte gerade schwierig sein«, erklärt Steven und ich ziehe die Nase kraus. Stehe ich unter einer Wolke von Pech?

»Wieso?«

Steven lehnt sich nach vorne, stützt die Arme auf dem Tresen ab. »Der Flughafen in Newquay ist relativ klein, außerhalb der Touristensaison warten kaum Taxis in der Nähe und sind ziemlich schnell weg. Sie brauchen dann eine Weile, bis sie wieder zurückkehren. Daher ist es ratsam, Autos zu reservieren, wenn man es eilig hat.«

Merke ich mir dann fürs nächste Mal. Innerlich verdrehe ich die Augen.

Mit einem Mal entweicht mir alle Kraft und die Müdigkeit, die mir seit den frühen Morgenstunden in den Knochen steckt, tritt an ihre Stelle.

»Eine Mängelliste wird separat unterschrieben?« Die tiefe Stimme des Mannes durchdringt den Raum, füllt ihn komplett aus. Sofort wenden wir uns ihm zu.

Steven nickt. »Genau. Das gehen wir vorher gemeinsam am Auto durch, damit sie sich von dem Zustand ein Bild machen können.«

»Gut«, entgegnet der Mann und sieht zu mir. Seine Mimik ist dabei starr. Ist er über meine Anwesenheit überrascht? Hat er vorher überhaupt Notiz von mir genommen oder bin ich seiner Aufmerksamkeit unwürdig? Keine Ahnung, allerdings macht es beinahe den Anschein, als wäre ich ihm schlicht egal. Eine weitere Person im Raum, das ist alles. Ob ich hier mit ihm stehe oder draußen, spielt für ihn keine Rolle. Irgendwie bewundere ich die Ausstrahlung, die er hat.

»Können wir?«, fragt er und sieht zurück zu Steven. Genau wie seine Mimik gibt auch seine Stimmlage kaum Aufschluss darüber, was in ihm vorgeht. Sein Pokerface ist on point.

Steven kommt um den Tresen herum, wirft einen Blick auf den unterschriebenen Vertrag. »Oh, was für ein Zufall. Sie haben dasselbe Ziel.« Laut klatscht er in die Hände und ich zucke zusammen. »Problem gelöst!«

Ach ja? Ich verstehe nur Bahnhof. Offensichtlich sieht man mir das im Gegensatz zu dem Herrn im Anzug an, denn Steven kommt auf mich zu, legt mir eine Hand auf die Schulter. »Mr Blackwood fährt heute nach Coverporth und gibt den Wagen dort zurück«, erklärt er.

Sofort wendet Mr Blackwood mir den Blick zu. Endlich erkenne ich eine Regung darin. Sie ist jedoch derart winzig, dass ich unschlüssig bin, was er von der Idee hält. Müsste ich raten, würde ich sagen, er hasst sie. Wahrscheinlich bin ich ein Anhängsel, auf das er getrost verzichten kann. Genau wie ich auf seine unterkühlte Gesellschaft. Allerdings habe ich kaum eine Wahl. Zumindest dann nicht, wenn ich in nächster Zeit im Krankenhaus ankommen will. Deswegen packe ich mein wunderschönstes Zahnpastalächeln aus und verdränge alle Vorbehalte ihm gegenüber. Möglicherweise schätze ich ihn komplett falsch ein.

»Wäre das möglich?«, frage ich zuckersüß und klimpere mit den Wimpern. Fehlt nur der Jingle und ich würde zu einer Figur aus einer Sitcom mutieren.

Mr Blackwood betrachtet mich von oben bis unten, wirft einen Blick auf mein Gepäck. Beinahe kann ich es in seinem Kopf rattern sehen. »Ich bin kein Serienkiller«, verspreche ich.

»Aber ich vielleicht.«

»Bist du?«

Er schüttelt den Kopf. »Nein.«

»Gut, dann hätten wir das geklärt.«

»Das glaubst du? Einfach so? Du hast ein Vertrauensproblem.«

Ich lache. »Normalerweise nutzt man diese Beschreibung anders.«

»Normalerweise steigt man auch nicht zu Fremden ins Auto.«

»Touché.«

Steven klatscht erneut in die Hände. Ihn hatte ich komplett vergessen. »Außerdem haben wir all Ihre Daten hier. Es wäre also der denkbar schlechteste Zeitpunkt, dem Serienkillerimpuls zu folgen, da die Polizei Sie recht leicht überführen könnte.«

Lächelnd wende ich mich Mr Blackwood zu, zwinkere und senke ein wenig die Stimme. »Süß, dass er denkt, wir würden unsere echten Daten angeben, wären wir Serienkiller.«

»Ja, oder?«, geht Mr Blackwood direkt auf den Scherz ein. »Als wüssten wir nicht, wie leicht Dokumente zu fälschen sind.« Okay, zumindest hoffe ich, dass er ebenfalls scherzt, denn er klingt ausgesprochen souverän, als er vom Fälschen spricht. Das leichte Zucken seines Mundwinkels beruhigt mich zum Glück.

Steven mustert uns mit hochgezogenen Brauen und wir brechen beide in Gelächter aus.

»Anscheinend teilen wir uns eine Gehirnzelle«, stelle ich fest und Mr Blackwood nickt. Dann wird sein Ausdruck ernst. Überlegt er ernsthaft weiterhin, ob er mich mitnehmen soll? Theatralisch lege ich mir die Hand aufs Herz. Dabei hatte ich so etwas wie eine Verbindung zwischen uns gespürt.

»Du lehnst mich ab, nachdem wir im Geiste eine Straftat zusammen geplant haben?«, sage ich. »Wie enttäuschend.« Natürlich ist der Kommentar keineswegs ernst gemeint. Es wäre nett gewesen, hätte ich eine Mitfahrgelegenheit gehabt, aber in unseren Zeiten verstehe ich, wieso man sich von Fremden fernhält. Woher soll er auch wissen, dass ich die Steuern regelmäßig bezahle und immer ausreichend Trinkgeld gebe? Außerdem habe ich ein eigenes Netflix-Abo und bin kein

Nutzschnorrer. Im Gegenteil, ich lasse Mimi sogar den Account mitnutzen. Also wenn das kein guter Charakterzug ist ...

Seis drum, ich brauche eine andere Lösung.

»Okay.« Mr Blackwood starrt mir weiterhin entgegen. Sein Blick ruht auf der Kette, deren Anhänger ich mir zwischen die Lippen gesteckt habe. Eine lästige Angewohnheit, wenn ich nervös bin. Ungläubig öffne ich den Mund und das Metall fällt zurück ins Dekolleté. »Ehrlich?«

Mr Blackwood nickt zögerlich. »Ja.«

»Danke.«

»Aber du lässt die Finger von der Musikanlage und die Fenster bleiben geschlossen.«

Nickend grinse ich. Er hätte mich bitten können, die ganze Fahrt *Baby Shark* zu singen, und ich hätte es getan. Das ist der schnellste Weg, um zu Maggie zu kommen. Dafür nehme ich gerne ein paar Auflagen in Kauf. »Deal«, sage ich und strecke ihm die Hand hin. »Dafür hältst du dich an die Geschwindigkeitsbeschränkungen und bringst uns lebend ans Ziel.«

»Kleinigkeit«, entgegnet Mr Blackwood und schlägt ein. Sein Händedruck ist warm und fest, jedoch dauert es nur einige Sekunden, bis er seine Finger löst und sie zurückzieht. Danach wischt er seine Hand an dem feinen Anzug ab und ich widerstehe dem Wunsch, die Augen über seine Reaktion zu verdrehen. Allerdings habe ich ihn schon einmal falsch eingeschätzt. Möglicherweise ziehe ich auch dieses Mal falsche Schlüsse. Seis drum, jetzt geht es erst einmal darum, zum Krankenhaus zu kommen.

Mr Blackwood nimmt den Schlüssel vom Tresen und geht Richtung Tür. Dort verharrt er, blickt über seine Schulter zu meinem Koffer. Schnell greife ich nach dem Griff und folge ihm.

Kaum haben wir das Gebäude hinter uns gelassen und den Parkplatz betreten, verändert sich die Stimmung auf seltsame Weise. Wir schweigen und die Stille legt sich unangenehm um uns. Smalltalk? Dazu bin ich zu müde und aufgeregt, denn Maggie müsste mittlerweile im OP sein.

»Ich bin Carla«, stelle ich mich vor, als ich auf den Beifahrersitz rutsche.

»Joshua.« Für einige Sekunden erscheint ein Lächeln auf seinen Lippen, das mit seinem Namen verknüpft scheint, denn sobald dieser verklingt, verschwindet es.

»Nett, dich kennenzulernen. Und danke fürs Mitnehmen.«

»Kein Problem«, erwidert er und startet das schwarze Ungetüm, das den kleinen Fiat locker zum Frühstück verspeisen könnte. Erstaunlicherweise ist der Motor dafür wirklich leise. Und erneut kehrt Stille ein. Joshua legt den Rückwärtsgang ein und wir rollen langsam aus der Parklücke. Sicher steuert er den SUV auf die Straße und schlägt ohne Navi den richtigen Weg ein. Zumindest hoffe ich das.

»Kommst du von hier?« Natürlich siegt die Neugier. Sie hat stets die Oberhand über meinen Mund.

»Ja«, erwidert Joshua. Das wars. Keine Silbe mehr. Anscheinend ist es die einzige Antwort, die ich bekomme. Er konzentriert sich voll und ganz auf die Fahrbahn und ich erinnere mich daran, wie gewissenhaft er den Vertrag gelesen hat. Ob er diese Konzentration in allen

Lebenslagen aufbringt? Soll ich mich deswegen vom Radio fernhalten, weil ihn die Musik sonst ablenkt? Irgendwie bewundere ich sein Verhalten und finde es gleichzeitig seltsam.

Die Müdigkeit wird langsam unerträglich, deswegen nehme ich die Gelegenheit wahr und sehe aus dem Fenster. Mit jedem Meter, den wir uns vom Flughafen entfernen, fällt es mir schwerer, die Augen offen zu halten.

»Wo genau kann ich dich rauslassen?« Ich wende mich Joshua wieder zu, blinzle.

»In der Nähe des Krankenhauses wäre praktisch.«

Bei der Recherche gestern Abend habe ich herausgefunden, dass es nur knapp eine Viertelstunde vom Flughafen dorthin braucht. Daher müssten wir bald ankommen.

Joshua hält an einer Ampel und leise Motorengeräusche dringen zu uns, bis das Auto ausgeht, solange wir stehen. »Alles klar.« Das ist es. Kein weiteres Wort. Genau wie den Rest der Fahrt. Ich lehne den Kopf gegen die Scheibe, blicke in den hellblauen Himmel. Der Frühling zeigt sich trotz der Nähe zur rauen Küste von seiner schönsten Seite. Bisher war ich erst einmal in Cornwall. Damals hat Maggie gerade ihr Café eröffnet und ich war überwältigt von ihrem Stolz. Sie hat ihren Traum wahr werden lassen und neu angefangen. Obwohl meine ganze Familie davon überzeugt war, dass sie scheitert, dass sie spätestens ein paar Monate später wieder nach Deutschland zurückkehren würde, hat sie es durchgezogen. Dafür bewundere ich sie.

»Wir sind da.« Ich öffne die Lider. Wann habe ich sie geschlossen? Bin ich eingeschlafen? Müde blinzle ich.

Draußen erkenne ich ein braunes Gebäude, das eher wie ein Wohnhaus als ein Krankenhaus aussieht. »Da drüben ist der Eingang.« Joshua zeigt nach rechts. Mein Hirn braucht einige Sekunden, bis es hochgefahren ist.

»Danke«, murmle ich. Es ist mir unangenehm, dass ich eingeschlafen bin. Daher ziehe ich die Schultern hoch und beeile mich auszusteigen. Aus dem Kofferraum hole ich das Gepäck, dann gehe ich zurück zur Beifahrertür. »Danke fürs Mitnehmen. Gute Reise, Weiterfahrt oder was auch immer.« Unsicher winke ich ihm zu und schließe die Tür.

Schnell gehe ich Richtung Eingang, allerdings bleibe ich davor stehen. Zuerst muss ich mich sammeln, deswegen ziehe ich den Kirsch-Labello aus der Tasche und schmiere ihn mir auf die Lippen. Besser.

Außerdem sollte ich David anrufen und ein bisschen was auf Instagram posten. Wenn ich schon nicht den üblichen Content liefere, sollte ich zumindest irgendetwas teilen, um die Follower zufriedenzustellen.

Daher durchforste ich die Fotogalerie nach einem Bild, das ich vor der Abreise am Flughafen gemacht habe. Es zeigt meinen Koffer und die Anzeige, auf der die Abflüge sichtbar sind. Danach suche ich im Adressbuch nach Davids Kontakt und wähle ihn aus. Das Klingeln lässt mein Herz höher schlagen. Irgendwie hoffe ich beinahe, er übersieht den Anruf oder ist zu beschäftigt.

»Hallo?« Ein Wort, das eigentlich neutral sein sollte, doch ich höre den Unterton. Er ist gereizt und genervt. Nach mehreren Jahren Beziehung ist mir klar, dass er die Entscheidung verurteilen wird. Genau das war der

Grund, wieso ich es bisher vermieden habe, ihn anzurufen.

»Hey«, entgegne ich. »Maggie ist krank.«

»Okay.«

»Deswegen bin ich spontan nach Newquay geflogen.«

»Okay.«

»Okay.«

Drei Sekunden, bis er mich anmotzen wird.

Zwei Sekunden, bis er mir seine Meinung um die Ohren hauen wird.

Eine Sekunde, bis er mich davon überzeugen wollen wird, wie dumm die Entscheidung war.

»Glaubst du, wegzulaufen wird etwas ändern?«, sagt er und ich seufze. David ist der Typ Mensch, der stets das letzte Wort haben muss und im Grunde denkt, dass er immer recht hat.

»Hast du mir zugehört? Maggie hat sich das Bein gebrochen.«

»Und?«

»Und?«, wiederhole ich ungläubig. »Das ist der Grund, wieso ich hier bin.«

David lacht. »Rede dir das ruhig ein.«

»Genau deswegen bin ich einfach geflogen, ohne dir vorher Bescheid zu sagen.«

»Weil du kindisch bist?«, entgegnet David und mir stockt kurz der Atem. Bitte was? Ich? Kindisch? »Anstatt wie eine Erwachsene mit mir über das zu reden, was gerade schiefläuft, bist du wie ein kleines Kind weggerannt. Hast du mal daran gedacht, dass ich mir Sorgen mache?«

»Ach komm, David. Es sind gerade ein paar Stunden vergangen, in denen wir uns nicht gehört haben. Als ob du dir Sorgen gemacht hast. Das ist bloß eine Ausrede, um deine These zu stützen. Außerdem mag es sein, dass dir mein Verhalten kindisch vorkommt, allerdings hörst du mir nie zu. Nimmst mich weder ernst noch versuchst du, mich zu verstehen.«

»Weil das unmöglich ist«, speit er mir entgegen. »Du verhältst dich dumm.«

Das bringt das Fass zum Überlaufen. »Wenn ich zurückkomme, möchte ich dich nie wieder sehen. Hol deine Sachen aus meiner Wohnung.« Die Worte sind schneller draußen, als das Hirn mitkommt. Habe ich das gerade wirklich gesagt? Schockiert halte ich die Luft an. Die Reaktion überrascht mich selbst.

»Was?« Unglaube spricht aus seiner Stimme. »Siehst du? Man kann kein normales Gespräch mit dir führen.«

»Dann ist es doch gut, dass wir das Ganze nun beenden.« Obwohl ich Sekunden zuvor innerlich gekocht habe, bin ich auf einmal vollkommen ruhig.

»Das ist es, was du willst?«

Ich nicke. »Gerade im Moment schon, ja. Denn anstatt vor meinen Problemen wegzulaufen, bin ich hier, um ihnen endlich die Stirn zu bieten.«

»Soll das heißen, ich bin eins deiner Probleme?«

»Nein«, entgegne ich seufzend. Trotzdem ist mir plötzlich klar, dass es die richtige Entscheidung ist, die ich gerade getroffen habe. Denn auf einmal ist mir eine enorme Last von den Schultern genommen. Der Druck, den ich mir gemacht habe, um die Frau zu sein, die zu David passt, ist weg. Erleichterung breitet sich in mir aus.

Es wird still in der Leitung. Dann ertönt ein Tuten. David hat ohne ein weiteres Wort aufgelegt. Sollte ich wütend sein? Bin ich nicht. Im Gegenteil.

Nachdem ich das Telefonat hinter mir habe, fühle ich mich besser und kann mich nun voll und ganz Maggie widmen.

Kapitel 5

Wie man fast zu einem Einbrecher wird in drei Schritten

Zwei Stunden später sitze ich in Maggies Zimmer. Ihre OP ist gut verlaufen, die Knochensplitter konnten entfernt werden. Jetzt muss sie das Bein lediglich einige Wochen komplett schonen. Kurz nach meinem Eintreffen ist sie einige Sekunden aufgewacht, doch ich bezweifle, dass sie wirklich etwas wahrgenommen hat.

Ich ziehe mir gerade die Kopfhörer aus den Ohren, als eine junge Frau den Raum betritt. Sie mustert mich neugierig. »Oh, du bist Carla.« Ihr Lächeln wird breiter. Keine Sekunde später finde ich mich in ihren Armen wieder. »Schön, dass du hier bist.«

Sanft löse ich mich von ihr. »Hey. Wer bist du?«

»Ava«, sagt sie, als würde ihr Name alle Fragen in meinem Kopf beantworten. Allerdings verhindert die Fröhlichkeit in ihren Augen, dass ich weiter nachfrage. Es ist mir unangenehm, dass sie offensichtlich genau weiß, wer ich bin, während ich noch nie von ihr gehört habe. Oder doch? Womöglich hat Maggie sie erwähnt.

Mein Namensgedächtnis lässt leider zu wünschen übrig.

»Lief die OP gut?«, fragt Ava und lenkt die Aufmerksamkeit wieder auf sich.

»Ja, Maggie war sogar einen Moment wach.«

»Zum Glück.« Auf einmal verschwindet das Lachen aus ihrem Gesicht. »Immerhin etwas, das heute glatt geht.« Sie geht zum Bett, nimmt Maggies Hand in ihre und streichelt sie sanft. Ihre zierlichen Finger wirken neben Maggies noch kleiner. Wobei Ava generell klein ist. Ihr blondes Haar verleiht ihr den Look einer Elfe. Ob die Ohren, die darunter verborgen sind, am Ende spitz zulaufen?

Gut, Carla, jetzt geht die Fantasie wirklich mit dir durch. Ich schiebe es auf die Müdigkeit und die Tatsache, dass ich die letzten Wochen schlecht geschlafen habe. Mein Körper sehnt sich nach Erholung.

»Wann bist du angekommen? Maggie hat vergessen, Bescheid zu sagen, sonst hätte ich dich vom Flughafen abgeholt«, sagt Ava und ich fokussiere sie wieder.

»Vor ein paar Stunden. Es ist eine Überraschung.«

»Ah, verstehe. Melde dich nächstes Mal trotzdem vorher bei mir, dann spiele ich den persönlichen Abholservice. Ich kann ein Geheimnis für mich behalten, versprochen.« Ihr Lachen ist zurückgekehrt.

»Danke, das ist wirklich lieb.«

»Klar, immer. Wie lange bleibst du?«

Ich zucke mit den Schultern und gehe zum Fenster. Die Sonne scheint warm auf meine Haut und ich nehme mir vor, heute noch das Meer zu besuchen. »Keine Ahnung. War eine spontane Aktion.«

»Ach so. Leider muss ich gleich schon wieder los. Aber komm nachher im Café vorbei, dann können wir ein bisschen quatschen, ja? Ziehst du bei Maggie ins Gästezimmer?«

»Ja, das war der Plan.«

»Okay, machs gut, Carla.«

Ava schneit genau so schnell zur Tür raus, wie sie hereingekommen ist. Sofort fühlt sich der Raum leer an. Als hätte ihre Persönlichkeit ihn bisher ausgefüllt. Sobald ich allein bin, gehe ich zu meiner Tasche und suche nach dem Portemonnaie. Zeit für einen starken Schwarztee und eine Cola. Eins davon wird meine Lebensgeister hoffentlich wecken. Am Ende des Flurs finde ich zwei Automaten. Einer für heiße und der andere für kalte Getränke. Zuerst kaufe ich die Cola. Die Kälte des Getränks jagt mir eine Gänsehaut über die Arme, außerdem kommt mir die Kohlensäure beinahe zur Nase raus. Deswegen trinke ich meist nur stilles Wasser. Der Tee hingegen heilt meine Seele, denn langsam sinkt mir das Gespräch mit David vollkommen ins Bewusstsein. Hab ich wirklich Schluss mit ihm gemacht? Einfach so? Nach so vielen Jahren Beziehung?

Einfach so? Von wegen. Die letzten Wochen und Monate lief es alles andere als rund. Wir haben zwar nie gestritten, trotzdem haben seine Handlungen und Worte mir oft ein schlechtes Gefühl gegeben. Er hat mir den Eindruck vermittelt, jemand anderes sein zu müssen, um in sein Weltbild zu passen. Das ist mir allerdings erst nach dem Gespräch und die Demütigung durch Marvin bewusst geworden. David hat noch nachgetreten, statt mich zu trösten.

Nachdenklich gehe ich zurück zu Maggies Zimmer. Die Tür ist nur angelehnt. Im Inneren beugt sich gerade eine Schwester übers Bett.

»Hallo«, begrüße ich sie. »Soll ich draußen warten?«

»Nein.« Sie winkt ab. »Ich messe bloß den Puls.«

Nachdem ich den Gelbeutel verstaut habe, setze ich mich zurück auf den Sessel am Fenster. Da fällt mir auf, dass Maggie ihre Augen geöffnet hat. Allerdings starrt sie mit leerem Blick an die Decke. Ich gehe zu ihr, lege eine Hand auf ihren Arm. »Maggie«, murmle ich lächelnd. Langsam wendet sie mir den Kopf zu. Sobald sie mich wahrnimmt, erscheint ein Lächeln auf ihren Lippen.

»Carla. Was machst du hier?« Ihre Stimme ist belegt. Deswegen greife ich nach dem Glas auf dem Nachttisch. Ein Strohhalm steckt bereits darin und ich halte ihn ihr hin. Gierig trinkt sie einige Schlucke. »Danke.«

»Wie gehts Ihnen?«, fragt die Schwester und Maggie blickt sie an. Je mehr Zeit vergeht, desto lebendiger wird der Ausdruck auf Maggies Gesicht. Wir können beinahe dabei zusehen, wie ihre Wangen Farbe bekommen.

»Gut.«

Die Schwester nickt. »Schmerzen?«

»Nein, kaum. Mein Hals ist rau.«

»Das kommt von der Intubation. Haben Sie Hunger?«

Leider ist es mein Magen, der knurrt, daher presse ich mir die Hand auf den Bauch. Sobald ich weiß, dass Maggie alles hat, was sie braucht, werde ich auf die Suche nach etwas Essbarem gehen. Außerdem sollte ich mir den Tag vom Körper waschen.

»Ja«, entgegnet Maggie und die Schwester verabschiedet sich, verspricht aber, eine Kleinigkeit zum Essen vorbeizubringen.

»Überraschung geglückt?«, frage ich Maggie und sie breitet die Arme aus. Die Antwort reicht mir. Kurz sinke ich gegen ihre Brust, genieße die vertraute Wärme. »Kann ich in deinem Gästezimmer schlafen?«

»Na klar. Jederzeit. Der Schlüssel ist im Schrank in der Tasche. Nimm ihn dir und fühle dich wie zu Hause. Sobald ich entlassen werde, koche ich dir dein Lieblingsessen.«

»Kommt gar nicht infrage. Schließlich bin ich hier, um mich um *dich* zu kümmern, nicht andersrum«, antworte ich lachend. »Die nächsten Wochen hast du nur eine Aufgabe: die Füße hochzulegen und deine Nichte herumzukommandieren.«

»Das klingt himmlisch«, sagt Maggie und blinzelt schwerfällig. Ihre Lider schließen sich immer länger, bis sie schließlich wieder weggenickt ist.

Den Schlüssel für Maggies Haus finde ich wie beschrieben in ihrer Tasche im Schrank. Am Bund hängen so viele Anhänger, dass man damit jemandem den Schädel einschlagen könnte. Neben kleinen selbst gehäkelten Figuren sind auch Schnitzereien und Metallteilchen dabei. Wahrscheinlich hat jeder davon eine Bedeutung. Leider wiegt das Teil deswegen auch mindestens zehn Kilo und ich verstaue es schnell.

Am Empfang bitte ich darum, mir ein Taxi zu bestellen.

»Danke«, meine ich, als der Fahrer vor Maggies Cottage anhält, und strecke ihm einen Schein hin. Er nimmt ihn lächelnd entgegen und fährt davon. Ich drehe mich zu dem kleinen Häuschen. Es befindet sich am Dorfrand, weswegen der Weg zum Meer relativ kurz ist. Im Garten sprießen die ersten Blumen, einige blühen sogar schon und laden dazu ein, näherzutreten. Das Holztor quietscht, als ich es aufdrücke. Einen Augenblick halte ich inne, lasse die Ruhe wirken, bevor ich den schmalen Weg zur Tür gehe. Es dauert ein paar Sekunden, bis ich den Schlüssel zwischen all den Anhängern gefunden habe und in das Schloss stecke. Im Inneren ist es dunkel, denn die kleinen Fenster lassen nur wenig Licht herein. Dennoch fühle ich mich sofort wohl. In jeder Ritze steckt ein Stück meiner Tante. Egal, ob in den bunten Treppenauflegern, der kleinen verzierten Bank neben der Tür, vor der ein Berg aus Schuhen liegt, oder im Geruch nach süßen Frühlingsblumen. Beinahe auf jedem Tisch und jeder Kommode steht ein Strauß, der dem Haus seinen eigenen Charme verleiht und die Dunkelheit komplett vertreibt.

Seit meinem letzten Besuch hat sich kaum etwas verändert. Überall finden sich Überreste von Maggies Persönlichkeit, wie die einsame Tasse auf dem Fensterbrett neben einer Orchidee. Obwohl Maggie im Krankenhaus liegt, erscheint es mir, als wäre sie mit mir nach Hause gekommen.

Den Koffer lasse ich im Eingang stehen und öffne die Fenster, um frische Luft und die Sonne hereinzulassen. Dann schaue ich nach den Vasen, befülle sie mit Wasser. Obwohl ich müde bin, tut es gut, eine Aufgabe zu haben, auf die mein Hirn sich konzentrieren kann. Anstatt dadurch Ruhe zu finden, rasen die Gedanken erneut, kaum zwei Sekunden, nachdem ich auf das frisch bezogene Gästebett gesunken bin. Der Koffer steht unberührt neben mir. Ich ändere den Plan, eine Runde zu schlafen, und ziehe mir bequeme Klamotten an, um direkt ans Meer zu gehen. Dort kann ich einige Clips für meine Follower drehen. Zum Glück habe ich aber noch das ein oder andere Video vorgedreht oder kann ältere Dinge erneut verwenden, da das Internet derart schnelllebig ist, dass es vieles nach einigen Monaten so gut wie vergessen hat. Mir fehlt einige Sekunden die Luft, weil allein der Gedanke, etwas zu posten, Unwohlsein in mir auslöst. Doch ich atme das Gefühl weg.

In der Küche fülle ich mir eine Glasflasche mit Leitungswasser, ziehe eine Decke aus dem Schrank im Wohnzimmer und packe alles zusammen mit einem Notizbuch in einen kleinen Rucksack.

Je näher ich dem Meer komme, desto erfrischender wird die Luft. Etwas Cleanes liegt in ihr, das sie neu und unverbraucht macht. Ich sauge sie tief in meine Lunge, fülle den Brustkorb so weit es geht und atme langsam aus. Über mir kreischt ein Vogel, der sich kurz darauf ins Meer gleiten lässt, um einen Fisch zu fangen. Leider ist er zu weit weg, daher erkenne ich nicht, ob er erfolgreich war oder ob er hungern muss. Sein Schrei lässt aber Unmut erkennen.

Die Wellen branden gegen den steinigen Strand, brechen sich und laufen in kleinen Schaumkronen aus, die beinahe bis zu meinen Füßen gespült werden. Wenige Zentimeter vor der Sohle werden sie ins Meer zurückgezogen. Das Rauschen ist laut und füllt mich bis in den letzten Winkel aus. Es nimmt den Druck von der Brust und hilft mir zum ersten Mal seit einer Ewigkeit, frei zu atmen. Ich lasse die Tasche von der Schulter gleiten, strecke die Arme aus. Der Wind zieht an meinen Klamotten, gleitet unter den dünnen Pulli und beschert mir eine Gänsehaut. Genüsslich schließe ich die Augen, verliere mich in den Geräuschen, Gerüchen und Gefühlen. Einen Moment lang bin ich eins mit der Umgebung. Verschmelze mit dem Wind, dem Sand und den Wellen. Erde mich und vergesse den Stress, der stetig im Hinterkopf schlummert, der mich dazu drängt, endlich etwas aus meinem Leben zu machen. Endlich herauszufinden, wer ich bin und was ich will. Endlich jemand zu werden, der glücklich ist und auf den sein Umfeld stolz sein kann.

Erneut schreit der Vogel, reißt mich zurück ins Hier und Jetzt. Ich öffne die Augen, lasse die Arme sinken. Langsam finde ich wieder in die Gegenwart. Das Rauschen der Wellen ist auf einmal übermächtig laut und tut in den Ohren weh. Deswegen greife ich nach der Tasche, gehe am Strand entlang. Irgendwann lasse ich das Meer hinter mir, biege auf einen kleinen Weg in Richtung grüner Wiesen. In der Ferne erkenne ich ein altes Anwesen. Im Gegensatz zu Maggies Cottage zeichnet es sich durch riesige Fenster aus und erinnert mich an eins der Gebäude aus der BBC-Verfilmung von *Stolz und Vorurteil*. Eventuell finde ich dort ja Mr Darcy? Oder verbirgt sich hinter den Mauern ein dunkles Geheimnis? Neugierig folge ich dem Pfad, steige über die Reste eines alten Holzzauns, der das Gelände einmal umschlossen hat, und entferne mich weiter vom Meer. Trotzdem ist das Rauschen der Wellen noch immer laut. Ich betrete eine heruntergekommene Gartenanlage. Die Beete sind verwaist, Blumen verwelkt, Büsche und Hecken in schlechter Verfassung. Mit Sicherheit hat dieser Garten zu seinen besten Zeiten zum Verweilen eingeladen, nun ist davon nur noch ein Nachhall zu spüren. Vorsichtig streiche ich mit den Fingern über die dunklen Blätter eines kleinen Buchsbäumchens. Sobald ich sie berühre, segeln sie traurig zu Boden, bleiben dort anklagend liegen. Ich ziehe die Finger zurück und wende mich wieder dem Anwesen zu. Es ragt so weit in den Himmel, dass die Sonne dahinter verschwindet. Die dunklen Steine, aus denen es erbaut wurde, unterstreichen die majestätische Wirkung. Habe ich gerade den Garten eines Adeligen betreten? Wohl kaum, denn das Haus wirkt verlassen. Hinter den Fenstern scheint es kein Leben zu geben, sondern lediglich Staub und alte Geschichten. Ein Blick ins Innere bestätigt diesen Eindruck. Der große Raum ist nahezu leer, die wenigen Möbelstücke sind unter schweren weißen Tüchern verborgen.

Ich wende mich nach rechts, gehe von Fenster zu Fenster. Überall erkenne ich dasselbe – Leere und Einsamkeit. Dieses Gefühl kenne ich. Das Gebäude hat mehr Gemeinsamkeiten mit mir, als David und ich die letzten Wochen. Wir sind beide leere Hüllen, die ihre Bedeutung verloren haben und nicht länger gebraucht werden. Irgendwie zieht es meine Aufmerksamkeit magisch an. Ist es innen wirklich so leer, wie es wirkt, oder verbirgt das Anwesen etwas, das die Leere füllt?

Die Vorderseite des Hauses ist weitaus beeindruckender als die Rückseite mit dem Garten. Eine runde steinerne Veranda empfängt Gäste. Die Pfeiler, die das ebenfalls steinerne Vordach stützen, sind einfach gehalten und nur an ihren Enden mit Blumen und Ranken verziert. Trotzdem ist der erste Eindruck einschüchternd. Drei Stufen führen nach oben zur großen Eingangstür. Am dunklen Holz sind zwei Ringe angebracht, die zum Klopfen dienen. Sie glänzen im Tageslicht und unter den Fingern ist das Metall sogar warm. Ich ziehe an dem Knauf und öffne die Tür. Tatsächlich hatte ich erwartet, sie würde knarren und die Geister über mein Eindringen informieren. Doch stattdessen springt sie geschmeidig auf und gewährt mir Eintritt. Ohne zu zögern, gehe ich hinein, allerdings lasse ich die Tür offen. Staub liegt in der Luft, wird durch den Windhauch, der ins Innere dringt, aufgewirbelt und tanzt vor meiner Nase. Ich niese, reibe mir übers Gesicht und warte darauf, dass die Augen sich an die neuen Lichtverhältnisse gewöhnen. Trotz der riesigen Fenster ist es dunkel und kalt im Eingangsbereich. Eine Gänsehaut breitet sich auf meinen Armen aus und ich streiche über die Haut, wärme sie. Dennoch zieht mich die Neugier weiter. Wer mag hier gewohnt haben? Und wieso steht das Anwesen leer? Wieso verlässt jemand eine solche Schönheit und lässt sie leerstehen?

Das ist die perfekte Location für ein Hotel oder ein Spa. Vielleicht sogar ein Restaurant. Maggie könnte ihr Café vergrößern und mit Jane-Austen-Vibes Touristen anlocken. Ich sehe die Bedienungen schon in langen Regency-Kleidern vor mir. Sie verteilen Tee in edlem Porzellan und frischgebackene Scones und unterhalten sich über den neusten Klatsch und Tratsch von Lady Whistledown.

Der Flur endet rechts in einem großen Raum, den ich von außen bereits gesehen habe. Ein Sofa ist unter einem weißen Leinentuch versteckt. Daneben ein niedriger Beistelltisch. Ansonsten ist er leer. Durch das Fenster fällt Licht ins Innere, zeichnet ein Muster auf den Boden. Der Staub kitzelt erneut in meiner Nase. Links im Eck erkenne ich eine kleine Truhe. Sie ist als Einziges nicht abgedeckt. Deswegen gehe ich näher, knie mich davor und hebe den Deckel an. Zwar gibt es ein Schlüsselloch, doch zum Glück lässt sie sich ohne Probleme öffnen. Darin befindet sich Kinderspielzeug. Bunte Holzbausteine, eine Puppe, deren Augen mir entgegenstarren, und Glasmurmeln. Ich nehme eine der runden Kugeln in die Hand, halte sie ins Licht. Glitzer ist in sie eingelassen, der das Sonnenlicht reflektiert und jeder Murmel ihren eigenen Charme verleiht.

»Was tun Sie hier?«

Ich zucke zusammen. Die tiefe Stimme jagt mir einen Schauer über den Rücken und ich lasse die Murmel fallen, knicke bei dem Versuch, schnell aufzustehen, um. Schmerz pulsiert in meinem Knöchel und ich stürze recht unelegant auf den Hintern. Scheiße, das hat mir gerade noch gefehlt.

»Haben Sie mich nicht gehört? Ich will wissen, was Sie hier tun?«, fragt der Mann eindringlich. Gute Frage, die ich gerne beantworten würde, allerdings beiße ich weiterhin die Zähne zusammen, denn der Schmerz sticht durch die Haut, hindert mich daran, einen klaren Gedanken zu fassen. Fahrig massiere ich die Stelle, um mir irgendwie Linderung zu verschaffen. Klappt leider nur semigut. »Hallo? Sind Sie bei Verstand? Die Polizei ist bereits verständigt.«

Wie kann man so dumm sein, Carla? Aus der Hocke umzuknicken und sich den Knöchel zu verstauchen ...

wahrscheinlich ist das in Coverporth sogar eine Schlagzeile in den Dorfnachrichten wert. Irgendwann wird mich diese Schusseligkeit umbringen, dessen bin ich mir sicher. Vielleicht übertreibe ich, aber Tränen stehen mir in den Augen, während der Mann weiterhin auf mich einspricht. Langsam lässt das Pochen im Fuß nach und ich drehe mich mühsam zu dem Fremden um.

»Hallo?« Jetzt klingt der Mann genervt. Sicher fragt er sich, ob er anstatt der Polizei lieber einen Psychiater hätte rufen sollen. Möglich, eventuell wäre uns dadurch beiden geholfen, denn allmählich kommt es mir wirklich vor, als würde ich den Verstand verlieren. Wieso verfolgt mich das Pech in letzter Zeit? Ist es Karma? Habe ich mein ganzes Glück bereits aufgebraucht? Okay, das reicht. Heute bin ich eine echte Dramaqueen. Mindestens eine Krone hätte ich verdient.

Der Mann kommt einen Schritt näher. »Geht es Ihnen gut?« Anscheinend hat er endlich meine bemitleidenswerte Verfassung bemerkt. Auf einmal überkommt mich Wut. Wieso passiert mir das? Wieso gerät alles aus den Fugen? Ich war glücklich. Das war ich wirklich!

»Nein«, murre ich daher.

»Carla?«

Nun hat der Fremde meine komplette Aufmerksamkeit, denn jetzt bemerke ich es: Vor mir steht niemand Geringeres als Joshua. Der Mann, der mich erst einige Stunden zuvor vom Flughafen mit zum Krankenhaus genommen hat.

»Joshua, was ein Zufall«, erwidere ich.

»Zufall?« Was sonst? Er kann unmöglich glauben …

»Bist du mir gefolgt?« Okay, er kann es glauben.

Ich schnaube. »Sicher. Als hätte ich nichts Besseres zu tun, als einen völlig Fremden zu stalken. Selbst wenn, würde ich mich hoffentlich geschickter anstellen.«

Einige Sekunden blick Joshua mir eindringlich in die Augen, wägt ab, wie hoch die Wahrscheinlichkeit ist, dass ich ihm eine Lüge auftische. »Was tust du hier?«

»Hier?« Mit der rechten Hand mache ich einen kleinen Kreis. Dann wiederhole ich die Bewegung, aber werde größer. »Oder *hier*?«

»Beides.« Joshua kommt näher. Sein Blick gleitet zu meinem schmerzenden Knöchel, den ich weiterhin mit der Linken umklammere. Zum Glück werden die Schmerzen jede Sekunde, die ich stillhalte, besser. »Brauchst du Hilfe beim Aufstehen?«

Nein. Männer haben lange genug mein Leben bestimmt. Es reicht. Ab heute schaffe ich es allein. Werde mein Ding durchziehen, ohne mich auf irgendjemanden außer mir selbst zu verlassen. Jetzt müsste ich nur noch herausfinden, was *mein Ding* ist. Aber ein Schritt nach dem anderen. Denn genau das ist das Problem. Es gibt nur ganz oder gar nicht bei mir. Nichts dazwischen.

»Carla? Soll ich vielleicht einen Krankenwagen rufen? Hast du dir den Kopf gestoßen?« Joshua ist vor mir in die Knie gegangen.

»Nein, mir gehts gut.«

»Sicher?«

»Ja«, bestätige ich fest und atme ein, beiße die Zähne zusammen. Dann drücke ich mich vom Boden hoch. Sobald ich den Fuß belaste, explodiert der Schmerz im Knöchel. Deswegen strauchle ich, stütze die Hände auf der Sofalehne ab. Joshua streckt seinen Arm nach mir aus, doch ich wehre ihn ab. »Geht schon.«

»Okay«, murmelt er und verschränkt die Arme. »Wieso bist du hier?«

»Zufall.«

»Das hatten wir bereits. Gehts genauer?«

In meinen Ohren rauscht es, bis der Schmerz einigermaßen erträglich ist. »Meine Tante wohnt im Ort, sie ist gestürzt, hat sich das Bein gebrochen und braucht Unterstützung. Deswegen bin ich hergeflogen.« Soweit die Kurzfassung. Das ganze restliche Drama lasse ich weg. Sonst würde Joshua anstatt der Polizei ganz sicher einen Psychiater rufen. Apropos. »Kommt die Polizei wirklich?«, frage ich.

»Nein.« Er schüttelt den Kopf. »Dennoch würde ich gerne wissen, was du in meinem Haus zu suchen hast.«

»Krass, das alles gehört dir?« Mein Blick schweift durch den Raum und ich rufe mir erneut das wunderschöne Anwesen ins Gedächtnis, während Joshua nickt. »Wer bist du? Elon Musk?«

»Lenkst du absichtlich vom Thema ab?«

Ich hebe die Hände. »Tut mir leid. Mein Hirn ist übermüdet, da schaltet es in den Plappermodus.« Außerdem habe ich Schmerzen, die mir den Verstand vernebeln. Allerdings bin ich nach Cornwall gekommen, um meine Tante zu unterstützen, nicht, um ebenfalls pflegebedürftig zu werden. Reiß dich zusammen, Carla. Sobald ich eine Schmerztablette genommen habe, sollte es erträglich sein. Testweise belaste ich den Fuß erneut. Gepeinigt stöhne ich auf. Wie soll ich so gehandicapt überhaupt bis zum Cottage zurückkommen? Puh, was ein Tag. Eigentlich will ich nur noch ins Bett, die Decke über den Kopf ziehen und im Selbstmitleid versinken. Doch Joshua hindert mich daran, denn aus irgendeinem Grund möchte ich ihm weder zeigen, wie es in mir drinnen momentan aussieht, noch, wie schwach ich mich fühle.

»Du hast Schmerzen«, stellt er fest. Keine Sekunde später ist er verschwunden. Sobald er den Raum verlassen hat, kralle ich die Finger in das Polster des Sofas. Scheiße, wieso tut das so verdammt weh? Sich den Fuß abzubrechen kann kaum schmerzhafter sein.

»Hier.« Auf einmal steht er wieder neben mir und ich zucke zusammen.

»Gott, wieso schleichst du dich immer so an?«

»Eins meiner vielen Talente«, erwidert er grinsend und reicht mir eine Wasserflasche sowie eine Pille.

»Was ist das?«

»Schmerzmittel.«

Skeptisch mustere ich die längliche Tablette, die auf der einen Seite gelb und auf der anderen rot ist. Die Farben schreien eindeutig Vorsicht und haben nichts mit dem dezenten Weiß unseres Ibuprofens zu tun. »Schmerzmittel?«

»Ja.« Joshua greift nach meiner Hand, legt die Pille auf die Innenfläche. Danach öffnet er die Wasserflasche, streckt sie mir erneut entgegen. »Außerdem solltest du den Fuß kühlen. Leider ist der Strom abgestellt, daher kann ich dir kein Kühlpack anbieten.«

Weiterhin mustere ich das Schmerzmittel. Wie ein Fremdkörper liegt es auf der Haut. Aber welchen Grund hätte Josh, mich anzulügen? Keinen … außer …

»Du bist wirklich kein Serienkiller, oder Joshua?«

Zuerst ist es still, dann bricht er in schallendes Gelächter aus. »Glaub mir, wäre ich einer, lägst du längst unten im Keller.«

Er hat recht. Mit einem kaputten Fuß bin ich ein leichtes Opfer. Niemand kennt meinen Aufenthaltsort, daher wäre es einfach, mich verschwinden zu lassen. Wozu also eine Lüge? Endlich stecke ich mir die Tablette zwischen die Lippen und spüle sie mit einem großen Schluck Wasser hinunter.

»Danke«, murmle ich und sinke auf die Lehne des Sofas.

»Gern und nenne mich bitte Josh.« Er zieht die Brauen zusammen. »Erklärst du mir im Gegenzug, was du auf Grover Hill tust?«

»Grover Hill?«

Josh verdreht die Augen. Offensichtlich ist er mit seiner Geduld am Ende. »Das Haus. Es heißt Grover Hill.«

»Das Haus hat einen Namen? Scheiße, das ist ja wirklich wie bei *Stolz und Vorurteil*.« Abwartend mustert Josh mich und seine Frage kommt mir wieder in den Sinn. Er hat wirklich eine Antwort verdient. »Eigentlich bin ich am Strand spazieren gegangen, aber der kleine Weg hat meine Neugier geweckt ...«

»Und da betrittst du einfach fremdes Grundstück? Ohne Erlaubnis?«

»Es sah verlassen aus«, rechtfertige ich das Eindringen. »Ich hab nicht damit gerechnet, im Inneren jemand anzutreffen.«

»Das machts nur schlimmer.« Auf Joshs Gesicht liegt ein Ausdruck, den ich nicht zu deuten vermag. Ist es Ungeduld? Ärger? Eine Mischung aus beidem? Oder keins davon. »Hier drin hätte dir was passieren können, ohne dass es jemand mitbekommt. Das Gebäude ist ziemlich heruntergekommen.«

»Zum Glück bin ich erwachsen und kann selbst auf mich aufpassen«, erwidere ich trotzig.

»Das sieht man.« Josh deutet auf meinen Knöchel.

Kurz bin ich versucht, die Augen zu verdrehen, doch ich unterdrücke den Impuls, weil es ziemlich kindisch wäre. »Auch Erwachsene verletzen sich.«

»Schon, nur fallen die meisten nicht über ihre eigenen Füße.«

Erneut trinke ich einen Schluck Wasser, spüle damit eine sarkastische Erwiderung hinunter. Mit jeder Sekunde, die vergeht, klingt das Pochen im Fuß ab. Erleichtert atme ich auf, belaste den Fuß ganz leicht. Der Schmerz kehrt zurück, allerdings ist er erträglich. So kann ich zum Cottage laufen.

»Dann bist du keiner dieser Geier?« Josh durchbricht meine Gedanken und ich sehe zu ihm. Die Sonne steht mittlerweile so tief, dass sie direkt durchs Fenster scheint und Josh ein goldenes Leuchten beschert. Wie ein dunkelhaariger Gott steht er vor mir, erleuchtet vom Licht der Sonne. Dabei bildet sein schwarzer Anzug einen herben Kontrast und verleiht ihm etwas Mystisches. Vielleicht ist er doch kein Gott, sondern eher ein Racheengel.

»Geier?«, frage ich, um mich zurück auf den Boden der Tatsachen zu bringen. Benebeln die Schmerzmittel mein Hirn?

»Geier, die etwas vom Klatsch und Tratsch wissen wollen, um ihn im Dorf weiterzuverbreiten. Seit ich hier angekommen bin, habe ich kaum eine ruhige Minute, weil ständig jemand vor der Tür steht, um zu erfahren, wie es mit ihren Pachtverträgen weitergeht.« Er plustert die Wangen auf. »Und wenn ich sie dann vom Anwesen scheuche, sind sie sauer. Dabei habe ich einfach keine Antwort für sie.«

Ich schüttle den Kopf. »Nein, ich bin erst seit einigen Stunden im Dorf und kenne so gut wie niemanden.«

Skeptisch legt Josh die Stirn in Falten. Er misstraut mir. »Du solltest es dir wirklich gut überlegen, bevor du das nächste Mal bei jemandem einbrichst. Vielleicht warten dort wilde Hunde auf dich.«

»Einbrechen?«, echoe ich ungläubig, stelle mir dennoch vor, was passiert wäre, würde hier tatsächlich jemand wohnen. Ich wäre in die Privatsphäre einer fremden Person eingedrungen.

»Natürlich, wie würdest du dein Handeln denn sonst bezeichnen?«

»Einbruch ist ein harter Vorwurf«, entgegne ich. »Außerdem war die Tür offen.«

»Und das nimmst du direkt als Einladung?«

»Natürlich nicht, dennoch hatte ich keine bösen Absichten und ...«

»Deine Absichten sind irrelevant, es war technisch gesehen ein Einbruch.«

Ich schnaube. »Technisch gesehen ...« Mir ist sofort klar, dass eine Diskussion unnötig ist. Wir stehen auf verschiedenen Standpunkten, keiner von uns ist bereit, nur einen Millimeter von seiner Meinung abzuweichen. »Sind wir uns einig, dass wir uns uneinig sind?«, biete ich an.

Josh verschränkt die Arme vor der Brust. »Hier geht es nicht um Meinung. Sondern um richtig und falsch.«

Nun muss ich doch lachen. »Ich wünschte, das Leben wäre so einfach.«

»Ist es.«

»In deiner Welt vielleicht.«

»Wir leben in derselben Welt.«

»Dachte ich bis eben auch, jetzt glaube ich vielmehr, dass du von einem anderen Stern kommst.« Es erscheint mir schön, die Realität in richtig und falsch eingliedern zu können und nach dem Motto zu leben. Wie schafft Josh das? Für mich gibt es so viel mehr, all die Stufen dazwischen, die es mir beinahe unmöglich machen, den einen Weg zu sehen. Es gibt tausend Alternativen, die alle verschiedene Konsequenzen haben.

»Bist du sicher, dass du dir nur den Knöchel verstaucht hast?« Zuerst bin ich verwirrt, dann verstehe ich die Anspielung und versuche, aus Joshs Mimik zu lesen, ob er es ernst meint oder mich auf den Arm nimmt. Keine Ahnung, sein Blick ist starr, trotzdem zuckt sein Mundwinkel leicht. Er ist wie ein verschlossenes Buch, dessen Einband keinerlei Aufschluss über den Inhalt verrät. Das bringt mich vollkommen aus dem Konzept, denn normalerweise kann ich Menschen sofort einschätzen, merke, wenn sich ihre Stimmung verändert. Bei ihm ist es anders. Die Tatsache macht mich unruhig, gleichzeitig ist es aufregend und neu.

»Ja, dem Schädel geht es gut.« Zum Beweis klopfe ich mir dagegen. »Hart wie Stahl. Auch dem Fuß gehts besser.«

»Da bin ich beruhigt, am Ende forderst du Schadensersatz, weil du dich in Grover Hill verletzt hast. Das du allerdings unbefugt betreten hast. Das möchte ich erneut festhalten.«

Ich lache. »Bei dir ist das Glas auch immer halb leer, oder?« Ergeben hebe ich die Hände. »Soll ich eine Verzichtserklärung oder sowas unterschreiben? Würde dich das entspannen?«

»Würde es«, murrt Josh.

»Das ist ein Scherz, oder?«

Er zuckt mit den Schultern. »Vielleicht.« Das Grinsen auf seinen Lippen widerspricht seinen Worten und ich schüttle den Kopf. »Kannst du wieder laufen?«

Probeweise trete ich auf, belaste den Fuß dabei nur vorsichtig, während ich die Hand ausstrecke, um einen Sturz abzufangen, sollte ich einknicken. »Ja, geht.«

»Gut, dann begleite ich dich zu Tür.«

Die Ansage verstehe ich sogar, ohne Joshs Mimik lesen zu können. Er will mich loswerden. »Geht schon, die finde ich allein.«

»Davon bin ich überzeugt«, sagt er und läuft neben mir her. »Hast du beim ersten Mal ja auch.«

»Wirst du hier einziehen?«, frage ich, weil wir nur langsam vorankommen. Die Angst, der Schmerz könnte in seiner vollen Intensität zurückkehren, ist zu groß, deswegen trete ich vorsichtig und mit Bedacht auf. Gleichzeitig stütze ich mich mit einer Hand an der Wand ab und humple dem Ausgang mehr entgegen, als dass ich gehe.

Josh verschränkt die Arme hinter dem Rücken. »Vielleicht.« Wider Erwarten klingt er kein bisschen ungeduldig. Stattdessen passt er sich wie selbstverständlich an mein Tempo an, ohne mich zu hetzen oder vorwärts zu drängen.

»Wozu hast du es gekauft, wenn du nicht einziehen willst.«

»Kein Kauf, ein Erbe.«

Oh shit. Direkt mit Anlauf ins Fettnäpfchen. Gut gemacht, Carla. Als ob Josh nicht sowieso schon ein schlechtes Bild von dir hat. Klar musst du das verschlimmern. »Das tut mir leid.«

»Danke«, entgegnet Josh. »Pops ist schon vor einigen Wochen verstorben. Aber nach der Beerdigung brauchte ich einige Tage für mich.«

»Hattet ihr ein enges Verhältnis?«

Anstatt zu antworten, verfällt Josh in Schweigen. Es passt zu ihm. Bisher habe ich ihn als verschlossenen Mann kennengelernt. Höflich, aber zurückhaltend. Außerdem sind wir uns heute zum ersten Mal begegnet. Kann nicht jeder so vertrauensselig sein wie ich und sein halbes Leben mit mehreren hunderttausend Followern auf den Sozialen Medien teilen. Allerdings war ich schon immer sehr kommunikativ. Neue Freundschaften zu schließen fällt mir total leicht. Auf Menschen zuzugehen ist ein Kinderspiel, jedoch lasse ich nur wenige wirklich an mich heran. Die meisten kennen nur ein Abziehbild von mir, haben noch nie hinter die Maske geschaut, die ich ständig trage.

»Tut mir leid«, sage ich und ziehe die Eingangstür auf. Josh ist einige Schritte hinter mir stehen geblieben, den Blick zu Boden gerichtet. Seine Haltung hat sich verändert, die Schultern sind herabgesunken, seine Brust hebt und senkt sich einen Tick schneller als Minuten zuvor. Der Tod seines Pops geht ihm nahe, auch wenn es ihm schwerfällt, das Ganze in Worte zu fassen.

»Ist okay«, meint er und ich bin mir unsicher, ob er mit mir oder sich selbst spricht. Vielleicht beides. »Er hat mich praktisch großgezogen. Doch in den letzten Jahren hatte ich nur wenig Zeit für ihn. Mein Leben hat sich nach London verlagert.«

»So ist das, wenn man erwachsen wird, oder? Plötzlich ist viel weniger Zeit für Menschen mit denen man seine komplette Kindheit verbracht hat. Auch Freunde, die man früher täglich gesehen hat, sieht man vielleicht einmal im Schaltjahr. Zu manchen verliert man den Kontakt komplett.« Ich sag ja, ich bin redselig. Vor allem, da es mir guttut, meine Gedanken von den Problemen, die zu Hause warten, und dem Streit mit David abzulenken.

Anscheinend hat meine Rede es Josh ermöglicht, sich wieder zu sammeln, denn auf einmal steht er direkt neben mir an der Tür, öffnet sie ein Stück weiter. »Mag sein. Kommst du allein zurück zum Cottage?«

Der Knöchel schmerzt weiterhin, aber es ist erträglich, und irgendwie strahlt Josh das Bedürfnis aus, allein sein zu wollen. Ich respektiere diesen Wunsch, auch wenn er sich kaum mit meinem deckt, denn seine Gesellschaft hat mir gutgetan. Außerdem hat er mir schon zweimal an diesem Tag geholfen, dafür würde ich mich gerne revanchieren. »Ja, das schaffe ich. Der Weg ist relativ kurz.«

»Sicher? Das nächste Haus ist mehrere Kilometer entfernt.«

Er muss sich irren. Als ich hergelaufen bin, hat es kaum zehn Minuten gedauert. Oder? »Ich schaffe das.« Enthusiastisch humple ich aus der Tür ins Freie. Die kleine Stufe ist eine Herausforderung und kurz flammt der Schmerz auf. Eventuell habe ich mich zu weit aus dem Fenster gelehnt.

»Okay«, sagt Josh, und bevor ich den Mund öffnen kann, schließt er bereits die Tür mit den Worten: »Komm gut nach Hause. Und brich nicht wieder in fremde Häuser ein. Das nächste Mal ist die Polizei möglicherweise wirklich bereits unterwegs.« Weg ist er und ich stehe allein vor dem großen Anwesen.

Gut, ich bin erwachsen und habe Schmerzmittel intus. Die kurze Strecke sollte ich schnell schaffen. Zu Hause kann ich ins Bett fallen und endlich schlafen. Dieser Tag kann nämlich weg. Es reicht.

Kapitel 6

Kaffeehasserin oder Barista? Wieso nicht beides?

Am nächsten Morgen quäle ich mich aus dem Bett. In meinem Knöchel pocht es. Ich spüre deutlich, wie sehr er es mir übel nimmt, dass ich ihn tags zuvor gezwungen habe, den Weg nach Hause zu laufen. Deswegen schlucke ich direkt nach dem Frühstück eine Schmerztablette, bevor ich mich auf den Weg ins Krankenhaus mache. Gestern Abend habe ich kurz mit Maggie telefoniert, habe das Treffen mit Josh und das kleine Missgeschick allerdings verschwiegen. Maggie soll sich darauf konzentrieren, gesund zu werden. Das ist schließlich der Grund dafür, dass ich hier bin. Das Letzte, das sie im Moment braucht, ist ein weiterer Punkt auf ihrer Liste, um den sie sich Sorgen machen muss.

Die Schwester auf der Station begrüßt mich fröhlich, dann wandert ihr Blick zu meinem Bein. Anscheinend kann ich den Schmerz mehr schlecht als recht verbergen.

Mist.

Vor Maggies Zimmertür atme ich tief ein, beiße die Zähne zusammen und zwinge mir ein Lächeln auf die Lippen, obwohl mir eher nach Heulen zumute ist. Denn langsam, aber sicher ist auch die Tatsache, dass ich mit David Schluss gemacht habe, richtig bei mir angekommen. Damit ist endgültig alles aus den Fugen geraten. Neben der Passion und dem Job habe ich also auch den Partner verloren. Nun kann es gar nicht mehr tiefer gehen, oder? Scheiße, habe ich gerade das Schicksal herausgefordert? Schnell ziehe ich den Labello aus der Tasche und trage ihn auf die Lippen auf. Der süße Geruch beruhigt mich. Ich seufze, drücke die Klinke hinunter und ... bleibe mitten in der Tür stehen. Das Zimmer platzt beinahe aus allen Nähten. Verwirrt lasse ich den Blick schweifen. Bin ich falsch? Ist das der Aufenthaltsraum? Dann entdecke ich Ava, die mir freudestrahlend entgegenkommt. In der Hand hält sie einen dampfenden Becher Kaffee.

»Guten Morgen«, begrüßt sie mich. »Hast du gut geschlafen?«

Ich nicke, beuge mich weiter zu ihr, denn es ist plötzlich still geworden. »Was ist hier los?«

»Krisenrat.«

»Krisenrat?« Mein Herzschlag beschleunigt sich augenblicklich. »Ist was mit Maggie? Gehts ihr gut?« Schnell arbeite ich mich durch die Umstehenden hindurch zum Bett vor. Maggie liegt auf der steril weißen Bettwäsche, eingehüllt in eine bunte Patchworkdecke. Ich greife nach ihrer Hand und sie wendet sich mir zu. Im Vergleich zu gestern sieht sie viel wacher und lebhafter aus.

Auf einmal steht Ava wieder neben mir. »Nein, alles gut.«

»Du hast mir vielleicht einen Schreck eingejagt«, gebe ich zu und versuche, das Rauschen in den Ohren zu übertönen. Flach atme ich durch den Mund ein und aus, damit mein Puls sich beruhigen kann.

»Liebes.« Maggie legt mir die Hand an die Wange. »Du bist ganz blass. Ist dir unwohl?«

»Mir gehts wunderbar. Was ist mit dir? Wie fühlt sich das Bein an?«

Die Gespräche im Raum werden wieder aufgenommen und auf einmal ist es total laut. Deswegen sinke ich auf die Bettkante. Mein Knöchel dankt es mir.

»Schmerzmittel sind eine tolle Erfindung, ich spüre kaum etwas«, berichtet Maggie.

Erleichtert atme ich aus, habe gar nicht gemerkt, dass ich die Luft angehalten hatte. »Zum Glück. Dann kannst du bestimmt bald nach Hause.«

»Ja, ich freue mich auf mein eigenes Bett.«

Ich lasse den Blick durch den Raum schweifen. Keiner der Anwesenden kommt mir bekannt vor. Allerdings konnte ich mir Gesichter noch nie gut merken. Sobald ich die Stimmen der Menschen höre, kehrt die Erinnerung an sie meist zurück. »Wieso wird hier ein Krisenrat gehalten?«

»Ach, Kleinigkeiten«, entgegnet Maggie und streicht mir über den Arm. »Hast du dich gut im Cottage eingelebt gestern?«

»Nach einer Kleinigkeit sieht das aber nicht aus«, werfe ich ein. »Eher, als wäre halb Coverporth in deinem Zimmer.« Erneut kriecht die Sorge an die Oberfläche. Maggie macht viele ihrer Probleme mit sich selbst aus. Wahrscheinlich, weil sie es gewohnt ist, Entscheidungen allein zu treffen und ihr eigener Herr zu sein. Deswegen bewundere ich sie, aber manchmal ist es gut, um Hilfe zu bitten oder seine Bedenken mit anderen zu teilen. Gespräche können so viele Dinge lösen.

»Die Leute übertreiben«, murrt Maggie, während Ava sich in mein Blickfeld drängt.

Sie hat sich ans Kopfteil neben Maggie gestellt. »In der Innenstadt von Coverporth gehört beinahe jedes zweite Gebäude zum Besitz von Grove Hill. Der Alte ist jedoch vor wenigen Wochen verstorben und hat das ganze Land an seinen Enkel vererbt. Bisher hat der sich nicht blicken lassen, bis er gestern in der Stadt aufgetaucht ist.« Ava spielt nervös mit dem mittlerweile leeren Kaffeebecher. Was würde ich jetzt für einen Schwarztee geben.

»Und?«, frage ich verwirrt. Mein Hirn hängt wohl noch halb im Schlaf fest.

Maggie drückt meine Hand. »Wir vermuten, dass er hier ist, um den Besitz zu verkaufen.«

»Okay?« Irgendwie dringt die Info nur schwerfällig in meinen Schädel vor. »Das bedeutet nicht per se etwas Schlechtes. Ihr habt immerhin Verträge. Niemand kann euch von heute auf morgen aus euren Häusern schmeißen, oder?«

Ava zuckt die Schultern. »Es gibt eine große Hotelkette inklusive Restaurants, die seit Jahren versucht, an die Grundstücke zu kommen. Bisher wollte nie jemand an den Besitzer dieser Kette verkaufen, schon gar nicht der alte Blackwood, da die Besitztümer seit Langem im Familienbesitz sind und von Generation zu Generation weitervererbt wurden. Doch die jungen Leute gehen immer öfter in die großen Städte. Ihnen ist egal, was mit dem Land ihrer Vorfahren passiert, welche Geschichte es in sich trägt. Nur das schnelle Geld zählt. Blackwoods Enkel ist genau so einer.« Avas Stimme hat einen bitteren Unterton angenommen und meine Tante blickt zu ihr. »Und dass wir bereits versucht haben, mit ihm zu sprechen, und er alle Gespräche abblockt, spricht doch auch für sich. Betty hat er sogar beinahe von Grover Hall gejagt und gedroht, die Polizei zu rufen.«

Maggie seufzt. »Wenn jeder der hier Anwesenden bei ihm war, hatte der arme Junge bestimmt keine ruhige Minute seit seiner Ankunft. Kannst du ihm da verdenken, dass er die Gespräche abweist?«

»Es geht um unsere Existenz, Maggie.« Ava stemmt die Hände in die Hüfte.

»Das weiß ich, immerhin bin ich ebenfalls Pächterin.«

Irgendwie kann ich Avas Wut auf Josh nicht ganz begreifen und Maggie scheint es ähnlich zu gehen.

»Vielleicht liegt ihm ja auch was am Besitz?«, werfe ich daher ein.

Ava schüttelt den Kopf. »Wir sind zusammen aufgewachsen. Sein Großvater hat ihn aufgezogen, dann ist er irgendwann seinen Eltern nach London gefolgt, hat seine Freunde zurückgelassen und sich nie wieder gemeldet. Coverporth ist ihm vollkommen egal.«

»Warten wir ab. Bisher wissen wir kaum etwas über das Anliegen des jungen Blackwood. Das sind alles Mutmaßungen.«

»Mutmaßungen«, wiederholt Ava ungläubig. »Von seiner Entscheidung hängt einfach zu viel ab. Da verlangst du von uns, ruhig zu bleiben?«

Erst langsam sickert die Info in meinen Kopf. Natürlich. Blackwood? Grover Hall. Josh! Er hat mir ja sogar selbst erzählt, wie sehr ihn die Dorfbewohner bedrängt haben.

»Moment, du redest von Joshua, oder? Beziehungsweise dem Anwesen am Meer.« Ich muss zuerst die Vermutung bestätigt wissen.

»Ja.« Ava nickt. »Kennst du ihn?«

In dem Moment wird es erneut still im Raum und ich drehe mich automatisch zur Tür. Ein junger Arzt steht im Rahmen. »Wen haben wir denn hier?« Sein Lächeln wird mit jeder Sekunde, die er sich im Zimmer umsieht, breiter. Die Anwesenden begrüßen ihn und auf dem Weg zu Maggie schüttelt er so ziemlich jede Hand. Danach verziehen die Besucher sich jedoch und es wird nach und nach leer. Zurück bleiben Ava, Maggie – logisch –, meine Wenigkeit und der Mann in Weiß.

»Maggie, was habe ich zum Thema Ausruhen gesagt?«, meint er und presst die Lippen ernst zusammen.

»Es geht schließlich um unsere Existenz, Henry.«

»Mag sein, aber du hast dich verletzt und eine schwere OP liegt hinter dir. Gönne deinem Körper die Ruhe, die er braucht, um sich zu erholen.« Obwohl er keinen Tag älter als Mitte Zwanzig aussieht, ist seine Stimme fest und die Autorität darin spürbar. Beeindruckt mustere ich ihn von der Seite. Sein dunkelblondes Haar ist kurzgeschoren, unterstreicht das markante Gesicht und bringt seine scharfen Gesichtszüge stärker hervor. Sie stehen im harten Kontrast zu den hellblauen Babyaugen, die nun versöhnlich werden. »Versprich mir, dich auszuruhen, okay?«

Maggie nickt. »Meine Nichte ist extra angereist, um genau dafür zu sorgen. Sie wird mich im Café vertreten.«

»Und dich ans Bett fesseln, wenn es sein muss«, füge ich lachend hinzu, allerdings liegt auch Wahrheit in den Worten, denn ich mache mir Sorgen um Maggie. Eine OP bedeutet viel Stress für den Körper. Sie muss sich Zeit nehmen, um sich davon zu erholen.

Henry wendet sich mir zu. Sein Grinsen wird breit und er streckt mir die Hand entgegen. »Schön, dich kennenzulernen.«

»Gleichfalls«, antworte ich. Damit ich seine Höflichkeit erwidern kann, muss ich vom Bett aufstehen. Zu meiner Freude stelle ich fest, dass der Schmerz im Knöchel beinahe abgeklungen ist. Scheint, als hätten das Kühlen über Nacht und die Schmerzmittel Wunder gewirkt. Es wäre ganz schön paradox gewesen, wäre ich nun selbst ans Bett gefesselt. Wobei das Schicksal in letzter Zeit einen schrägen Humor bewiesen hat.

»Dein Bein sieht soweit gut aus«, informiert Henry uns. »Nun sind die Knochen wieder da, wo sie hingehören, und die Splitter entfernt. Allerdings dauert es wie gesagt einige Wochen, bis du das Bein belasten kannst. In der Zwischenzeit brauchst du Physiotherapie und Bettruhe. Wir stellen dir gern Krücken zur Verfügung. Später wird eine Schwester dir zeigen, wie du sie benutzen kannst.« Maggie nickt, allerdings nehme ich ihr die Zustimmung nur zur Hälfte ab. »Das ist mein Ernst. Missachtest du die Anweisungen, kann es passieren, dass wir die Stabilität deines Knies einbüßen.«

Maggie seufzt schwer. »Gut, ich habe es verstanden.«

»Außerdem werde ich Maggie persönlich dazu zwingen, alle Anweisungen zu befolgen«, verspreche ich.

Ava legt mir die Hand auf die Schulter. Sie hatte ich beinahe vergessen. »Genau wie ich.«

»Auf wessen Seite steht ihr eigentlich«, murmelt Maggie und ich grinse.

Henry wirft einen Blick in die Akte, die am Fußende des Bettes befestigt ist. »Wenn du gut mit den Krücken zurechtkommst, kannst du morgen nach Hause. Vorher lasse ich die Physio vorbeischauen. Sie wird ein Behandlungskonzept mit dir erarbeiten.«

»Danke«, sage ich und nicke erleichtert. »Am besten bereite ich alles für deine Rückkehr vor.«

»Vorbereiten?«

»Dein Schlafzimmer liegt im ersten Stock«, gebe ich zu bedenken und erinnere mich an die unfassbar schmale Treppe. Wie soll Maggie diese mit den Krücken bewältigen?

»Und was willst du daran ändern? Umbauen?« Maggie lacht, bis sie meinen ernsten Blick bemerkt.

»Wenn es sein muss. Wie stellst du dir das vor, da jeden Tag hoch und runter zu kommen? Ich kann dich schlecht tragen. Bei unserem Glück fällst du noch mal runter und brichst dir auch noch das Genick. Oder willst du die nächsten Wochen nur in deinem Schlafzimmer verbringen? Am besten tauschen wir Zimmer. Du ziehst ins Gästezimmer im Erdgeschoss und ich schlafe dafür oben.« Auf die Art kann Maggie vom Bett aufs Sofa oder in die Küche wechseln, damit sie auch andere Dinge sieht als nur ihr Schlafzimmer. Wenn man einige Wochen an nur einen Ort gefesselt ist, fühlt man sich irgendwann automatisch eingesperrt und isoliert.

»Gute Idee«, lobt Henry. »Wenn du Hilfe beim Herrichten brauchst ...«

»Das geht schon«, winke ich lächelnd ab, bin überrascht, dass er seine Hilfe anbietet. Dann fällt mir ein, dass sich in Coverporth Hase und Igel gute Nacht sagen. Jeder kennt jeden. Jeder weiß über die Lebensbedingungen und Geheimnisse des anderen Bescheid. Beruhigend und beängstigend zugleich. Allerdings wäre es vollkommen übertrieben, seine Hilfe anzunehmen, da es im Großen und Ganzen reicht, die Bettwäsche zu wechseln.

»Magst du etwas Bestimmtes haben?«, frage ich Maggie, nachdem Henry und Ava sich verabschiedet haben. »Ich gehe nachher einkaufen und fülle den Kühlschrank.«

»Obst. Bananen und Äpfel.« Ein Gähnen unterbricht ihre Aufzählung. »Trauben. Und Vanilleeis.« Erneut ein Gähnen. »Schokokekse.« Maggie blinzelt träge und ich streiche ihr eine Strähne aus dem Gesicht.

»Gut, besorge ich. Jetzt lasse ich dich aber schlafen. Erhol dich. Ich koch dir heute Abend was Leckeres und bring es vorbei. Wünsche?«

Maggie schüttelt den Kopf. »Lasse mich überraschen.« Ihre Stimme ist leise und ich habe Mühe, sie zu verstehen. Kaum zwei Sekunden später fallen ihre Lider zu und die Atemzüge werden gleichmäßig. Deswegen ziehe ich mich lautlos zurück, gehe zur Tür und hinaus auf den Flur. In meinem Knöchel pocht es nur noch ganz sanft. Trotzdem gehe ich zu einer Schwester und frage sie nach einer Bandage. Netterweise treibt sie eine auf, die ich direkt überziehen kann. Durch die extra Stabilität kann ich problemlos auftreten. Zum Glück, denn gestern Abend hatte ich schon befürchtet, die Verletzung würde sich zu einem Problem entwickeln.

Jetzt, wo ich dem Meer so nahe bin, kann ich nicht genug davon bekommen. Sobald ich das Gebäude verlassen habe, weht mir ein kühler Wind um die Nase und ich bereue es beinahe ein bisschen, in Maggies Mini zu steigen. Allerdings ist der Weg zum Cottage zu lang, um zu laufen. Das würde mir mein Fuß wohl kaum verzeihen, einen Tag nachdem ich ihn derart gequält habe. Dennoch nehme ich mir vor, am Nachmittag zum Strand zu gehen. Der erste Weg führt mich jedoch in die Innenstadt zu Maggies kleinem Café, in dem ihr ganzes Herzblut steckt. Die *Cookieteria* versteckt sich in einem kleinen Haus aus dunklen Backsteinen. Die Fensterrahmen sind weiß gestrichen, genau wie die Tür. In den Kästen vor den Fenstern blühen bunte Blumen, die direkt zum Eintreten einladen. Die schmale Straße bietet keinen Platz für ein Auto, daher ist die Durchfahrt verboten. Mehrere runde Tische stehen vor dem Café. Gegenüber entdecke ich einen winzigen Buchladen. Hinter dem Schaufenster stapeln sich die Bücher und beim Blick hinein erkennen ich, dass auch die Regale überquellen. Neben einem Bekleidungsgeschäft, einem italienischen Restaurant und Souvenierläden gibt es auch ein Blumengeschäft sowie einen Secondhandladen. Die schmale Gasse strahlt einen ungeahnten Charme aus und mir ist sofort wieder klar, wieso Coverporth bei Touristen so beliebt ist. Auch heute sind die Tische vor der *Cookieteria* belegt. Ich lächle den Gästen zu und betrete das Café. Ava kommt mir entgegen und umarmt mich, obwohl wir uns erst vor Kurzem gesehen haben.

»Schön, dass du es geschafft hast. Kaffee?«, fragt sie und ich schüttle den Kopf.

»Lieber Schwarztee.«

Zwar zieht Ava einen Moment die Augenbrauen zusammen, trotzdem lässt sie die Erwiderung unkommentiert stehen.

Genauso heimelig, wie das Café von außen wirkt, ist es im Inneren. Maggie hat darauf geachtet, viele Dinge im Vintage-Stil zu kaufen und den Charme Cornwalls einzufangen. Außerdem riecht es nach süßem Gebäck. Den herben Kaffeegeruch ignoriere ich. Leise Musik im Hintergrund rundet das Gesamtkonzept ab.

Ava deutet auf einen dunklen Sessel unweit der Theke. Davor steht ein kleiner runder Tisch aus lackiertem Holz. »Setz dich, ich komme gleich zu dir.«

Kaum habe ich es mir bequem gemacht, höre ich das vertraute Geräusch des Wasserkochers. Einen Moment schließe ich die Augen, lehne mich zurück und ignoriere die Realität. Vergesse die Last, die mir auf die Schultern drückt. Verdränge die Ungewissheit, die vor mir liegt und mir das Atmen schwer macht. Zurück bleibt eine Leere, gefüllt mit frischem Teeduft. Könnte schlimmer sein.

»Hier«, sagt Ava und reißt mich zurück ins Hier und Jetzt. Zum Glück streckt sie mir eine große Tasse Schwarztee entgegen, die ich dankbar entgegennehme. Sofort nippe ich daran und verbrenne mir sowohl Lippen als auch Zunge.

»Wie kann ich helfen?«, frage ich, nachdem Ava sich in den Sessel mir gegenüber hat fallen lassen. Im Café ist zwar einiges los, doch die Gäste scheinen zufrieden.

»Hast du schon Mal Leute bedient?«

»Während des Studium habe ich in einem kleinen Restaurant gekellnert.« Restaurant ist eigentlich übertrieben, es war vielmehr ein Imbiss und die Gäste, je später der Abend wurde, zuweilen sehr betrunken. Trotzdem habe ich ihnen Essen und Getränke gebracht.

Ava lächelt. »Das ist gut. Barista-Erfahrung?«

»Nein. Ehrlich gesagt bin ich eher Teetrinkerin. Kaffee ist mir zuwider.«

»Pssst«, macht Ava, legt sich den Finger an die Lippen und wirft einen Seitenblick zur Theke. »Das sollten wir Bessie verschweigen.« Verwirrt folge ich ihrem Blick, allerdings entdecke ich niemanden und hebe verwirrt die Augenbrauen. »Der Kaffeemaschine. Wobei das eine Beleidigung ist, sie ist ein Wunderwerk.«

Ich presse die Lippen zusammen, verkneife mir das Lachen. Avas Art ist so erfrischend, dass ich mich in ihrer Gegenwart total wohlfühle. »Dann behalten wir das lieber für uns«, stimme ich zu und senke dabei verschwörerisch die Stimme.

»Das Schöne an ihr: Sie ist sehr pflegeleicht. Mit einer kleinen Einführung solltest du im Handumdrehen gelernt haben, wie der perfekte Kaffee zubereitet wird.«

»Gern. Setz mich überall ein, wo du Hilfe brauchst. Tische wischen, Gläser spülen ... ganz egal. Dafür bin ich hier.«

Ava springt auf, kommt zu mir und nimmt mich einen Moment in den Arm. »Danke, ich hatte ehrlich Sorge, wie ich es ohne Maggie schaffen soll. Natürlich haben wir Aushilfen, aber es wäre trotzdem eine große Herausforderung geworden.« Ihre Umarmung ist fest. »Außerdem steht das Frühjahrsfest bald an, da können wir jede Hand gebrauchen. Von Maggies Geburtstag ganz zu schweigen.«

»Frühjahrsfest?«

»Wir eröffnen sozusagen die Saison. Es gibt eine Art Krämermarkt, bei dem viele kleine Geschäfte aus der Umgebung ihre handgemachten Waren ausstellen und verkaufen. Viel gutes Essen und ein kleines Unterhaltungsprogramm. Die örtliche Schule studiert jedes Jahr eine Vorführung ein. Entweder ein Theaterstück oder ein Musical. Für Kinder und auch Erwachsene gibt es Kurse, in denen sie zum Beispiel töpfern lernen können. Es macht wirklich großen Spaß. Natürlich haben wir viel zu tun, aber am Ende lohnt es sich jedes Mal.« Während sie von dem Fest erzählt, leuchten Avas Augen und ihre Stimme hüpft vor Freude.

»Das klingt spannend«, gebe ich zu. »Habt ihr auch einen Stand?«

Ava nickt. »Ja, wir verkaufen Backwaren und Kaffee. Daher wäre es toll, wenn du mir im Café unter die Arme greifen würdest, während ich Organisatorisches übernehme.«

»Klar, das mache ich gerne. Sag mir wann und wo und ich bin zur Stelle.«

Erneut drückt Ava mich an sich. »Eine Sorge weniger. Es ist wirklich schön, dass du da bist, Carla. Vielen Dank. Jetzt müssen wir uns nur noch um den jungen Blackwood kümmern.«

»Glaubst du wirklich, Josh wird den Besitz verkaufen?«

Anstatt zurück zu ihrem Platz zu gehen, bleibt Ava auf der Lehne des Sessels sitzen. »Keine Ahnung. Es wäre möglich. Die Mieteinnahmen sind niedrig, da der alte Blackwood unsere Preise nie angehoben hat. Der Gewinn war für ihn zweitrangig. Er mochte die Menschen, liebte es, durch die Stadt zu laufen und in jedem Geschäft Halt zu machen, um mit den Besitzern zu sprechen.« Ein Lächeln huscht über Avas Züge, als sie sich an Mr Blackwood erinnert. »Er war beinahe täglich Gast in der *Cookieteria*. Sein Enkel hat mittlerweile keinen Bezug mehr zu Coverporth, hat der Stadt vor Jahren den Rücken gekehrt und das Angebot, das ihm vorliegt, ist sicher lukrativ. Wieso sollte er also an etwas festhalten, das keine Bedeutung für ihn hat?«

»Möglicherweise hat er eine eigene Vision?«

Ava schüttelt den Kopf und geht einmal durch den Raum, fragt die Gäste, ob sie zufrieden sind. Danach kehrt sie zurück. »Du kennst Joshua nicht.«

»Aber du?«, frage ich neugierig und greife nach der Tasse. Das Porzellan ist angenehm warm, genau wie die Temperatur des Getränks.

»Ja, wir waren einige Jahre in derselben Klasse, solange er bei seinem Opa gewohnt hat. Allerdings hatten wir außerhalb kaum Kontakt, weil sich unser Freundeskreis unterschied. Dann ist er auf einmal seinen Eltern nach London gefolgt und hat Coverporth dann nur noch sporadisch besucht. Es hat den alten Herrn sehr getroffen, auch wenn er versucht hat, es zu verbergen. Er hat Joshua sehr geliebt.« Sie fährt sich nachdenklich durchs Haar. »Im Gegensatz zu seinem Enkel war Mr Blackwood sehr warmherzig, hat sich gerne unterhalten und war immer für einen Spaß zu haben. Er konnte den Gemütszustand seines Gegenübers innerhalb von Sekunden erfassen und hat stets die richtigen Worte gefunden. Egal, ob er jemanden aufheitern, ermutigen oder schelten wollte. Sobald er einen Raum betreten hat, hat sein Charakter den leeren Platz ausgefüllt und die Anwesenden umhüllt wie eine warme Decke.«

»Klingt nach einem großartigen Mann«, fasse ich zusammen und trinke erneut einen Schluck. Obwohl auch mir aufgefallen ist, dass Josh eher wortkarg und zurückhaltend ist, habe ich ihn allerdings ebenso als einen freundlichen Mann wahrgenommen. Irgendwie bringe ich mein Gefühl ihm gegenüber nicht mit dem Bild überein, das Ava von ihm zeichnet.

Die Türglocke kündigt das Eintreten neuer Gäste an und Ava dreht sich zu ihnen. Dann wartet sie einen Moment, bis sich die beiden Frauen gesetzt haben. Schließlich geht sie hinter die Theke, holt zwei Klemmbretter, auf denen die Karte befestigt ist, und bringt sie zu dem Tisch. Dort begrüßt sie die Neuankömmlinge, während ich den letzten Schluck meines Tees trinke. Die leere Tasse bringe ich zur Spülmaschine und stelle sie hinein.

»Was machst du?« Ava steht hinter mir, die Stirn fragend in Falten gelegt.

»Abräumen.«

»Du bist heute Gast, Carla.« Wild gestikulierend verscheucht sie mich, bis ich wieder auf dem Sessel sitze. »Ab morgen kannst du gerne helfen. Heute habe ich das Café unter Kontrolle.« Sie deutet zu der Anrichte, auf der Kuchen unter Glaskuppeln präsentiert werden. »Kann ich dir Torte anbieten?«

Dankend winke ich ab. »Das Wetter ist unbeschreiblich schön heute, daher würde ich das gerne ausnutzen.«

»Klar«, entgegnet Ava. »Creme dich gut mit Sonnenschutz ein. Wird viel zu oft unterschätzt.«

»Mache ich«, verspreche ich, obwohl ich unsicher bin, ob ich überhaupt Sonnencreme eingepackt habe. Zum Abschied winke ich Ava zu, bevor ich das Café verlasse. Wir haben uns für den nächsten Tag verabredet. Meine erste Schicht. Irgendwie bin ich aufgeregt, allerdings überwiegt die Freude. Es ist etwas Neues, auf das ich mich konzentrieren kann, während alles andere in meinem Leben gerade in der Luft hängt.

Kapitel 7

Das Leben, die wildeste Achterbahnfahrt … leider wird mir schlecht, kann ich aussteigen?

Vom Café aus schlage ich direkt den Weg zum Meer ein. Zum Glück hat der Schmerz im Knöchel wirklich nachgelassen. Lediglich ein schwacher Nachhall ist übrig geblieben. Die Bandage tut das, was sie soll, sie stützt und entlastet.

Je näher ich dem Wasser komme, desto heftiger wird der Wind. Er peitscht mir das Haar ins Gesicht, sodass ich kaum etwas sehe. Deswegen ziehe ich ein Zopfgummi aus der Tasche und binde das Haar zusammen. Dann kommt mir die Idee für ein Video und ich schreibe sie sofort in mein Notizbuch, da ich einige Utensilien benötige. Zumindest für die erste Hälfte. Die zweite filme ich gleich. Dazu nehme ich mich einfach dabei auf, wie ich am Strand entlang spaziere und mir der Wind das Haar um die Nase peitscht. Theatralisch spucke ich eine Strähne aus, die in dem Mund landet.

Zwar habe ich nun eine Idee für ein Video und sogar einen Teil gedreht, aber der Antrieb, es zu posten, fehlt komplett. Wird diese Art von Content ankommen? Werden die Follower ihn mögen? Wieso mache ich mir so viele Gedanken um alles, anstatt es einfach zu posten? Genervt seufze ich.

Trotz des Windes ist es angenehm draußen. Die Sonne scheint vom Himmel, wärmt die Haut. Deswegen ziehe ich den leichten Pulli aus, lege ihn auf den Sand und setze mich. In der Ferne entdecke ich ein Schiff, das winzig aussieht. Gleichmäßig gleitet es durch die Wellen und arbeitet sich von links nach rechts. Obwohl ich das Meer liebe, wird mir schlecht, sobald ich den Boden eines Schiffes betrete. Die Schwingungen sind zu viel für meinen sensiblen Magen. Trotzdem ist mein Hirn beflügelt von der frischen Luft, dem Geruch und der Atmosphäre. So viele Eindrücke geistern mir durch den Kopf und ich ziehe das Notizbuch erneut hervor, schlage es auf einer neuen Seite auf und banne die Gedanken auf Papier. Es tut gut, die Worte loszuwerden. Zum ersten Mal seit Wochen macht mir das Schreiben wieder Spaß, auch wenn es bloß einige Sätze zur Umgebung sind.

Lächelnd lasse ich den Blick schweifen. Vereinzelt entdecke ich andere Menschen, die spazieren gehen oder ebenfalls auf einer Decke sitzen und sich die Sonne auf den Kopf scheinen lassen. Links von mir läuft jemand am Meer entlang, bleibt alle paar Meter stehen und geht in die Knie. In den Händen hat er eine Kamera, deren Objektiv selbst aus der Entfernung riesig wirkt. Dabei nimmt er sich Zeit für seine Motive, betrachtet die Dinge genau, bevor er sie fotografiert.

Seine Ruhe strahlt bis zu mir, entspannt die Muskeln. Ich nehme das Notizbuch erneut zur Hand, skizziere den Mann und seine Kamera mit Worten. Versuche das Gefühl von Stille, das ihn umgibt, zu beschreiben. Beeindruckt folge ich ihm mit dem Blick, beobachte, wie er näher kommt. Vorbeigehende weichen ihm automatisch aus, ohne richtig Notiz von ihm zu nehmen. Es ist faszinierend, wie er mit der Umgebung verschmilzt und zu einem Teil von ihr wird.

Auf einmal hebt der Mann seinen Blick, trifft meinen. In dem Moment erkenne ich ihn – Josh. Er nickt, fährt dann mit der Fotografie fort. Sein Weg führt ihn weiter am Strand entlang. Obwohl ich versuche, den Blick von ihm loszureißen, erwische ich mich dabei, wie ich ihm hinterherstarre. Und auf einmal ist eine Seite meines Notizbuchs voll. Gefüllt mit dem Augenblick. Ohne nachzulesen, was ich geschrieben habe, klappe ich es zu, ziehe das Smartphone aus der Hosentasche. Meine Laune ist gut, das Wetter schön und die Wellen perfekt. Deswegen öffne ich Instagram. Schließe es jedoch wieder. Dann zwinge ich mich dazu, ein kurzes Video von den Wellen zu machen und die Follower zu updaten. Irgendetwas muss ich schließlich posten. Den ganzen mentalen Struggle verschweige ich dabei. Was ich allerdings anteasere ist, dass sich einige Dinge in meinem Leben ändern oder geändert haben und es daher etwas ruhiger werden wird. Zum Glück habe ich alle bereits angenommenen Kooperationen schon vorgedreht. Und für die nächsten Wochen habe ich auf Aufträge verzichtet. Sobald ich gemerkt habe, dass mir die Lust dazu fehlt, habe ich die Reißleine gezogen. Natürlich brauche ich Geld zum Leben, doch die letzten Jahre lief es gut. Daher kann ich auf einen ganzen Haufen Ersparnisse zurückgreifen.

Jemand tritt neben mich, verdeckt die Sonne. »Hallo.«

»Hallo«, entgegne ich reflexartig und hebe den Kopf. Josh sieht zu mir hinunter. Sein Ausdruck ist neutral, als würde er mit einer Fremden sprechen.

»Wie gehts dem Knöchel?«

Automatisch sehe ich zu meinem Fuß. »Besser, danke. Kaum noch Schmerzen.«

»Gut.« Dann herrscht Stille. Unangenehme Stille. Eventuell wäre die Situation anders, wenn ich aufstehen würde und wir auf derselben Höhe wären. Bevor ich den Plan allerdings umsetzen kann, lässt sich Josh auf seinen Hintern gleiten und setzt sich neben mich, direkt in den Sand. Sofort ist die Stimmung entspannter. Trotzdem gehen mir viele Dinge durch den Kopf. Kann ich ihn auf den Verkauf seines Besitzes ansprechen? Irgendwie fühle ich mich dabei unwohl. Denn bei unserem letzten Treffen hat er deutlich rausklingen lassen, wie sehr ihn die Fragerei danach nervt.

»Entschuldige«, meint er auf einmal und ich drehe ihm überrascht mein Gesicht zu. Er hat den Blick gesenkt, spielt mit den Fingern im Sand. Seine Kamera hat er auf den Oberschenkeln abgelegt. »Entschuldige mein raues Benehmen gestern.«

Seine Worte überraschen mich. » Du dachtest, ich wäre in dein Haus eingebrochen. Dafür warst du ziemlich gefasst und nett.«

Josh lacht. »Eigentlich habe ich meine schlechte Laune an dir ausgelassen. Das bereue ich sehr. Eine Eigenschaft, von der ich eigentlich dachte, dass ich sie abgelegt habe. Aber offensichtlich bringt Cornwall die schlechtesten Seiten in mir wieder zum Vorschein.«

Nun bin ich es, die lacht. »Wenn das deine schlechteste Seite war, hast du vielen Männern etwas voraus.«

»Ganz schön gemein dem männlichen Geschlecht gegenüber.«

»Du hast recht, lass mich das ändern, es war nicht ganz zutreffend: Wenn das deine schlechteste Seite ist, hast du vielen Menschen etwas voraus.«

»Wow«, entfährt es Josh grinsend. »Das hats nur schlimmer gemacht. Und ich dachte, mein Bild der Menschheit wäre schlecht, dabei hasst du sie mehr als ich.«

»Im Gegenteil, ich mag Menschen«, erkläre ich und streiche mir eine Strähne hinters Ohr. »Allerdings bin ich Realistin. Dinge zu romantisieren fällt mir schwer.«

»Dito.«

»Nein, sag bloß.« Ich ziehe die Aussage dabei künstlich in die Länge. »Das hast du bisher wirklich gut vor mir verborgen.«

Erneut lacht Josh und die Stimmung zwischen uns hat sich gelockert. »Tut mir wirklich leid, Carla. Gestern war ein anstrengender Tag. Zurückzukehren fiel mir schwer und dann war ich kaum angekommen, stand halb Coverporth bei mir auf der Matte und wollte wissen, was ich mit dem Erbe von Pops vorhabe.« Frustriert fährt er sich übers Gesicht, reibt sich die Augen. »Dann hab ich dich im Wohnzimmer entdeckt und dachte, du wärst eine von ihnen.«

»Verstehe.«

»Tut mir ehrlich leid. Vor allem, dass du dich meinetwegen verletzt hast.«

»Deinetwegen? Oh, da bildest du dir zu viel ein. Das verdanke ich ganz allein meiner Tollpatschigkeit. Sie begleitet mich schon das ganze Leben, daher kann ich dir mit Sicherheit sagen, es ist ihre Schuld. Den Ruhm streicht sie ein«, entgegne ich. »Mir tut es ebenfalls leid. Egal, wie neugierig ich bin, fremde Häuser zu betreten ist ein Unding. Zur Verteidigung: Ich dachte wirklich, es wäre leerstehend.«

»Schon okay. Wenn du willst, gebe ich dir gern eine Führung und zeige dir die Räumlichkeiten.«

Verwundert nicke ich. »Gern.«

»Klar. Eigentlich bin ich sogar ziemlich froh, dass es in diesem Ort offensichtlich einen Menschen gibt, der mich weder über Grover Hall ausfragen noch wegen des Erbes nerven will. Es ist erfrischend, dass du bloß Interesse am Gebäude hast. Ein Glück, dass du neu in der Stadt bist«, erklärt er und ich presse die Lippen zusammen. Ist es Zeit für die Wahrheit? Oder besser später? Jetzt ist genauso gut. Außerdem möchte ich Josh nichts vormachen.

»Nun ja«, murmle ich, spiele mit dem Gummi am Notizbuch. »Das Café im Dorf gehört meiner Tante.«

»Stimmt, das hattest du erwähnt. Welches?«

»Die *Cookieteria*.«

»Oh.«

»Ja, oh.« Die Wellen branden an den Strand, verlieren sich in kleinen Schaumkronen. Ihr Rauschen ist auf einmal total laut, verdrängt die Hintergrundgeräusche. Einen Herzschlag lang kann ich mich lediglich darauf konzentrieren. Dann durchbricht Joshs Stimme den Moment und holt mich zurück in die Gegenwart.

»Das heißt, Ava hat dich vorgewarnt, was für ein schlechter Mensch ich bin?«

Ich unterdrücke das Grinsen, weil die beiden sich wohl wirklich gut gekannt haben müssen. Zumindest früher. »Sowas würde sie nie tun.«

»Sicher«, entgegnet Josh sarkastisch, denn wir wissen beide, dass es eine Lüge ist. Dann legt sich erneut Stille zwischen uns. Doch dieses Mal ist sie angenehm. Wir hängen unseren Gedanken nach, beobachten das Meer dabei, wie es nach uns greift, um sich schließlich zurückzuziehen, ohne Josh und mich erreicht zu haben.

»Wenn du eine Antwort willst, musst du dich gedulden wie der Rest«, sagt Josh schließlich.

»Bis wann?«

»Bis ich selbst eine Antwort habe.«

»Dann ist noch nicht entschieden, ob der Besitz verkauft wird?«

Josh zuckt die Schultern. »Eigentlich weiß ich, was ich tun will.«

»Aber?«

»Aber es ist eine wichtige Entscheidung. Damit tue ich mich gerade schwer.«

»Deswegen willst du warten«, stelle ich fest und ziehe die Knie zu mir, umschlinge sie mit den Armen. Seine Aussage steht im Kontrast zu dem Eindruck, den ich gestern von ihm gewonnen habe. Bisher schien er sein Leben vollkommen im Griff zu haben. Da muss es für ihn doppelt schwer sein, keinen Plan zu haben.

»Auch, ja. Zwar bin ich hier zu einem großen Teil aufgewachsen, dennoch ...« Josh stoppt. Er hat die Lider geschlossen, öffnet den Mund, schließt ihn wieder. Gerne würde ich etwas sagen, das ihm hilft, allerdings ist mein Schädel leer. Was kann ich schon tun? Wir kennen uns kaum ein paar Stunden, da kann ich nicht erwarten, dass er sich in meiner Gegenwart so sicher fühlt, dass er mir seine Pläne offenbart. »Die Gedanken in Sätze zu verpacken ist irgendwie schwer«, fährt er schließlich fort.

»Das kenne ich«, gebe ich zu. »Deswegen habe ich die letzten Monate alles für mich behalten, die Gedanken in mir verschlossen, anstatt sie mit anderen zu teilen. Ich dachte, das wäre der einfachste Weg. Leider war das ein Trugschluss, denn dadurch wurden die Schatten, die mich geplagt haben, nur länger und dunkler.« Sobald ich die Wahrheit ausgesprochen habe, bereue ich es. Eigentlich habe ich ein gutes Leben. Woher nehme ich mir das Recht, undankbar zu sein? Ich sollte zufrieden sein. Wäre da nur nicht diese große Leere, die seit Wochen mein Inneres ausfüllt. »Tut mir leid, das war zu viel, oder?«, sage ich und hebe abwehrend die Hände, erwarte, dass Josh in Gelächter ausbricht.

»Nein«, sagt er zu meiner Überraschung. »Es beschreibt das Gefühl, das ich gerade habe, ziemlich genau.« Josh vergräbt die Finger im Sand, während der Wind heftiger an unseren Klamotten zieht, mir das Haar ins Gesicht weht. »Seit Pops gestorben ist, hat sich mein Leben komplett verändert. Nein, das trifft es nur zur Hälfte, denn eigentlich ist alles beim Alten geblieben, die Zeit einfach weitergelaufen, die Welt hat sich weiter gedreht. Was sich verändert hat, bin ich. Meine

Gedanken. Plötzlich habe ich den Tod und das Ende vor Augen. Die letzten Jahre habe ich Pops nur wenig gesehen, war viel zu sehr mit der Karriere beschäftigt und damit, einem Traum nachzujagen, von dem ich nicht einmal weiß, ob er wirklich mein Traum ist.« Still höre ich ihm zu, beobachte dabei das Meer und die Vögel, die darüber ihre Kreise ziehen. »Und dann war er auf einmal weg. Ich bereue so viele Dinge, die ich versäumt habe. Stelle die Zukunft und meine Pläne infrage. Habe ich jemals gelebt? Was bedeutet das überhaupt? Bin ich glücklich?«

»Es ist, als wäre man aus einem Traum aufgewacht, unsicher, ob es der eigene war oder der von jemand anderem«, murmle ich und lege den Kopf auf den Knien ab.

Josh dreht sich mir abrupt zu. »Genau. Die Eindrücke sind nur so auf mich eingeströmt, ohne Filter, und ich hatte ... nein ... habe keine Ahnung, wie ich damit umgehen soll.«

»Verstehe.«

»Wirklich?«

»Irgendwie schon.«

»Dabei dachte ich bisher, damit allein zu sein«, gibt Josh zu und erhebt sich. »Sollen wir ein Stück gehen?«

»Gern.« Er reicht mir die Hand und ich ergreife sie, lasse mich von ihm auf die Beine ziehen. »Ich glaube, man ist nie allein mit einer Empfindung. Auf der Erde leben so viele Menschen, wie hoch ist da die Wahrscheinlichkeit, dass du einzigartig bist?«

Josh lacht. »Du hast eine seltsame Art, Menschen aufzumuntern.«

»Wieso? Mich beruhigt das irgendwie. Irgendjemand irgendwo auf der Erde hat dasselbe Problem, hat bereits einmal dasselbe gedacht«, erkläre ich und packe meine Sachen zusammen, dann folge ich ihm.

»Macht es allerdings kaum leichter, das Gefühl zu ertragen.«

»Stimmt«, gebe ich zu.

»Aber darüber reden hilft. Danke.«

»Immer gern. Wirklich.«

Wir gehen einige Schritte. Links von uns das Meer, rechts eine grüne Wiese, die den Berg hinauf zu den Klippen führt. Statt dem Weg dorthin zu folgen, geht Josh weiter am Strand entlang. Ich mustere ihn von der Seite. Seine Augenbrauen sind zusammengezogen, die Stirn in Falten. Etwas liegt ihm auf der Seele, gleichzeitig ruht sein Blick in der Ferne. Ob er etwas sucht, das ihm Antworten auf all seine Fragen gibt? Wäre es doch bloß so einfach.

»Als Kind dachte ich immer, wenn ich erwachsen bin, weiß ich, wie die das Leben funktioniert. Dann kenne ich die Antworten auf alles«, sage ich lachend. »Wahrscheinlich war das die größte Lüge, die ich je geglaubt habe.

Josh nickt. »Stimmt, mir ging es ähnlich. Ab einem gewissen Zeitpunkt konnte ich es kaum erwarten, groß zu werden, weil ich dachte, dann würde es einfach werden. Die Erwachsenen hatten die Dinge im Griff. Sie wussten, wo der Weg hin ging, was zu tun war.«

»Genau. Nun bin ich groß. Und was ich tue, wie das Leben funktioniert oder welchen Schritt ich als nächstes gehen soll ... weiterhin ein großes Rätsel. Außerdem läuft mir die Zeit weg.«

»Kannst du Gedanken oder besser gesagt Gefühle lesen?«, fragt Josh grinsend und ich wende ihm das Gesicht zu.

»Wieso?«

»Weil es genau das ist, was ich seit Pops Tod fühle.«

Eine kleine Gruppe älterer Damen kommt auf uns zu. Schon von Weitem höre ich ihre Stimmen, weil sie sich lautstark unterhalten. Sie tragen gelbe Regenjacken und Gummistiefel, dabei ist es eigentlich zu warm für Ersteres. Die Kapuzen haben sie tief ins Gesicht gezogen, grüßen dennoch nett, als wir sie passieren.

»Deswegen spiele ich mit dem Gedanken, den Besitz zu verkaufen.«

Die Bombe platzt, trifft mich unvorbereitet in der Brust und mein Herz setzt einen Schlag aus. Es wird Maggie, Ava und den restlichen Pächtern den Boden unter den Füßen wegreißen. Vor allem, wenn Josh wirklich an den Besitzer der Hotelkette verkaufen sollte. Dadurch würden die Menschen im Dorf ihre Geschäfte verlieren, ihre Existenzgrundlage.

»Das Erbe anzunehmen und zu behalten ist mit vielen Verpflichtungen verbunden. Großvater ist in der Aufgabe als Verpächter aufgegangen. Im Gegensatz zu mir hat er sich gerne mit anderen getroffen, hatte stets ein offenes Ohr für die Anliegen und Sorgen der Menschen. Diese Eigenschaft habe ich bewundert. Es gab eine Zeit, in der habe ich versucht, ihm nachzueifern, allerdings hatte er viel mehr Charisma als ich. Dinge, die mich Überwindung kosten, sind ihm leicht von der Hand gegangen. Für ihn war es eine Lebensaufgabe, für mich wäre es eine Bürde. Will ich zu so etwas verpflichtet sein? Für den Rest meines Lebens?«

Josh wird mit jeder Silbe schneller und ich bin mir unsicher, ob er mittlerweile mit sich selbst spricht.

»Weißt du, was lustig ist?« Er lacht beinahe hysterisch. »Früher wollte ich so schnell wie möglich erwachsen werden und das Anwesen zusammen mit Pops zu einem Hotel umbauen ... jetzt, wo ich es könnte ...« Josh seufzt.

»Entschuldige«, murmelt er auf einmal und ich bleibe stehen, wende ihm überrascht den Blick zu.

»Wofür?«

Er hält ebenfalls inne und dreht sich zu mir. Wir stehen einander gegenüber, mustern den anderen. Erst jetzt fällt mir auf, wie markant Joshs Wangenknochen sind. Sie unterstreichen die Traurigkeit seiner Augen. Der leichte Bartschatten verstärkt den Ausdruck. Auf seine eigene Weise wirkt er geheimnisvoll. Dann verzieht er die Lippen zu einem Lächeln und ein winziges Grübchen erscheint.

»Dafür, dass ich den Ballast bei dir abgeladen habe, obwohl wir uns kaum vierundzwanzig Stunden kennen. Mein Kopf ist nur so unfassbar voll und irgendwie scheint die Gedankenflut kein Ende zu nehmen«, erklärt Josh. Dabei wird er wieder ernst und ich vermisse den leichten Zug von Fröhlichkeit um seine Mundwinkel.

»Nun ja, aber in diesen vierundzwanzig Stunden haben wir schon einiges miteinander erlebt. Ein kaputter Mietwagen, ein Einbruch, ein verletzter Knöchel und der Verkauf eines ganzen Anwesens. Das reicht meiner Meinung nach für ein ganzes Leben.«

Josh lacht wieder, das Grübchen kehr zurück. Mission accomplished. »Stimmt. Eigentlich können wir uns beste Freunde nennen.«

»Mindestens«, stimme ich zu und strecke ihm den kleinen Finger entgegen, damit er ihn einhaken kann. »Besties?« Keine Ahnung, warum ich so albern bin, aber Josh bringt eine Leichtigkeit in meinem Inneren zurück, die ich die letzten Monate vergeblich gesucht habe.

Zuerst mustert er die Hand skeptisch, dann steigt er endlich auf den Scherz ein.

»Besties«, bestätigt er, berührt meinen kleinen Finger und Wärme erfüllt mich. »Kannst du mir dann einen Rat geben?«

»Natürlich.« Ich salutiere gespielt, versteife den Körper und halte mir die Hand an den Kopf. »Als beste Freundin stehe ich vierundzwanzig Stunden, sieben Tage die Woche zu deinen Diensten. Du rufst, ich komme.«

»Wow, was für ein Service.«

»Der Beste-Freundinnen-Service eben. Kekse gibts gratis on top.«

Verblüfft reißt Josh die Augen auf. »Wirklich? Du hast Kekse dabei?«

»Nein, aber ich hatte gehofft, du vielleicht?« Mein Magen knurrt. Mittlerweile dürfte es später Nachmittag sein und ich habe das Mittagessen ausfallen lassen.

»Klar, in der Hosentasche.«

»Echt?«

»Carla«, sagt Josh und spricht meinen Namen dabei ganz sanft, aber belustigt aus. »Natürlich nicht.«

»Hätte ja sein können.«

Wir gehen weiter, während rechts von uns die Klippen immer weiter ansteigen. Die Sonne verschwindet hinter dem Berg, wirft einen großen Schatten und ich fröstle. Deswegen schlinge ich die Arme um den Oberkörper, versuche, mich selbst zu wärmen. Auf einmal muss ich wieder daran denken, was Ava mir über Josh erzählt hat. Nach dem, was er heute mit mir geteilt hat, bin ich mir sicher, dass auch die Geschichte eine Seite hat, die keiner kennt. Von außen betrachtet wirkt er womöglich wie der kaltherzige Enkel, der den Besitz so schnell wie möglich loswerden möchte, doch in Wahrheit kämpft er seinen eigenen Kampf, ist damit beschäftigt herauszufinden, was das Richtige ist.

»Hast du bereits einen Käufer?«, frage ich, um zu erfahren, wie weit fortgeschritten seine Pläne sind.

Er schüttelt den Kopf. »Darum habe ich mich bisher nicht gekümmert. Ich wollte die Entscheidung zu verkaufen erst mal auf mich wirken lassen. Die nächsten vier Wochen habe ich Urlaub und werde sie auf Grover Hall verbringen. Wir werden sehen, was passiert.«

»Aber das Schicksal der Menschen liegt dir am Herzen, oder?«

»Natürlich. Mir ist klar, dass sich alle vor der Erwing Group und speziell dem Besitzer Mr Erwing fürchten. Ein großer Hotelier und Restaurantbesitzer, der frischen Wind nach Coverporth bringen will. Aber womöglich ist es genau das, was das Dorf braucht? Moderne Visionen, die die Gegenwart nach Cornwall holen?«

Klar, das wäre der beste Fall. Eine positive Veränderung, von der alle profitieren. Leider sieht die Realität meist anders aus und es gibt nur eine Person, die als Gewinner aus solchen Situationen hervorgeht. »Kann sein. Allerdings meinte Maggie, Erwing möchte die Geschäfte auflösen und seine eigenen eröffnen. Wie könnte das eine Verbesserung sein?«

»Nichts wird so heiß angezogen wie es gewaschen wird«, sagt Josh und ich stutze.

»Irgendetwas ist daran falsch.«

»Wirklich?«

»Glaube schon.«

Er schiebt die Hände in seine Hosentaschen. »Sicher? Klingt doch richtig?«

»Okay, anscheinend sind wir beide schlecht was Redewendungen angeht. Zum Glück geht es um etwas anderes«, sage ich, um aufs Thema zurückzukommen, denn immerhin steht auch die Existenz meiner Tante auf dem Spiel. »Entscheide nicht einfach kopflos, in Ordnung? Versuche, dich in die Menschen und ihre Lage hineinzuversetzen.«

»Wenn ich das verspreche, sorgst du dann dafür, dass sie mich in den nächsten vier Wochen in Ruhe lassen?«

»Deal!«, antworte ich viel zu schnell.

»Gut, Deal.«

Oje, hätte ich dieses Versprechen wirklich geben sollen? Wahrscheinlich ist das ein echtes Himmelfahrtskommando und wir wissen es beide, denn Joshs Mund verzieht sich zu einem spöttischen Grinsen. Das weckt jedoch nur meinen Kampfgeist. »Unterschätze mich nicht, Blackwood.«

»Wäre mir nie in den Sinn gekommen.«

»Gut«, sage ich und beiße die Zähne zusammen. Ob ich Ava einweihen soll? Sie hat sicherlich einen guten

Draht zu allen im Dorf und wird mir helfen, sie von ihm fernzuhalten.

»Lass uns umdrehen«, schlägt er vor. »Oder willst du den Rundweg über die Klippen zurückgehen? Er zeigt einen schmalen steilen Weg hinauf. Allein bei dem Anblick wird mir übel und die Höhenangst schickt mir tausend Horrorszenarien, wie ich stolpere und in den Tod stürze.

»Sicher nicht.« Ich drehe mich um. Mit jedem Schritt, den wir uns von dem Weg entfernen, wird mir wohler. Der Wind weht mir frisch um die Nase und jetzt ich bin dankbar für die kühle Luft. »Bist du hier geboren?«

»Ja, geboren und aufgewachsen. Sogar nachdem meine Eltern nach London gezogen sind, bin ich geblieben, habe die Schule beendet und bei Pops gewohnt.«

»Und trotzdem sagst du, dein Herz hängt nicht an Cornwall?«

Er schüttelt den Kopf. »Mein Herz hängt weder an einem Haus noch einem Ort, es hängt an Erinnerungen und Momenten.«

Natürlich hat er recht. Trotzdem sind es meist Orte, mit denen wir etwas verbinden und die Gefühle in uns zurückbringen können, die wir längst vergessen glaubten.

Wir passieren gerade die Stelle, an der wir losgegangen sind, als mein Handy zu klingeln beginnt. Normalerweise ist es stumm gestellt, doch weil Maggie im Krankenhaus liegt, habe ich den Ton eingeschaltet.

»Entschuldige«, sage ich und ziehe das Handy hervor. Der Name meiner Agentin leuchtet mir anklagend entgegen. Die letzten Tage habe ich sie und ihre Nachrichten komplett ignoriert. Wahrscheinlich versucht sie deswegen, mich nun telefonisch zu erreichen. Ich seufze schwer. »Tut mir leid, da muss ich rangehen.«

»Kein Problem.«

Lächelnd winke ich Josh zum Abschied zu, gehe einige Schritte und nehme das Gespräch dann entgegen.

»Hallo?«

»Carla, du lebst. Was glaubst du, welche Sorgen wir uns gemacht haben?« Ihr Tonfall ist so übertrieben, dass ich die Augen verdrehe. Ob die Sorge echt ist? Keine Ahnung. Vera ist eine nette Frau, ihr Geschick in Verhandlungen sucht ihresgleichen und sie hat einen guten Blick für Geschäfte und den Markt. Allerdings könnte sie ihre Sozialkompetenz manchmal aufbessern.

»Natürlich. Du würdest es sicher als erste erfahren, sollte mir etwas passieren«, versichere ich ihr. Wahrscheinlich sogar vor meinen Eltern. Wobei ich ihnen kurz vor der Abreise Bescheid gesagt habe, was mein Plan ist. Sie haben sich kaum dafür interessiert. Aber das kenne ich bereits und es ist in Ordnung. Immerhin bin ich mittlerweile erwachsen.

»Wer weiß? Seit Wochen benimmst du dich seltsam. Nimmst du etwa Drogen? Oder hast du dich einer seltsamen Gruppierung angeschlossen?«

»Seltsame Gruppierung?«

»Was weiß ich? Den Hippies oder Klimakids ...«

Ich verkneife mir ein Grinsen. »Diese Klimakids sind keine komische Gruppierung, sie kämpfen für ihre Zukunft.«

»Wie dem auch sei.« Sie übergeht meinen Kommentar. »Ich bin die nächsten Tage in Frankfurt. Wollen wir uns treffen? Dann kannst du mich auf den neusten

Stand zum Konzept deines neuen Buches bringen. Hast du über das Angebot des Verlags nachgedacht? Es ist gut. Es abzulehnen wäre fahrlässig. Außerdem habe ich noch ein paar andere Projekte, die wirklich interessant klingen.«

Langsam lasse ich den Strand hinter mir, gehe zurück Richtung Dorf und Innenstadt, wo ich das Auto geparkt habe. Immer wieder kommen mir Menschen entgegen. Einige weichen mir kommentarlos aus, andere grüßen nett. Je näher ich dem Parkplatz komme, desto leiser wird es. Die Gebäude verschlucken das Rauschen der Wellen, das Kreischen der Vögel. Auch der Wind wird abgefangen und die Strähnen hinterm Ohr bleiben dort, wo sie hingehören.

»Carla?«

»Ja?« Ach so, Vera wartet auf eine Antwort. »Nein.«

»Nein, wir wollen uns nicht treffen?« Irritation klingt aus ihrer Stimme.

»Momentan bin ich in Cornwall.«

»Cornwall?« Nun weicht die Irritation offener Verwirrung. »Was tust du in Cornwall?«

»Urlaub machen?«

»In Cornwall?«

»Klar.«

Einen Moment ist es still. Ich kann Vera fast vor mir sehen, wie sie die Nase kräuselt, weil meine Worte keinen Sinn für sie ergeben. Unter dem perfekten Urlaub stellt sich sie wahrscheinlich ein 5-Sterne-Wellnesshotel in Miami Beach vor.

»Meine Tante hat ein Café an der Küste. Sie hat sich das Bein gebrochen und braucht Hilfe. Deswegen bin ich hergeflogen«, erkläre ich.

Erneut breitet sich Stille in der Leitung aus. Im Hintergrund höre ich das Klackern einer Tastatur, dann das Klicken der Maus. »Wann bist du zurück? Wir sollten uns wirklich verabreden. Der Verlag fragt nach neuem Stoff, möchte ein Abgabedatum. Wenn wir nichts liefern, werden sie den Programmplatz anderweitig vergeben. Außerdem brauche ich deine Einschätzung zu den anderen Projekten, damit wir sehen, auf was du Lust hast und was dich voranbringt.«

»Bisher habe ich kein Datum festgelegt.«

»Carla.«

»Vera«, entgegne ich in demselben leicht genervten Ton.

Ein Seufzen. Ist es Resignation, die ich höre? »Was ist in dich gefahren die letzten Wochen? Du hattest deine Karriere immer fest im Blick, hast mit mir zusammengearbeitet. Jetzt stellst du dich gegen mich. Ich habe keine Ahnung, was gerade in dir vorgeht. Dabei habe ich ein Angebot, das eigentlich unmöglich abzulehnen ist.«

»Jetzt übertreibst du«, entgegne ich. Allerdings stimmt es. Die Wahrheit habe ich verschwiegen, mich zurückgezogen und Zeit allein mit meinen Gedanken verbracht. Nur Mimi habe ich erzählt, was in mir vorgeht. Vielleicht ist es so weit, Vera reinen Wein einzuschenken. Bisher weiß sie lediglich von einer Schreibblockade. Wobei das die Untertreibung des Jahres ist. Es ist vielmehr ein schwarzes Schreibloch, das alle Kreativität aussaugt, die mit ihm in Berührung kommt. »Hör zu, Vera«, beginne ich und schildere ihr endlich, was in mir vorgeht. Sie hört zu, während ich mich in das Auto setze. Anstatt den Motor zu starten, starre ich durch die Frontscheibe und versuche, die Empfindungen für Vera in Worte zu fassen.

»Davon lässt du dich bremsen? Jeder von uns hat solche Phasen im Leben. Es ist ein ständiges Auf und Ab.« Ihre Antwort ist ein Schlag ins Gesicht. »Nimm dir deinen Urlaub, sammle dich und komm dann stärker zurück.«

Traurig senke ich den Blick. Obwohl ich weiß, dass es anderen genauso geht, ist Veras Äußerung frustrierend, da sie das Problem verallgemeinert und die Probleme, die ich habe, nicht ernst nimmt. Immerhin scheint es Josh ähnlich zu gehen. Er hat mir zugehört, die Sorgen wahrgenommen und anerkannt.

»Eventuell habe ich etwas, das dich aufmuntert«, sagt Vera dann und durchbricht meine Gedanken. »Unser Team hat sich überlegt, was noch zu dir passen würde, und wir dachten an eine eigene Show.«

»Eine eigene Show?«, frage ich ungläubig nach.

»Genau.« Nun ist es Enthusiasmus, der aus ihrer Stimme spricht und sie sich beinahe überschlagen lässt. »Deine Bücher sind voller Witz und Humor, gleichzeitig aber auch gesellschaftskritisch. Themen, die eine ganze Generation mitreißen. Eine Generation, die nichts lieber tut, als Menschen zu idealisieren und zu feiern. Sie werden dich live vergöttern. Du kannst durch Deutschland reisen und in verschiedenen Locations Auszüge aus deinem Buch vorlesen, in Kombination mit Comedyeinlagen. Danach gibst du Autogramme und signierst Bücher. Die Menschen werden uns die Karten aus der Hand reißen.«

Das bezweifle ich. Momentan komme ich mir wie die größte Verliererin aller Zeiten vor. Wie soll ich mich da auf eine Bühne stellen und den Millenials vor mir vormachen, ich hätte die Weisheit mit Löffeln gefressen?

»Es wäre die perfekte Ergänzung zu deinen Büchern. Der Verlag würde ebenfalls profitieren. Eine gute Einnahmequelle. Vielleicht können wir sogar Merchandise herstellen.«

»Merchandise«, echoe ich ungläubig. »Wovon? Meinem Gesicht?« Vor meinem inneren Auge sehe ich T-Shirts und Stoffbeutel mit meiner Fratze darauf. Nie im Leben hat mich eine Vorstellung mehr erschaudern lassen.

»Genau, und einem hippen Zitat, oder wir erstellen ein Logo, um deine Marke zu pushen.« Vera ist komplett in ihrem Element, übergeht meinen zweifelnden Tonfall. »Dadurch würden wir deine Sichtbarkeit steigern und dich auf allen Kanälen bekannter machen. Sozusagen der nächste Schritt.«

Der nächste Schritt? Wohin? Zur Übernahme der Weltherrschaft? Bei Vera klingt es beinahe so und ich verkneife es mir nachzufragen. Stattdessen lache ich, denn es ist die einzig logische Reaktion darauf. Ein verzweifeltes Lachen, das mehr ausdrückt, als Worte es könnten. Vera zu stoppen ist ein Ding der Unmöglichkeit, daher lasse ich es, überhaupt erst einen Versuch zu starten. Ich tue es ihr also gleich und übergehe sie, komme zurück zu den Themen, die für mich gerade Priorität haben.

»Bis wann braucht der Verlag etwas Neues von mir?«

»Eigentlich gestern.«

Resigniert seufze ich. »Können wir aussteigen?«

»Aussteigen?« Nun ist es Vera, die meine Worte ungläubig wiederholt. »Wieso?«

»Wieso? Hast du mir zugehört? Es gibt nichts, rein gar nichts, über das ich schreiben könnte. Die Ideen sind aufgebraucht, in meinem Hirn herrscht nur Leere.«

»Okay«, entgegnet Vera und plötzlich klingt sie versöhnlich. Womöglich wurde ihr erst jetzt klar, wie ernst es mir ist. »Nimm dir deine Auszeit, Carla. Ich halte den Verlag hin und versuche, den Programmplatz so lange wie möglich freizuhalten. Das Konzept des Buches steht doch bereits, der Verlag fand es gut. Nun brauchst du es nur noch zu schreiben.«

Bei Vera klingt das wahnsinnig leicht. Der Druck auf den Schultern wächst, wirft einen weiten Schatten voraus und nimmt mir die Luft zum Atmen. Deswegen schließe ich die Lider, öffne den Mund und fülle die Lunge so weit es geht.

Eins. Ein.

Zwei. Aus.

Eins. Ein.

Zwei. Aus.

Es hilft, lässt mich zumindest bei Verstand bleiben und all die Dinge, die ich Vera gerne sagen würde, herunterschlucken. Stattdessen setze ich ein Lächeln auf, das so süß ist, dass sie sich daran vergiften würde, könnte sie es sehen. »Danke, dass du hinter mir stehst.«

»Dafür bin ich doch da, Süße.«

Klar ... »Hör zu, ich muss jetzt zu Maggie ins Krankenhaus.«

»Natürlich. Ruf an, wenn du reden magst. Wir können noch mal über das Buch sprechen oder die Show. Deine Ideen sind uns immer willkommen.«

Ich verabschiede mich, lege auf und überlege zum ersten Mal, die Agentur zu verlassen. Bisher hatte ich immer eine gute Betreuung. Allerdings war mir von Anfang an klar, dass wir verschiedene Persönlichkeiten sind. Vera ist gut in dem, was sie tut, weil sie eine Geschäftsfrau ist. Sie sieht eine Option und ergreift sie, ist ständig dabei, über sich hinauszuwachsen und ihre Künstler weiter hinaufzutragen. Dabei geht es ihr nur wenig um den Content, den wir produzieren. Vielmehr schätzt sie das Geld und die Anerkennung. Was beides vollkommen in Ordnung ist. Dennoch hätte ich mir gewünscht, sie würde mich ein bisschen mehr verstehen. Denn was ich gerade durchmache, sind keine künstlerischen Attitüden oder Ähnliches. Drastisch ausgedrückt fühlt es sich wie das Ende der Welt an. Die Arbeit hat mich die letzten Jahre definiert und meine ganze Persönlichkeit ausgemacht. Nun kämpfe ich damit herauszufinden, wer ich ohne sie bin.

Ich ziehe das dunkle Notizbuch aus der Tasche, verwandle die Sorgen in Worte und versuche sie aus dem Schädel zu vertreiben, indem ich sie aufs Papier projiziere. Tatsächlich hilft es, ein Stück Klarheit zu bekommen, und mir wird bewusst, wieso mich das Telefonat runterzieht. Vera hat all meine Sorgen abgetan. Mag sein, dass jeder Höhen und Tiefen im Leben hat, das ist mir klar und beruhigt mich ein Stückweit. Dennoch sind meine Gefühle es wert, gehört zu werden. Niemals habe ich mir eine Lösung von ihr erhofft, aber es wäre schön gewesen, wenn sie mich ernst genommen hätte.

Kapitel 8

Ein Date mit Cornwall ...
oder so

»Vorsicht«, ruft Noah mir entgegen. Instinktiv ziehe ich den Kopf ein und ducke mich zur Seite. Kaum zehn Zentimeter von mir entfernt fällt eine lange Metallstange zu Boden. »Scheiße, gehts dir gut?« Auf einmal steht Noah neben mir, geht in die Knie, sodass er mir ins Gesicht schauen kann.

Seine Freundin Lily tritt hinter ihn, haut ihm gegen die Schulter. »Hab ich dir gesagt, das würde passieren, oder hab ich dir gesagt, das würde passieren? Und hast du darauf gehört und es extra gesichert? Nein, natürlich wisst ihr Kerle immer besser über alles Bescheid.« Sie schiebt ihn aus meinem Sichtfeld. Ihre Worte dringen gedämpft zu mir, denn in meinen Ohren pocht der Herzschlag laut. Adrenalin schießt durch mich hindurch, bringt den Puls zum Durchdrehen, deswegen atme ich tief ein und aus. Nun steht Lily dicht vor mir. »Hat die Stange dich getroffen?«

Zögernd schüttle ich den Kopf. »Nur der Schock.«

»Tut mir wahnsinnig leid«, beteuert Lily und richtet sich auf. Sie ist in Coverporth aufgewachsen, kennt das Dorf und seine Gepflogenheiten daher in- und auswendig. Außerdem ist sie Inhaberin einer Eventplanungsagentur und hat sich bereit erklärt, bei der Organisation des Frühlingsfests zu helfen.

Noah schielt über ihre Schulter, mustert mich ernst. Deswegen setze ich ein Lächeln auf. »Kein Problem. Soll ich euch helfen, die Stangen zu befestigen, damit die Mordrate bei null bleibt?«

»Hey«, empört Noah sich. »Wenn, wäre es Todschlag gewesen, immerhin fehlte der Vorsatz. Es war ein Unfall.«

Ich lache und tatsächlich entlädt sich die Anspannung dadurch. Mein Hirn realisiert, dass die Gefahr vorbei ist, beruhigt sich langsam. »Die Tatsache, dass du weißt, was der Unterschied zwischen Mord und Totschlag ist, stimmt mich etwas misstrauisch, ob es wirklich ein Unfall war.«

»Was? Das ist Allgemeinwissen, oder?« Er blickt zu seiner Freundin, die ihre Zähne zusammenbeißt, um das Grinsen zu unterdrücken. Stattdessen zuckt sie mit den Schultern, dreht sich weg und geht zurück zu ihrer Position. Sie steckt eine Metallstange in die Halterung am Boden, befestigt sie.

»Hey, das *ist* Allgemeinwissen«, ruft Noah ihr hinterher, wendet sich mir schließlich wieder zu. »Wirklich.«

»Klar«, murmle ich und nehme ihm die Stange ab. »Sorgen wir dafür, dass wir niemals herausfinden müssen, ob ein Gericht dir zustimmen würde.«

Noah seufzt und ich zwinkere Lily zu, die uns beobachtet. Zusammen befestigen wir die Stange und

spannen danach eine Leinenplane darüber auf. Innerhalb kurzer Zeit haben wir zwei weitere Zelte aufgestellt und ich beginne damit, diese zu dekorieren. Ich
spanne bunte Minilampions an der Decke entlang, die
Sommerfeeling versprühen.

»Carla«, ruft Maggie mir zu und ich drehe mich überrascht um. Mit Ava an ihrer Seite kommt sie zu mir. Seit
einer Woche darf sie nun auch etwas länger mit den
Krücken laufen. Trotzdem sollte sie sich größtenteils
schonen. Allerdings ist dieses Wort kein Teil von Maggies Wortschatz. Daher bin ich die meiste Zeit damit beschäftigt, sie vor sich selbst zu beschützen und zur
Ruhe zu ermahnen. Manchmal fühle ich mich wie ihre
Mutter, die mit erhobenem Zeigefinger Dinge verbietet.

»Hey«, grüße ich die beiden. »War dir langweilig?«

Maggie nickt. »Im Haus ist es unfassbar ruhig. Ava
war so lieb, mich abzuholen und mit zum Café zu nehmen. Gerade ist Mittagspause, daher wollten wir dir einen Besuch abstatten. Wie läuft es?«

»Wir bauen die Zelte für die verschiedenen Stände
auf.« Ich drehe den Oberkörper etwas zur Seite und
deute nach rechts. »Das kleine da hinten ist unseres. Sobald ich die Deko überall angebracht habe, werde ich
die Utensilien aus dem Café holen. Dann steht der Eröffnung morgen nichts mehr im Wege.«

»Maggie.« Jemand ruft laut den Namen meiner Tante.
»Maggie.« Gleichzeitig wenden wir uns der Stimme zu,
die von links kommt. Eine junge Frau eilt schnellen
Schrittes auf uns zu. Ihr gehört der Buchladen, der sich
dem Café gegenüber befindet. Ihr Name liegt mir auf
der Zunge. »Hast du ihn schon gesehen?«

Maggie stützt sich schwer auf ihre Krücken, um den Fuß zu entlasten. »Wen?«

»Erwing«, entgegnet Betty. Endlich erinnere ich mich an ihren Namen. Im Gegensatz dazu könnte ich Erwings kaum vergessen, denn er ist seit Joshs Rückkehr und somit meiner Ankunft ein ständiges Gesprächsthema im Ort.

»Er ist hier?«, fragt Ava ungläubig und stemmt die Hände in die Hüften. Dabei klimpern die Armbänder an ihrem Handgelenk. »Kann ich ihm direkt ins Gesicht sagen, dass er sich von unserer Heimat fernhalten soll.«

»Was will er?«, fragt Maggie und übergeht Ava.

Betty zuckt mit den Schultern. »Anscheinend hat er einen Stand.«

»Einen Stand?«, wiederholen wir ungläubig.

Lily kommt zu uns. »Stimmt, er hat einen der Plätze im Foodbereich gemietet, unweit von eurem.«

»Aber wieso?«, wundere ich mich. »Was bringt es ihm? Auf die Einnahmen ist er wohl kaum angewiesen.«

»Nein.« Maggie schüttelt den Kopf. »Möglicherweise will er sich zeigen. Erneut Gespräche einleiten. Selbst wenn Blackwood sich gegen den Verkauf entscheidet, kann er die Pächter dazu bringen, von ihren Verträgen zurückzutreten, und selbst pachten.«

»Du meinst, er will uns vertreiben?«, sagt Betty und verschränkt die Arme vor der Brust. »Das soll er ruhig versuchen.«

Obwohl Betty sich sicher scheint, dass ihnen keiner in den Rücken fallen wird, hege ich daran Zweifel. Geld schafft alles. Sollte Erwing beginnen, mit harten Bandagen zu kämpfen, … wer weiß, wie das Ganze ausgeht.

Außerdem besteht die Möglichkeit, dass Josh sich entscheidet zu verkaufen. In dem Fall ist sowieso alles verloren.

»Kannst du uns da hinten helfen, Carla?«, fragt Lily und bedeutet mir, ihr zu folgen. Ich winke den anderen zu, ringe Maggie das Versprechen ab, sich auszuruhen, und gehe ihr nach.

Kaum zu glauben, dass wir tatsächlich bis zum ersten Festtag damit fertig werden, alles herzurichten. Wobei es mich bei Lilys Organisation nur wenig wundert. Natürlich gab es einige Pannen, dennoch hat sie nie den Überblick verloren und kam stets mit einer Lösung um die Ecke.

Am nächsten Morgen ist jeder Stand damit beschäftigt, sich einzurichten, seine Geräte aufzubauen und letzte Vorbereitungen zu treffen. Wir haben den Kuchen in der gekühlten Vitrine platziert und die Preise auf eine kleine Schiefertafel geschrieben. Außerdem hat Ava die Kekse vorbeigebracht, die jeder Gast kostenlos zu seinem Kaffee dazu bekommt. Natürlich selbstgebacken. Tatsächlich befindet sich kaum zwei Stände von uns entfernt der von Erwing. Er wirbt mit herzhaften Speisen für seine Restaurantkette. Mit einem breiten Lächeln begrüßt er die ersten Menschen, die über das Gelände laufen und sich umsehen. Dabei steht er nicht selbst hinter den Töpfen, sondern hat einen Koch mitgebracht, der aussieht, als wäre er einem Fünf-Sterne-Restaurant entsprungen. Seine hohe weiße Mütze berührt beinahe die Decke des Zelts und jedes Mal, wenn er sich hastig umdreht, befürchte ich, sie wird herunterfallen. Aber anscheinend ist diese Angst unbegründet, denn bisher sitzt sie bombenfest.

Der Duft, der zu uns herüberweht, ist unwiderstehlich und lässt mir das Wasser im Mund zusammenlaufen. Aber natürlich werden mich keine zehn Pferde dazu bekommen, bei Erwing zu essen. Er bedroht die Existenz der Menschen hier.

»Guten Morgen.«

Ich drehe mich zu der Stimme hinter mir um und schaue direkt in Joshs dunkle Augen. Auf seinen Lippen liegt ein Lächeln, während er die Arme vor der Brust verschränkt hat. Das weiße Hemd hat er bis zu den Ellbogen hochgekrempelt und es bringt seine sonnengebräunte Haut geradezu zum Strahlen.

»Morgen«, erwidere ich und werfe einen letzten Blick über die Schulter zurück zu Erwing.

Josh beugt sich über den Tisch, der als Theke dient, mustert die Kuchen in der Auslage. »Meine Hochachtung.«

»Wofür?« Verwirrt lege ich die Stirn in Falten, wende mich ebenfalls den Torten zu. »Die hat Ava gemacht. Das ist auch gut so.«

»Wieso? Keine Bäckerin?«

Ich schüttle den Kopf. »Meine Talente liegen woanders.«

»So?« Josh hebt herausfordernd die Brauen, verkneift sich ein Grinsen, doch ich schüttle nur lachend den Kopf. »Eigentlich meinte ich allerdings die Tatsache, dass du es wirklich geschafft hast, dass mich die Dorfbewohner in Ruhe lassen. Wie hast du das gemacht?«

»Magie?«

»Daran würde ich keine Sekunde zweifeln.«

Nun lache ich doch. »Eigentlich hab ich ihnen nur die Wahrheit gesagt.«

»Die Wahrheit«, echot Josh ungläubig. »So einfach?«

»So einfach.« Nun gut, vielleicht musste Maggie ihnen ins Gewissen reden und vor allem Ava und Betty klarmachen, was auf dem Spiel steht. Aber das verschweige ich lieber. »Das nächste Mal solltest du gleich mit offenen Karten spielen.«

»Danke für den Rat.«

»Immer gern. Meine Dienste stehen vierundzwanzig Stunden sieben Tage die Woche zur Verfügung. Besties, weißt du noch?«

»Ein kühnes Angebot.«

Ich zucke die Schultern. Eigentlich ein Scherz, allerdings finde ich die Vorstellung schön, dass Josh sich wirklich bei mir meldet. Bisher empfinde ich seine Gesellschaft jedes Mal als angenehm. Vor allem das Gespräch am Meer hat mir gutgetan. Es kommt mir fast vor, als läge es Wochen zurück. Seit meiner Ankunft in Cornwall ist so viel passiert, dass ich kaum einen Moment zum Durchatmen hatte. Was mir auf der einen Seite hilft, mich von den Problemen abzulenken. Mich aber gleichzeitig auch keinen Schritt weiterbringt. Schließlich kann ich schlecht für immer hierbleiben. Die Zeit in Cornwall hat ein Ablaufdatum.

»Möchtest du ein Stück?« Ich deute auf die Kuchen, um meine Gedanken abzulenken. Das Frühjahrsfest ist wohl kaum der richtige Ort für tiefsinnige Überlegungen, die das Chaos in meinem Leben entwirren könnten. »Oder einen Kaffee?«

»Gern einen Milchkaffee«, entgegnet Josh und deutet auf die Maschine. Eine viel kleinere Version von Bessy, die in der *Cookieteria* steht. Nach einem Crashkurs von

Ava weiß ich sogar, wie man richtig mit dem Ding umgeht und was ich beachten muss, um den perfekten Kaffee zu bekommen. Deswegen mahle ich die Bohnen, fülle sie in den vorgesehenen Behälter und befestige diesen an der Maschine. Danach stelle ich einen Becher darunter und drücke den Knopf. Langsam läuft die braune Flüssigkeit in das Gefäß und füllt es bis zur Hälfte. Währenddessen schäume ich die Milch so lange auf, bis sie die richtige Temperatur hat. Ava hat sogar versucht, mir einige Schaumkreationen beizubringen. Allerdings hält sich mein Talent dahingehend eher in Grenzen. Aber sollte ich die Karriere als Influencerin und Autorin an den Nagel hängen, könnte ich bestimmt in einem Café arbeiten.

»Voilà«, sage ich und schiebe Josh sein Getränk zu. Auf dem Schaum habe ich etwas Kakaopulver verteilt.

»Danke.« Er nippt an dem Kaffee und macht sofort ein schmerzverzerrtes Gesicht.

»Vorsicht, heiß.«

»Ja«, entgegnet er und trinkt abermals. Erneut verbrennt er sich die Zunge, zuckt zusammen. Ein bisschen erinnert er mich an das Video von einer Babykatze, die immer wieder gegen ihr Spiegelbild rennt, obwohl sie sich den Kopf bereits nach dem ersten Mal angestoßen hat.

Josh umschließt den Becher mit beiden Händen. »Wir sehen uns später, ich bin jetzt verabredet.«

»Klar«, entgegne ich und winke ihm zu. »Obacht, weiterhin heiß.«

»Schon egal, meine Zunge ist sowieso taub.« Zum Beweis streckt er sie mir entgegen und ich muss lachen, dann geht er davon, entfernt sich von unserem Stand und … nein. Das kann unmöglich seine Verabredung sein. Josh läuft geradewegs zu Erwing, ergreift höflich dessen ausgestreckte Hand und schüttelt sie. Er hat mir versprochen … was eigentlich? Dass er sich Zeit nimmt, über alles nachzudenken. Dazu gehört es auch, sich über die verschiedenen Möglichkeiten im Klaren zu sein. Und Erwing zählt eindeutig zu diesen Möglichkeiten, denn er will das Land und zahlt sicher einen guten Preis. Josh wäre dämlich, sich sein Angebot entgehen zu lassen. Trotzdem ärgert es mich und ich wünschte, er hätte sich die Zunge so verbrannt, dass sie angeschwollen wäre und ihn am Sprechen hindern würde.

»Buh.« Ava schließt die Arme von hinten um meine Brust und mir rutscht der Metallbecher, in dem ich gerade Milch aufgeschäumt habe, aus den Fingern. Scheppernd landet er auf dem Tisch, rollt bis zur Kante und fliegt wenig elegant zu Boden. Lautlos kommt er auf der Wiese auf, bleibt liegen.

»Hast du mich erschreckt!«, hauche ich, während mein Blick zurück zu Josh und Erwing gleitet.

»Was beobach…« Ava hält mitten im Satz inne, nachdem sie entdeckt hat, was vor sich geht. »Nein.« Ein Wort, in dem ihr komplettes Entsetzen liegt. »Worüber reden die beiden? Den Verkauf? Das Anwesen? Unsere Existenz?« Die Fragen sprudeln ihr über die Lippen und mit jeder wird sie ein bisschen leiser, bis ich sie kaum mehr verstehen kann.

»Keine Ahnung«, entgegne ich schulterzuckend. Demonstrativ wende ich mich ab und hantiere lautstark mit der Kaffeemaschine. Vielleicht hilft es dabei, Ava abzulenken. Momentan starrt sie offensiv zu Erwing und Josh hinüber. Wahrscheinlich verflucht sie die beiden hinter ihrem Rücken. »Es könnte alles Mögliche sein.« Der Versuch, sie zu beruhigen, scheitert kläglich.

»Die werden wohl kaum über das Wetter oder das nächste Fußballspiel reden«, gibt Ava zurück. Dabei hat sie ihre Stimme gesenkt und sich so weit über die Theke gelehnt, dass ich Angst habe, sie wird darüber purzeln. »Ich muss wissen, worüber die sprechen«, sagt sie. »Oder direkt etwas unternehmen.«

»Und was willst du tun? Einfach zu ihnen gehen und dich daneben stellen?« Bei dem Gedanken muss ich lachen, allerdings verzieht Ava lediglich nachdenklich die Lippen. »Scheiße, denkst du wirklich darüber nach?«

»Natürlich nicht«, entgegnet sie. »Das wäre zu simpel. Ob ich mich anschleichen kann?« Vor meinem inneren Auge sehe ich sie bereits über den Boden kriechen.

»Wie das? Es gibt nichts, hinter dem du dich verstecken könntest«, gebe ich zu bedenken. Tatsächlich ist der ganze Aufbau relativ offen gehalten. Es gibt keine Wände in dem Sinne, bloß Tische, die einen Bereich begrenzen.

»Stimmt. Irgendwie brauche ich einen Grund, wieso ich da rüber muss.« Suchend sieht Ava sich um. Dann greift sie nach einer runden Dose, in die ich Zucker gefüllt habe. Beherzt wirft sie die Dose einige Meter flach über den Boden, sodass sie selbst nach der Landung weiterrollt. Kaum einen halben Meter von der Stelle entfernt, an der Erwing und Josh sich unterhalten, bleibt sie liegen. Mir klappt der Mund auf. Ich bin beeindruckt. Und schockiert.

Festen Schrittes geht Ava zu der Dose. Je näher sie ihr kommt, desto langsamer wird sie. Am Ziel angekommen geht sie in die Hocke und verweilt dort für einige Momente. Sie greift danach, checkt den Zustand des Gefäßes, dreht es in alle Richtungen und mustert schließlich den Boden. Erst nachdem sie jemand vom Stand fragt, ob sie Hilfe braucht, erhebt sie sich, schüttelt lächelnd den Kopf und kommt zurück.

Weiterhin sprachlos blicke ich sie fragend an. Anstatt direkt zu antworten, wischt sie zuerst die Zuckerdose ab und stellt sie zurück an ihren Platz. Keine Ahnung, ob sie damit ihre Aktion vertuschen oder die Spannung steigern will. Schließlich beugt sie sich zu mir.

»Es geht wirklich um Blackwoods Land. Erwing hat von Verantwortung den Menschen gegenüber gesprochen. Davon, dass wir dem Land etwas zurückgeben müssen, indem wir Touristen her locken. Würde es ihm wirklich um das Dorf und die Bewohner gehen, würde er uns wohl kaum unsere Läden wegnehmen wollen.«

»Was hat Josh dazu gesagt?«

Sie schüttelt den Kopf. »Er hat bloß zugehört.«

»Wie sah er dabei aus?«

Ein Schulterzucken. »Mein Blick war auf den Boden gerichtet. Ich musste schließlich eine Rolle spielen. Aber es hat sich angefühlt, als würde er sich um den Finger wickeln lassen.«

»Es hat sich *angefühlt*, als würde er sich um den Finger wickeln lassen?«, wiederhole ich skeptisch. »Was soll das bedeuten.«

»Die Vibes, die zu mir durchgedrungen sind, waren dunkel. Wie kleine Gewitterwolken.«

»Wie Gewitterwolken?«

»Genau.«

»Aha«, entgegne ich, ohne zu verstehen, was Ava mir sagen möchte. Allerdings stelle ich mir nun kleine dunkle Wölkchen vor, die Joshs Gesichtszüge tragen und über den Boden tanzen. Irgendwie passt die Metapher – es war doch eine Metapher, oder? – zu Joshs meist angesäuertem Blick. Mit Mühe verkneife ich mir ein Lachen.

»Ich muss dazwischengehen«, bestimmt Ava plötzlich und ich halte sie am Arm zurück.

»Was willst du tun? Dich auf sie stürzen und Erwing niederringen?«

»Wenn es sein muss.«

»Und dann?«

»Dann kann er Josh keine Flausen in den Kopf setzen.«

Ich umfasse Avas Oberarme, drücke sie gegen den Tisch und zwinge sie dazu, sich daran anzulehnen. »Das bringt Josh im schlimmsten Fall dazu, wirklich zu verkaufen. Wir müssen ihm die schönen Seiten von Coverporth zeigen.« *Nicht die verrückten*, doch das füge ich nur in Gedanken hinzu.

»Dazu muss er sich bloß umsehen. Wie kann jemand ernsthaft überlegen, von hier wegzuziehen?« Ava klingt schockiert. Offensichtlich existiert diese Möglichkeit in ihrem Universum nicht. Nach der Zeit, die ich hier verbracht habe, verstehe ich sie. Die Ruhe ist einmalig, genau wie die Umgebung, das Meer, der Strand und die Architektur. Die Nähe zur Natur und das Kleinstadtfeeling beruhigen die Seele. Es gibt viel Raum, gleichzeitig fangen einen die Menschen aber auch auf. Obwohl es einsam erscheinen könnte, ist es genau das Gegenteil. Irgendwie bin ich trotz der Probleme, die ich stets im Hinterkopf habe, runtergekommen. Durch die Aufgabe, mich zusammen mit Ava um das Café und mit Lily um das Fest zu kümmern, habe ich nicht nur den Ort, sondern auch die Leute ins Herz geschlossen. Sie lenken mich ab und geben mir eine Aufgabe.

»Manche Menschen brauchen eben ein bisschen Hilfe dabei, die offensichtlichen Dinge zu erkennen«, erkläre ich und beobachte Josh und Erwing. Gemeinsam lachen sie über etwas, das Erwing sagt. Mir dreht sich der Magen um. Das Café ist Maggies Traum. Sie hat ihren Job in Deutschland aufgegeben und ihr Glück in Cornwall gefunden. Wieso ist das Leben derart unberechenbar? Wenn ich mein eigenes schon nicht im Griff habe, kann ich wenigstens Maggie dabei helfen, ihres zu behalten. Ansonsten muss sie vielleicht erneut von vorne anfangen, wieder umziehen und einen neuen Laden pachten.

Nein. Es muss eine Möglichkeit geben.

»Eventuell steigern wir uns gerade unnötig in die Sache rein«, werfe ich ein und säubere die Zuckerdose, die Ava als Alibi missbraucht hat. Grasreste und Schmutz kleben an dem Metall.

Ava deutet zu Erwings Stand. Die beiden Männer schütteln sich die Hände, grinsen dabei. »Wonach sieht das für dich aus?« Wild fuchtelt sie mit den Händen durch mein Sichtfeld, versucht, die Situation zu umreißen.

»Okay, die scheinen sich gut zu verstehen«, gebe ich zu. Endlich verabschieden sie sich. Josh steckt die Hände in die Taschen und macht sich auf den Weg aus dem Zelt. Kurz wirft er uns einen Blick zu, lächelt und dreht sich dann um.

Ava schiebt ihre Ärmel nach oben, sodass ihre Unterarme frei sind, und verschränkt sie vor der Brust. »Zeit für meinen Auftritt.«

»Auftritt?«, echoe ich und ahne Schlimmes. Deswegen lasse ich den Lappen sinken, mustere sie aufmerksam. »Was hast du vor?«

»Josh die Meinung sagen.«

»Die da wäre?«

»Na ja, was ein Schwachkopf er ist, wenn er sich von Erwing um den Finger wickeln lässt. Damit zerstört er viele Existenzen. Er nimmt uns die Grundlage zum Leben.« Ich seufze. »Was denn? Das ist die Wahrheit.«

»Stimmt, aber denkst du wirklich, auf die Art kannst du ihn umstimmen? Damit treibst du ihn eher weiter in die Arme von Erwing.«

Um uns herum kommen immer mehr Besucher aufs Gelände. Der Platz füllt sich mit Menschen, die an unserem Stand vorbeilaufen. Die Einheimischen lächeln uns zu, eine junge Frau winkt aufgeregt, bevor sie stehen bleibt.

»Kann ich einen Milchkaffee haben?«

»Klar«, erwidere ich, lasse Ava aber den Vortritt. Sanft dreht sie den Aufsatz der Maschine zur Seite, entleert ihn und befüllt ihn mit neuem Pulver. Während die braune Flüssigkeit in die Tasse läuft, schließt sie einen Moment ihre Lider, lauscht dem Geräusch und zieht den Duft tief in die Lunge. Kaffee ist ihre Leidenschaft, ihr Wissen darüber unerschöpflich. Das gewährt mir die Chance, Josh zu suchen. Denn bevor Ava ihn erwischt und die Situation verschlimmert, möchte ich erst mal aus ihm herausbekommen, wie die Lage gerade ist.

»Übernimmst du kurz?«, frage ich Ava und sie nickt. Ich ziehe mir die Schürze mit dem *Cookieteria*-Logo über den Kopf und verstaue sie in einer Kiste. Dann mische ich mich unter die Menschen, gehe in dieselbe Richtung, in die Josh verschwunden ist. Zum Glück bin ich recht groß und habe daher einen guten Überblick, trotzdem ist Josh verschollen. Am Ende des Weges erkenne ich links von mir jemanden in brauner Lederjacke. Er biegt gerade hinter ein Zelt ab, um den Platz zu verlassen.

»Josh«, rufe ich, kurz bevor ich ihn erreicht habe, und werde schneller. Zum Glück – oder Unglück – hört er mich, bleibt stehen und ich renne beinahe in ihn hinein. Im letzten Moment kann ich bremsen, strauchle jedoch und rutsche aus. Josh greift nach meinen Armen, zieht mich an seine Brust. Damit verhindert er zwar den Fall, aber ich krache hart gegen ihn. Die Zähne knallen aufeinander und mir dröhnt der Herzschlag in den Ohren. Im Stakkato treibt er mich an.

»Alles gut?«, fragt Josh. Seine Stimme dringt nur gedämpft zu mir durch. Ich atme tief ein, fülle die Lunge bis zum Anschlag, um mich zu beruhigen. Leider hilft es nur bedingt. Irgendwie hat sich mein Puls in Rage geschlagen und nun fällt es ihm schwer, wieder runterzukommen.

»Hey.« Josh legt mir die Hände auf die Schultern. Anscheinend muss mein Anblick Bände sprechen und Antwort genug gewesen sein. »Carla, sieh mich an.« Ich folge seiner Anweisung. Erst jetzt merke ich, wie nah wir uns sind, denn ich dränge mich weiterhin an seine

Brust. Unsere Nasen sind kaum eine Handbreite voneinander getrennt, deswegen spüre ich seinen Atem auf der Haut.

»Hast du dir wehgetan?«, fragt er. Dabei liegt sein Blick suchend auf mir. Leider hat das genau den gegenteiligen Effekt. Denn anstatt, dass mein Herzschlag sich beruhigt, prescht er noch schneller voran und droht, die Adern zum Explodieren zu bringen. Joshs herber Duft nach schwerem Parfüm steigt mir in die Nase, vermischt sich mit der süßlichen Note des Frühlingsfestes.

Fragend hebt er die Augenbrauen. »Carla?«

Mist, was passiert gerade? Schnell bringe ich Abstand zwischen uns und balle die Hände zu Fäusten, um die Kontrolle zurückzugewinnen. »Ja, ja. Ja.« Okay, Kontrolle kann man das wohl kaum nennen. Ich räuspere mich. »Mir gehts gut, hab mich nur erschrocken.«

Auf einmal ist so viel Platz zwischen uns, dass wahrscheinlich ein Elefant rein passen würde.

»Gut«, murmelt Josh. »Wolltet du etwas von mir?« Durch unseren Zusammenstoß hat sich eine seiner Strähnen verirrt, hängt ihm in die Stirn. Instinktiv hebe ich die Hand, dann wird mir bewusst, was ich tue, und ich lasse sie wieder sinken. Bin ich verrückt? Noch mehr Chaos ist das Letzte, was ich brauche. Stattdessen habe ich eine Mission – Maggies Café retten. Genau, deswegen bin ich hier.

»Ja«, gebe ich zu. »Wir haben dich mit Erwing gesehen ...« Den Rest des Satzes lasse ich in der Luft hängen, denn er ist selbsterklärend. Zumindest denke ich das, bis Josh mich abwartend anblickt.

»Und?«

»Und?«, wiederhole ich ungläubig. Er muss doch wissen, wie das aussieht. »Wirst du an ihn verkaufen?«

»Gehörst du nun zu ihnen?«

»Zu wem?«

»Den Bewohnern, die mir keine ruhige Minute gönnen.«

Ich schüttle den Kopf. »Sei froh, dass ich ihnen zuvorgekommen bin. Sobald Ava ihnen erzählt, dass du dich mit Erwing unterhalten hast, kann ich leider nichts mehr für dich tun. Danach bist du Freiwild … außer … du sagst mir, um was es ging. Eventuell kann ich dann etwas für dich tun.« Erneut habe ich den Mund viel zu voll genommen, denn ich habe keinerlei Macht, etwas zu unternehmen. Aber zum Glück kann ich mich auf Maggie und Ava verlassen. Sie werden helfen. Zumindest dann, wenn ich garantieren kann, dass Josh auf unserer Seite steht.

Abwehrend hebt der die Hände. »Gleich die harten Bandagen?«

»Immerhin geht es um viel«, entgegne ich ernst und zucke die Schultern.

»Erwing hat mich eingeladen und wollte mir erneut von seiner Idee erzählen. Selbst wenn ich die Entscheidung treffe, nicht zu verkaufen, will er mir sein Konzept schmackhaft machen.«

»Wieso?«

»Damit ich bei ihm einsteige. Er hält mich für einen guten Geschäftspartner«, erklärt Josh, dann lacht er. »Meiner Meinung nach setzt er nur alles daran, seinen Plan in die Tat umzusetzen.«

»Und?«

»Was?«

»Verkaufst du?«

Jemand biegt um die Ecke. Zwei Touristen unterhalten sich fröhlich über den Markt und das Angebot. Wir schweigen, bis sie verschwunden sind. Joshs Blick richtet sich gen Boden, die Hände hat er hinter dem Rücken versteckt. Kein gutes Zeichen.

»Du verkaufst wirklich«, murmle ich, presse die Lider zusammen. Shit. Das ist das Ende. Zu melodramatisch? Vielleicht. Allerdings ist es wirklich das Ende, zumindest für die *Cookieteria* und die anderen Geschäfte.

Josh fährt sich durchs Haar. »Die Entscheidung steht noch aus.«

»Dann gibt es Hoffnung?«

Unbestimmt zuckt er mit den Schultern.

»Es gibt noch Hoffnung«, präzisiere ich daher. »Was auch immer Erwing dir vorgeschlagen hat, es hat keine Chance gegen das.« Mit der rechten Hand deute ich zum Fest, dann weiter über die Wiese und die Häuser Richtung Meer.

»Touristen?«

Ich verdrehe die Augen. »Nein. Die Menschen, die Natur, die Stadt.«

»Aha«, entgegnet Josh. Dabei sieht er wenig überzeugt aus. »Dir ist klar, dass es um viel Geld geht?«

»Geld? Was kannst du damit schon anfangen?«

»Rechnungen bezahlen?«

»Pff«, entkommt es mir und ich mache mit der Hand eine übertrieben wegwerfende Geste. »Rechnungen bezahlen? Josh, ich garantiere dir pures Glück und du kommst mir mit Rechnungen?«

Er bricht in schallendes Gelächter aus. »Pures Glück? Am besten frage ich bei der Bank nach, ob sie das als Währung akzeptieren.«

»Banken sind solche Spielverderber«, murmle ich. Frustriert reibe ich die Hände aneinander. Josh hat jedes Recht der Welt, seinen Besitz zu verkaufen, und wie er gerade richtigerweise festgestellt habe, kann ich kaum etwas gegen einen Batzen Geld in den Ring werfen.

»Gib mir etwas Zeit.« Einen Versuch ist es wert. Zwar habe ich keine Ahnung, was ich tun soll, trotzdem kann ich schlecht abwarten und Tee trinken, denn dann wird er hundertprozentig verkaufen.

»Wofür?«

Gute Frage. »Um dir zu zeigen, wieso es sich lohnt, an diesem Ort festzuhalten.« Joshs Augenbrauen wandern in die Höhe. Die Skepsis steht ihm so überdeutlich ins Gesicht geschrieben, dass sie sich auf mich überträgt. Wie kann ich das, was Ava, Maggie und die anderen Bewohner fühlen, greifbar machen und für ihn übersetzen? Immerhin ist er selbst hier groß geworden, hat im Dorf gelebt. Allerdings ist das eine ganze Weile her. Im Moment fühlt er sich verloren, hat keine Ahnung, wie es weitergehen wird. Was eine neue Erfahrung für ihn zu sein scheint. Genau die Tatsache weckt meinen Kampfgeist. Wir sind beide schwerelos, hängen in einem Zustand der Ungewissheit. Möglicherweise kann ich uns beiden helfen. Dazu muss er sich aber erst mal auf die Idee einlassen. »Komm schon«, sage ich und setze mein schönstes Zahnpastalächeln auf. »Hast du geglaubt, dass ich es schaffe, dir die Bewohner vom

Hals zu halten und dir Ruhe zu schenken? Sind wir ehrlich, hast du nicht. Und trotzdem hat es funktioniert.«
Gut, daran hatte ich kaum einen Anteil, allerdings verschweige ich das lieber. »Gib mir eine Chance.« Ich greife nach Joshs Oberarm, umfasse ihn und strecke die Unterlippe ein bisschen nach vorne, wie ich es als kleines Kind gerne getan habe. »Bitte, bitte, bitte.«

Josh lacht, legt dabei kurz den Kopf in den Nacken, sodass sein kantiges Kinn noch besser zum Vorschein kommt. Dabei sieht er derart befreit aus, dass es mich ansteckt. Mein Körper vibriert mit seinem.

»Okay«, stimmt er schließlich zu. »Was hast du vor?«
Wenn ich das wüsste. »Wie wäre es mit einem Date?«
»Date?«, echot er.
Über die genaue Bedeutung des Wortes habe ich keine Sekunde nachgedacht. Es sollte eigentlich nur die Art des Treffens beschreiben. »Date mit Cornwall, nicht mit mir«, entgegne ich schnell und rette die Situation. Wobei der Gedanke an eine Verabredung mit Josh meinen Magen in Aufregung versetzt. Leicht kribbelt meine Haut und mir wird klar, dass ich weiterhin seinen Oberarm umklammere. Ein bisschen zu schnell lasse ich ihn los, verberge die Hände hinter dem Rücken.

»Ein Date mit Cornwall«, wiederholt er.

»Ganz genau.« Irgendwie klang der Plan in meinem Kopf besser. »Eine Chance, um dich von der Schönheit dieses Ortes zu überzeugen.«

Hinter uns kommt eine kleine Gruppe an, die sich an uns vorbei und auf den Festplatz drängt. Ich rücke näher zu Josh, berühre ihn beinahe. Der Abstand reicht aus, um mir die Hitze in die Glieder zu treiben. Erneut steigt mir sein Geruch in die Nase und ich schüttle schnell den Kopf, um die Gedanken an seine nackte Haut auf meiner zu vertreiben. Shit ey, das passt gerade ganz schlecht. Deswegen lenke ich mich ab, werfe einen Blick über die Schulter. Wahrscheinlich gibt Ava bald eine Suchmeldung nach mir raus, wenn ich nicht zurückkehre. Natürlich ist unser Stand viel zu weit weg, daher sehe ich nichts außer Menschen, die sich dicht an dicht drängen und die Waren und Speisen bewundern. Der Lärmpegel ist mittlerweile angestiegen und ich bin froh, dass das Fest unter freiem Himmel stattfindet.

Als ich mich Josh wieder zuwende, schweigt er weiterhin, deswegen ergreife ich erneut das Wort. »Haben wir einen Deal?« Ich strecke ihm die Hand entgegen.

Tatsächlich schlägt er ein. »Wir haben einen Deal.«

Ungläubig starre ich auf unsere Hände. Kleine Wellen der Hitze breiten sich in meinen Muskeln aus, arbeiten sich von den Fingern über den Arm hoch zu den Wangen, die knallrot sein müssen. Das Herz hämmert vor Freude in meiner Brust und die Ohren werden ganz heiß. Ein Date. Nein, Treffen, kein Date! Es geht um Cornwall und darum, Joshs Liebe dafür zu wecken. Nicht mehr, aber auch auf keinen Fall weniger.

Kapitel 9

Ein Plan ohne Plan ... für Josh eben nur das Beste vom Besten

Was hab ich mir nur dabei gedacht? Nicht viel, das stelle ich nun leider fest. Seit einer Stunde sitze ich abseits des Fests auf der Wiese. Kaffeegeruch dringt zu mir, gemischt mit Lachen und Fröhlichkeit. Leider ist meine eigene Teetasse längst leer, der Kuchen aufgegessen. Auch die anfängliche Euphorie hat sich nun in Panik verwandelt. Wie genau soll ich Josh dazu bekommen, das Angebot von Erwing abzulehnen?

Die Sonne blendet, deswegen kneife ich die Augen zusammen und versuche, den Geräuschpegel auszublenden. Ich drehe den Stift zwischen den Fingern. Immer wieder fällt er auf das Notizbuch, dessen aufgeschlagene Seite vor Leere gähnt. Mein größter Albtraum holt mich ein – eine weiße Seite ohne Ideen. Dabei hat Cornwall so viele schöne Ecken. Das Problem ist eher, dass ich etwas brauche, das mit einem Geldspeicher voller Scheine mithalten kann. Ist das überhaupt möglich? Muss es sein.

Ich lasse den Blick schweifen, verfolge eine Möwe, die über das Treiben auf dem Festplatz Richtung Meer fliegt. Sie verkörpert die Ruhe, die sonst in Coverporth herrscht. In einiger Entfernung entdecke ich einige Sessel von unterschiedlicher Farbe und Größe zwischen den Zelten. Darin sitzen ältere Damen, und auch einen Herren kann ich ausmachen. Sie haben Stricknadeln in den Händen und unterhalten sich über die Touristen hinweg, lachen zusammen.

Das ist es. Genau das macht Coverporth aus. Die Leute, die Gebräuche. Wie könnte ich Josh besser begreiflich machen, wofür es sich lohnt, den Besitz zu behalten, als damit? Gut, nun habe ich immerhin einen Anhaltspunkt. Bloß: Was ist typisch für diese Region? Klar, die Läden und Geschäfte! Die Besitzer, die hinter der Theke stehen und Coverporth zu dem machen, was es ist. Jeder kann Josh einen Batzen Geld anbieten, allerdings bekommt er dadurch keine guten Gespräche, keine guten Bücher, keinen guten Kaffee oder das beste Sea Food Cornwalls.

Der Stift gleitet über das Papier und ich notiere die Ideen, die auf einmal sprudeln. Das ist keine Mission, die ich allein bewältigen kann – vielmehr braucht es ein ganzes Dorf. Jemanden, der Josh den besten Kaffee seines Lebens brüht, damit der Geschmack Cornwalls auf seiner Zunge klebt. Einen anderen, der ihm Geschichten aus der Vergangenheit mitgibt, um ihn zurück zu seinen Wurzeln zu bringen. Ein Stich im Herz bringt mich selbst zurück auf den Boden der Tatsachen. Die Idee hat sich viel zu schnell wirklich zu einem Date mit Cornwall statt mit mir entwickelt. Traurig lasse ich den Stift sinken.

Traurig? Moment, woher kommt das? Die Ideen sprudeln, ich bin voller Hoffnung. Und doch traurig ... traurig, weil wir kaum einen Moment für uns haben werden. Okay, das ist bescheuert, Carla. Immerhin habe ich eine Mission und mit den Ideen bin ich auf dem besten Weg, diese auch erfolgreich umzusetzen. Zumindest ist da wieder ein Silberstreifen am Horizont.

Daher drücke ich mich vom Boden hoch. Das Notizbuch klemme ich mir unter die Achsel. Momentan ist zum Glück weniger los. Wer hätte gedacht, dass so viele Leute nach Coverporth strömen würden. Ava hat kein Stück übertrieben, als sie meinte, das Fest sei eine große Attraktion und würde viele Touristen anziehen.

»Was machst du denn hier?«, frage ich, sobald ich es hinter die Theke unseres *Cookieteria*-Stands geschafft habe. Maggie schaut von ihrem Stuhl zu mir nach oben. Immerhin sitzt sie.

Anstatt zu antworten, zuckt sie mit den Schultern, schmollt. Ava beugt sich zu mir. »Sie stand im Laden und wollte gerade Kekse backen. Da habe ich sie verscheucht und hierher geschickt.«

»Maggie«, rüge ich sie. »Du sollst dich schonen. Oder willst du für immer Schmerzen im Bein haben?«

Sie schüttelt den Kopf. »Aber mir ist langweilig. Ich bin vollkommen unnütz.« Ihre Krücken hat sie vor sich aufgestellt, platziert das Kinn auf dem Griff für die Hand. Maggies Unmut ist greifbar, ändert allerdings nichts an der Situation.

»Du bist krank, das ist nun Mal eine Tatsache«, sage ich.

»Blödes Knie.«

»Hör auf zu schmollen«, bestimme ich. »Ich hab eine Aufgabe für dich. Zumindest, wenn du versprichst, dein Bein hochzulegen und die Orga von diesem Stuhl aus zu erledigen.«

Sofort hellt sich Maggies Miene auf. Ihre Lippen verziehen sich zu einem Lächeln. »Was du willst, ich helfe.«

»Gut, hört zu«, sage ich und beuge mich verschwörerisch zu ihr, während ich Ava zu uns winke. In knappen Worten berichte ich, was ich von Josh erfahren habe und welchen Deal ich mit ihm aushandeln konnte. Avas Zwischenrufe werden umso wütender, je mehr ich über Josh und Erwing rede. Maggie hingegen bleibt komplett still. Ihre Schultern sinken herab. Auf einmal sehe ich, wie die Tage seit dem Unfall an ihr genagt haben. Unter ihren Augen liegen tiefe Schatten, ihre Stirn ist zerfurcht von Sorgen. Bisher hat sie mir kaum etwas davon gezeigt, hatte die Maske der Sorglosigkeit auf. Es versetzt mir einen Stich, sie so müde zu sehen. »Nun brauche ich euch«, fahre ich daher fort, denn ich bin wild entschlossen, dieses Problem zu lösen. »Wir müssen ihn dazu bringen, zu begreifen, wie schön Coverporth ist. Jeder kann helfen. Jeder *muss* helfen.«

»Glaubst du, das wird ihn umstimmen?« Maggies Skepsis ist wie ein Stachel, der sich in meine Hoffnung gräbt und sie vergiftet. Normalweise ist sie diejenige, die enthusiastisch bei jeder Idee dabei ist.

»Egal«, wirft Ava ein. »Wir müssen es versuchen. Das ist unsere einzige Chance.«

Ich nicke und da ist Maggies Maske zurück, ihr Lächeln breit. Doch nun, wo ich einmal einen Blick dahinter erhaschen konnte, erkenne ich, wie wacklig es ist.

Ein Windhauch und es verrutscht, wird ihr von den Lippen geweht. Deswegen schlucke ich den Zweifel. Nun bin ich an der Reihe, stark zu sein. Stark für Maggie und die *Cookieteria*, für alle, die mich brauchen.

Ich strecke den Arm in die Luft, sodass er vor meinem Gesicht schwebt, und balle die Hand zur Faust. »Genau, wir geben erst auf, wenn alle Möglichkeiten ausgeschöpft sind. Bis dahin stehen uns so viele Wege offen. Zusammen schaffen wir das.«

»Stimmt, wer aufgibt hat bereits verloren, oder?«, entgegnet Maggie, und Ava wendet sich wieder der Theke zu. Davor steht ein junges Paar, das nach Kaffee und Kuchen verlangt. Während Ava sich um das Getränk kümmert, drücke ich Maggie das Notizbuch in die Hand und packe den Kuchen auf Teller. Die Erdbeerschnitte reiche ich dem jungen Herren, der mir zunickt, der Brownie geht an seine Begleiterin. Nachdem sie auch ihre Tassen geschnappt haben, machen sie sich auf dem Weg zu einem der Tische, die wir aufgestellt haben.

Die Sonne scheint warm auf meine Haut und ich schließe einen Moment die Augen, nehme den Lärm um mich herum bewusst wahr, um ihn danach wieder in den Hintergrund zu drängen. Maggie ist vertieft in die Notizen, blickt dennoch auf, als ich zu ihr gehe.

»Gute Ideen«, lobt sie. Ihr Enthusiasmus ist zurückgekehrt, denn nun zieht sich das Lächeln über ihre Lippen bis hin zu ihren Augen. Es vertreibt die Müdigkeit und lässt ihr Gesicht strahlen.

»Danke. Allerdings bin ich unsicher, wie viel wir Josh zumuten können.« Immerhin war es sein Wunsch, dass ich ihm die Bewohner vom Hals halte. Ihn nun direkt zu ihnen zu führen … möglicherweise ein schlechter Plan. Allerdings ging es vielmehr darum, dass sie ihn mit Fragen überschüttet haben, die er selbst erst einmal für sich beantworten musste.

Maggie nickt. »Hm. Ein paar Stationen sollten drin sein, oder? Lass das meine Sorge sein, ich entwerfe einen Plan und spreche mit den anderen. Morgen früh hast du die Infos.«

»Gut«, entgegne ich. »Sag allen Bescheid, dass keine Fragen über den Verkauf gestellt werden. Sonst können wirs gleich lassen.«

»Schaffe ich«, versichert Maggie und ich zweifle keine Sekunde daran. Wenn sie sich etwas in den Kopf setzt, ist sie wirklich überzeugend.

Ava taucht auf einmal neben mir auf. »Am besten gibst du Josh den Termin weiter, bevor er es sich anders überlegt.« Sie schielt zu Erwings Zelt hinüber. Davor hat sich eine Schlange gebildet, die einen ordentlichen Rückstau erzeugt. Die Menschen drängen sich vor dem Zelt aneinander und spähen neugierig ins Innere.

»Glaube ich kaum. Er wird sein Versprechen halten«, entgegne ich. Immer noch fällt es mir schwer, Avas Haltung gegenüber Josh zu verstehen. Trotzdem ziehe ich das Handy aus der Tasche. »Mist, wir hätten Nummern tauschen sollen.« Erwartungsvoll blicke ich zu Ava, aber sie schüttelt den Kopf.

»Brauchst mich nicht so anzuschauen, ich bin dir in dem Fall keine Hilfe.« Sie wendet sich der Theke und neuen Gästen zu.

»Schade. Aber dann fahre ich einfach auf dem Weg nach Hause bei ihm vorbei«, sage ich und bereite erneut die Kuchenbestellung vor. Aber weder Ava noch Maggie hören mir zu. Sie sind beide so in ihre Aufgaben versunken, dass ich zu einem Hintergrundgeräusch geworden bin.

***

Am nächsten Morgen checke ich zum tausendsten Mal mein Handy. Erwarte, dass irgendetwas dazwischenkommt, dass irgendeine Katastrophe passiert, die Josh direkt in Erwings Arme treibt. Aufregung arbeitet sich durch meinen Blutkreislauf, kommt und geht in Wellen. Tief sauge ich die Luft in die Lunge, greife nach der Tasche und steige aus dem Auto. Durch die schmale Gasse gehe ich in Richtung Innenstadt. Es ist früher Vormittag, deswegen ist kaum jemand unterwegs. Zumal die meisten Leute sowieso direkt zum Frühjahrsfest fahren, anstatt in die Innenstadt zu kommen. Ein guter Zeitpunkt, um Josh Coverporth von seiner schönsten Seite zu zeigen.

»Guten Morgen«, flöte ich daher und versuche, die Nervosität mit Fröhlichkeit zu vertreiben, als ich die *Cookieteria* betrete. Maggie sitzt hinter dem Tresen. Entgegen meiner Bitte, sie möge sich schonen, hat sie darauf bestanden, heute im Café anwesend zu sein. Deswegen hat sie sich ganz früh von Ava abholen und herbringen lassen, damit sie letzte Dinge vorbereiten kann, bevor Josh kommt. Dabei ist es ihr völlig egal, was ich davon halte, wie es ihrem Knie geht oder ob sie sich überanstrengen könnte.

Immerhin ist sie vernünftig genug zu sitzen. Außerdem nutzt sie die Krücken wirklich genau auf die Art, die ihr gezeigt wurde. Es könnte also schlimmer sein. Ihre Worte, nicht meine.

Maggie winkt mir zu und unterbricht die Unterhaltung mit Jamie, einer Aushilfskraft, die sich bereits gestern um das Café gekümmert hat. Normalerweise hätte ich heute eine Schicht gehabt, während Ava auf dem Fest dafür sorgt, dass alles glatt läuft. Doch da Maggie und ich eine andere Mission haben, hat sie Jamie gebeten, auszuhelfen.

Die junge Frau lächelt nett. »Setzen Sie sich gerne, ich komme gleich zu Ihnen.«

»Das ist meine Nichte«, erklärt Maggie und ich reiche Jamie die Hand.

»Nett, dich kennenzulernen.«

»Gleichfalls«, entgegnet sie und kümmert sich dann um ein paar Gäste, die gerade die Karte zur Seite gelegt haben.

Derweil ziehe ich mir einen Stuhl neben Maggie und nehme Platz. »Haben wir den Tag im Griff?«

»Haben wir.«

»Gut.« Die innere Unruhe breitet sich von meinem Magen in die Fingerspitzen aus und ich wische mir die Hände an der Jeans trocken. »Was steht auf dem Plan?« Ich vertraue Maggie, allerdings hatte ich heute Nacht einen Albtraum, in dem unsere Vorstellungen von einem tollen Tag für Josh derart auseinandergingen, dass selbst ich an Erwing verkauft hätte, wäre ich an Joshs Stelle gewesen. Bis er hier auftauchen wird, bleiben mir sechzig Minuten. Sechzig Minuten, in denen ich zur Not den kompletten Ablauf umschmeißen kann. Plan B? Habe ich keinen. Vielleicht hätte ich mir darüber früher Gedanken machen sollen.

»Ich hab deine Ideen genau so umgesetzt«, sagt Maggie und die Bilder aus dem Albtraum kämpfen sich an die Oberfläche. »Joshua bekommt in der *Cookieteria* erst mal richtig guten Kaffee. Dann geht es weiter zu Betty und ...«

Jamie unterbricht uns aufgeregt. In der rechten Hand hat sie ihr Handy. »Mama hat gerade angerufen, Livie ist in der Notaufnahme. Sie ist vom Pferd gestürzt und hat sich verletzt.«

»Shit«, entfährt es mir, ohne genau zu wissen, um wen es geht. Jamies Tonfall spricht für sich, daher ist mir sofort klar, dass ihr die Person am Herzen liegt.

Maggie rutscht das Lächeln aus dem Gesicht. »Schwer verletzt?«

»Keine Ahnung. Mama hat geweint und ... sie sind im Krankenwagen ... auf dem Weg ...« Jamie bricht die Stimme, verwirrt fährt sie sich übers Gesicht.

»Geh«, bestimme ich, Maggie nickt. »Kommst du zum Krankenhaus? Soll ich dich fahren?«

Anstatt zu antworten, starrt Jamie auf ihr Smartphone. Der Bildschirm ist schwarz, eine Träne landet darauf. »Jamie?« Sanft greift Maggie nach ihrer Hand. »Brauchst du was? Soll Carla dich fahren?«

Schlagartig erwacht sie aus ihrer Starre, verstaut das Handy in ihrer Hosentasche und zieht einen Autoschlüssel daraus hervor. »Nein. Nein. Das schaffe ich.«

»Sicher?«

»Ja.« Mit einem schnellen Handgriff öffnet sie die Schleife ihrer Schürze und zieht sie sich über den Kopf. »Danke, dass ich gehen kann.«

»Natürlich.«

Ohne erneut zu zögern, geht sie zur Tür. Ich blicke zu Maggie. »Sicher, dass sie das allein schafft? Jamie war ganz schön durch den Wind.«

»Ja, sie ist für ihr Alter sehr erwachsen. Ihre Mutter arbeitet Vollzeit und Jamie musste sich früh auch um ihre Schwester kümmern. Die beiden sind unzertrennlich.«

Anstatt meine Sorge zu mildern, befeuert sie das eher. Aber im Gegensatz zu Maggie kenne ich Jamie erst seit fünf Minuten und eine Einschätzung über sie steht mir daher nicht zu.

»So viel zu unserem Plan«, sage ich einige Herzschläge später, nachdem die neue Situation und ihre Auswirkungen in meinem Hirn angekommen sind. »Dann muss Josh eben allein losziehen, während ich im Café bleibe.«

»Das kann ich doch übernehmen«, wirft Maggie ein und ich hebe zweifelnd die Augenbrauen.

»Wie stellst du dir das vor? Willst du die Kaffeetassen und den Kuchen auf deinem Kopf zu den Gästen balancieren, während du mit den Krücken beschäftigt bist? Und wenn jemand was zu essen bestellt, soll dann Mark aus der Küche die Bestellungen entgegennehmen?«

»Guter Punkt«, gibt Maggie leise zu und ich schüttle den Kopf. »Außerdem sollst du eigentlich im Bett liegen. Du bist sturer als ein Esel.«

»Wenn ich im Bett liege, werde ich höchstens wahnsinnig.«

Die Türglocke kündigt einen neuen Gast an und ich drehe mich um. Josh steht in der Tür. Er trägt eine dunkle Jeans und ein weites weißes Hemd, das luftig um seinen Körper weht. Mit der Sonnenbrille, die er sich gerade auf die Stirn schiebt, hat er etwas von einem Superstar. Ein Lächeln legt sich auf meine Lippen und ich spüre, wie sich Aufregung die Adern hinauf arbeitet, sich im kompletten Körper ausbreitet.

»Guten Morgen«, begrüßt Josh uns. Vor der Theke bleibt er stehen und stützt seine Arme auf der Holzplatte ab.

»Guten Morgen.« Meine Stimme ist belegt, deswegen räuspere ich mich. Irgendwie kann ich den Blick nicht von Josh abwenden. Etwas ist anders als sonst, allerdings schaffe ich es nicht, zu greifen, was es ist. Das kleine Grinsen, das um seine Mundwinkel liegt? Der fordernde Ausdruck in seinen Augen? Keine Ahnung, es bleibt mir verborgen. »Kennst du Maggie bereits?«, frage ich schnell, da es unhöflich ist, jemanden so lange anzustarren. Fehlt nur noch, dass ich sabbere, damit Josh mich für grenzdebil hält.

»Nein«, entgegnet er. »Das Café ist relativ neu, oder?«

Maggie lässt sich schwer auf ihre Krücken sinken und beugt sich nach vorne, um Josh die Hand zu reichen. »Ich bin Maggie und lebe mittlerweile seit mehreren Jahren in Coverporth. Dein Opa kam nahezu jeden Tag in der *Cookieteria* vorbei, um eine Tasse unserer Spezialität zu trinken.«

Auf einmal verschwindet die Leichtigkeit aus Joshs Zügen. Stattdessen legt er die Stirn in Falten. Sekunden später ist die Maske der Gleichgültigkeit zurück und nun fällt mir auf, was mich vorher so an ihm überrascht hat. Zum ersten Mal, seit wir uns kennen, wirkte sein Ausdruck ehrlich. Ich hatte das Gefühl, einschätzen zu können, was er denkt. Ansonsten fällt mir das schwer, da man ihm kaum ansieht, was in ihm vorgeht.

Er ergreift Maggies Finger, drückt sie. »Nett, dich kennenzulernen, ich bin Josh.« Sobald er seine Hand wieder zurückgezogen hat, macht er eine ausladende Geste, die das Café einfasst. »Wirklich schöner Laden. Ich erinnere mich an das kleine Restaurant, das vorher hier drin war. Pops und ich haben hier oft gegessen. Der Fisch war unübertrefflich.« Lachend streicht er sich das Haar aus der Stirn. »Das war etwas ganz anderes.«

»Stimmt«, entgegnet Maggie stolz. »Wir haben fast alles rausgerissen, renoviert und den vier Wänden neuen Glanz verpasst.«

»Gut gelungen.«

Maggie wächst bei dem Lob um gut zehn Zentimeter und ich lege ihr die Hand auf den Arm, damit sie nicht abhebt. »Setz dich«, sage ich und deute auf einen der Sessel links von mir. »Wir müssen noch kurz etwas klären, dann komme ich rüber und verrate dir, was wir geplant haben.«

»Klar, keine Hektik, ich bin sowieso etwas zu früh, weil ich noch einen Kaffee trinken wollte. Hab mir, genau wie es deine Anweisung war, den ganzen Tag freigehalten.«

Ich warte, bis Josh einige Schritte entfernt ist, und drehe mich dann zu Maggie. Zwar versuche ich, leise zu sein, doch Nervosität und Aufregung sprechen aus mir. »Was machen wir?«

Wenn schon jetzt alles schiefgeht, wie sollen wir Josh davon überzeugen, dass es eine gute Idee ist, das Anwesen zu behalten und somit auch Verpächter der ansässigen Geschäfte zu sein? Wahrscheinlich vertreiben wir ihn auf die Art eher. Verfluchter Mist.

»Beruhige dich erst mal«, befiehlt Maggie streng. Erst jetzt wird mir bewusst, wie schwer es mir fällt, Luft zu bekommen, weil ich viel zu schnell atme. Deswegen stelle ich mich aufrecht hin, fülle die Lunge. Danach geht es mir tatsächlich besser. Mein Herz entspannt sich, nachdem es merkt, dass wir uns in keiner lebensgefährlichen Situation befinden.

»Es muss perfekt sein, Maggie«, beharre ich. »Wir sollten den Termin verschieben.«

»Glaubst du, er gibt dir eine weitere Chance? Was, wenn Erwing ihn bis dahin überredet?«

Ich drehe mich zu Josh, werfe ihm einen Blick über die Schulter zu. Seine Augen ruhen auf mir und ich erschrecke, wende mich schnell ab. Zum Glück ist er weit genug entfernt, sodass er nichts von der Konversation mitbekommt.

»In nur einem Tag?«, frage ich ungläubig.

Maggie zuckt die Schultern, hat eine neue Sorge wachgerufen. Trotzdem bleibt uns keine andere Wahl. Ich werde heute im Café gebraucht, kann auf diese Weise kaum unseren Plan durchsetzen.

Bevor ich Josh um einen Aufschub bitten kann, ertönt erneut die Türglocke und ich blicke auf. Betty kommt auf uns zu, wirft Josh einen bösen Seitenblick zu.

»Was machst du hier?«, fragt Maggie.

»Sehen, wie das Ganze startet. Konntet ihr den Feind schon auf unsere Seite ziehen?«

Ich verschränke die Arme vor der Brust. »Den Feind?«

Ziemlich auffällig deutet sie mit dem Kopf auf Josh, der garantiert die Augen verdreht. Würde ich auch. Tue ich auch. »Na, Blackwood?«

Die Situation ist so absurd, dass ich mir das Kichern nicht verkneifen kann. Der Stress entlädt sich in dem Lachen und selbst in meinen eigenen Ohren klingt es ein wenig verrückt. Aber Betty hat gerade bestätigt, was ich vermutet habe: Josh allein losziehen zu lassen, wäre ein Fehler. Es braucht einen Puffer zwischen ihm und den Ladenbesitzern. Jemanden, der eingreifen kann, sollte irgendetwas schiefgehen. Jemanden, der Josh nicht als den Bösen betrachtet. Er ist genauso in die Sache gerutscht wie der Rest. Schließlich waren der Tod seines Großvaters und das damit verbundene Erbe wahrscheinlich das Letzte, was er wollte. Es ist die beste Lösung, das Date zu verschieben.

»Was ist denn los?« Joshs tiefe Stimme erklingt hinter mir und eine Gänsehaut überzieht meinen Nacken. Nun ist das Chaos perfekt.

Abrupt straffe ich die Schultern, werfe einen Blick darüber. »Wir müssen das Date leider verschieben, gibst du mir eine weitere Chance?« Um ihn zu überreden, packe ich das schönste Zahnpastawerbung-Lächeln aus und strahle übers ganze Gesicht. Vielleicht blende ich ihn damit, sodass er zustimmt.

»Woha«, entfährt es Josh und er hebt die Hände, ergibt sich. »Planst du gerade meinen Mord?« Verwirrt kräusle ich die Nase und Josh deutet auf meine Lippen, sodass ich verstehe. Anscheinend war das Lächeln eher abschreckend als vertrauenserweckend.

»Witzig, wirklich witzig«, murmele ich.

»Oder? Bin quasi der Gott der Witze.«

Mir ist leider nicht zum Lachen zumute, was man mir offensichtlich ansieht, denn Josh legt mir eine Hand auf die Schulter. »Kein Problem, Carla, setzen wir deinen Plan ein anderes Mal um.«

Erleichterung flutet mich. Eine Sorge weniger. »Danke.«

»Gern, allerdings musst du dir dann fürs nächste Mal etwas Großes einfallen lassen. Etwas, das mich aus den Socken haut.« Er grinst gönnerhaft.

»Was stellst du dir vor?«

»Lass dir was einfallen, Miss Influencerin und Bestsellerautorin. Kreativität müsste dir doch im Blut liegen.« Ohne eine Reaktion abzuwarten, geht er zurück zu seinem Platz und macht es sich gemütlich. Moment. Miss Influencerin? Bestsellerautorin? Woher ... habe ich ... nein, oder? Niemand in Coverporth ahnt, was ich beruflich mache. Maggie weiß, dass es mir unangenehm ist, darüber zu sprechen, weil die meisten Menschen den Beruf abwerten. Daher behält sie es netterweise für sich. Habe ich es zufällig vor Josh erwähnt? Nein, daran würde ich mich erinnern. Aber woher weiß er dann, wer ich bin und was ich tue? Leider hat er damit auch den Nagel auf den Kopf getroffen, denn eigentlich sollte mir Kreativität wirklich im Blut liegen. Wäre ich nur nicht derart ausgebrannt und unter Druck. So macht mein Hirn, was es in letzter Zeit oft getan hat – es schaltet sich ab.

Immerhin konnte ich das Date mit Josh verschieben. Allerdings habe ich nun die Sorge, dass er wirklich in der Zwischenzeit zu Erwing rennt, wie Maggie vorausgesagt hat. Nein, nein. Wäre das Joshs Plan, hätte er das Date direkt absagen können.

Die Türglocke zieht erneut meine Aufmerksamkeit auf sich. Eine Gruppe alter Damen kommt ins Café. Sie grüßen und unterhalten sich lautstark. Lachen dringt an meine Ohren, strapaziert mein aufgeregtes Hirn. Auf einmal ist richtig was los im Café und beinahe alle Tische sind belegt.

»Ist der Pub heute geschlossen?«, fragt Maggie laut und eine der Frauen kommt zu uns, anstatt sich zu ihren Freundinnen zu setzen. Nun erinnere ich mich, wo ich die Gruppe schon einmal gesehen habe. Gestern auf dem Fest saßen sie in den Sesseln und haben gestrickt.

»Maisy hat heute Geburtstag, da haben wir spontan entschieden, Kuchen zu essen«, erklärt die ältere Dame. Ihr hellgraues Haar hat sie zu einem lockeren Dutt zusammengefasst, wobei ihr einzelne Strähnen ins Gesicht hängen und dieses einrahmen. Sie muss beinahe schreien, weil sich ihre Freundinnen so laut unterhalten. Dann wandert ihr Blick zu mir. »O, du musst Carla sein? Maggie erzählt viel von dir. Schön, dich kennenzulernen, ich bin Mary Harding.«

»Wirklich?«, entgegne ich und winke ihr zu. »Ich bin mir unsicher, ob ich wissen möchte, was Sie über mich denken.«

»Hey.« Maggie stößt mir ihren Ellbogen in die Seite. »Ich erzähle natürlich nur Gutes, oder, Mary?«

»Natürlich.« Mary lächelt zuckersüß. »Habt ihr denn genug Kuchen für uns? Wir waren zuerst auf dem Frühlingsfest, aber es war unglaublich viel los. Daher hat Ava uns hierher geschickt.«

»Natürlich«, versichert Maggie und wirft einen Blick durch die kleine Durchreiche in die Küche. »Setz dich, Mary. Ich komme gleich und nehme eure Bestellung auf.« Mary zwinkert und geht zurück zu ihrem Platz, begleitet von Betty, die sich unter die Gruppe mischt.

»Kommt gar nicht in Frage, Maggie.« Bestimmt stemme ich die Hände in die Hüfte. »Das Letzte, das du heute tun solltest, ist es, hier herumzuspazieren und Gäste zu bedienen.« Langsam fühle ich mich wie ein Papagei, der immer wieder dieselben Phrasen wiederholt. »Diese Diskussion ist so mühsam. Bitte, erleichtere mir das Leben und hör auf, stur zu sein, okay?« Die Worte kommen schärfer aus meinem Mund als beabsichtigt, aber ich verliere die Geduld. Deswegen winke ich Josh zu mir. »Mir ist klar, dass das hier genau das Gegenteil von dem ist, was wir eigentlich vorhatten, und du nach diesem Tag wahrscheinlich mit einem fetten Grinsen verkaufst, um so schnell wie möglich aus Coverporth zu verschwinden, aber ich brauche deine Hilfe.«

Interessiert mustert Josh mich. »Was soll ich tun?«

»Zuerst dafür sorgen, dass meine sture Tante sich da drüben neben dich setzt. Und jetzt kommt der schwere Teil: Sie muss dort auch sitzen bleiben, während ich versuche, die Gäste zu bedienen.« Mir graut es vor der Vorstellung. Zwar kann ich mittlerweile die Kaffeemaschine bedienen, allerdings brauche ich bei Weitem länger mit der Zubereitung der Getränke als Ava. Mit einzelnen Gästen komme ich ganz gut klar, aber mit einer größeren Gruppe, bei der alle gleichzeitig bestellen und bedient werden wollen. Mein Herz hämmert in der Brust, doch ich ignoriere es. Für Panik fehlt die Zeit. »Schaffst du das?«, frage ich Josh, der nickt.

»Klar, klingt einfach.«

»Das sagst du jetzt«, murmle ich, ziehe mir eine Schürze über den Kopf und greife nach einem kleinen

Block sowie einem Stift. Dann atme ich ein letztes Mal tief durch, zwinge mich zu einem fröhlichen Lächeln und gehe zu den Damen.

»Haben Sie sich bereits entschieden?« Leider verklingt die Frage ungehört, denn das ausgelassene Lachen und die heiteren Gespräche übertönen mich um einige Dezibel. Ich räuspere mich, versuche dabei, so laut wie möglich zu sein. »Haben Sie sich bereits entschieden?«

Endlich nimmt jemand Notiz von mir. »Hey, seid mal leise, die junge Dame möchte unsere Bestellung aufnehmen.«

Dankbar lächle ich der Frau zu, deren dunkles Haar in leichten Wellen auf ihre Schultern fällt. Mit der großen schwarzen Brille erinnert sie mich an meine Lateinlehrerin aus Schulzeiten und sofort habe ich extremen Respekt vor ihr. Allein die Bestellung zu notieren dauert eine halbe Ewigkeit, weil die Damen sich uneinig sind, was der beste Kaffee ist oder worauf sie Lust haben. Daher entbrennen einige wilde Diskussionen, bis ich endlich zurück hinter der Theke bin. Für einen Moment schließe ich die Augen, lehne den Rücken gegen die Wand und seufze schwer. Wie können Maggie und Ava den ganzen Tag hier verbringen? Mir reicht schon diese eine Gruppe.

Ich hole die Milch aus dem Kühlschrank und schütte sie in das Gefäß fürs Aufschäumen. Danach stelle ich es zur Seite und kümmere mich um den Kaffee. Nachdem ich zwei Gläser mit Latte Macchiato fertig habe, bringe ich sie zum Tisch. Dieses Mal spüre ich deutlich, wie mir der Schweiß auf die Stirn tritt.

»Alles in Ordnung?« Ich zucke zusammen. Josh steht auf einmal neben mir. Sein Blick liegt auf der Milchpackung, die ich seit einigen Sekunden schüttle. Erst jetzt wird mir bewusst, dass sie leer ist und deswegen keine Milch nachkommt. Am liebsten würde ich mir gegen die Stirn klatschen, allerdings unterdrücke ich den Impuls.

»Bestens. Läuft super.« Der Sarkasmus tropft von den Worten. Beruhige dich, Carla. Bisher hast du weder dich noch das Café in die Luft gesprengt. Leider bin ich selbst mein größter Gegner und schaffe es daher meist, mich richtig gut in Panik zu denken.

»Lass mich helfen.«

»Du tust schon genug«, entgegne ich, denn es ist die größte Erleichterung, dass er mir die Diskussionen mit Maggie abgenommen hat.

Josh grinst stolz wie ein kleiner Kater. »Eigentlich tue ich gar nichts mehr, Maggie hat sich ihrem Schicksal ergeben.«

Ich werfe einen Blick an Josh vorbei. An dem Tisch hinter ihm sitzt Maggie, hat den Fuß auf einen Stuhl hochgelegt und liest etwas auf einem iPad. »Wow, wie hast du das geschafft.«

»Meine geheime Superkraft.«

»Kannst du die auch anwenden und dafür sorgen, dass sich diese Milchpackung wieder auffüllt?«

Er schüttelt den Kopf. »Nein, allerdings kann ich Nachschub holen.«

Zuerst zögere ich, allerdings muss ich zugeben, dass ich mit der Menge an Gästen, die plötzlich aufgetaucht ist, überfordert bin. Daher füge ich mich. »Danke, steht in der Küche, ganze hinten links, unterer Kühlschrank.

Am besten bringst du direkt mehrere Packungen mit. Eine brauche ich und den Rest kannst du in den kleinen Kühlschrank hier stellen.«

»Aye-Aye, Captain«, entgegnet Josh und verschwindet. Keine Minute später ist er zurück, verstaut die Milchpackungen und öffnet mir eine. Während ich den Kaffee fertig mache, bringt er die Gläser und Tassen an den Tisch, unterhält sich mit den Damen. Beinahe jede der Frauen verwickelt ihn in ein Gespräch, da sie Josh aus seiner Jugend kennen. Auf einmal ist er richtig charmant, lächelt viel.

Schließlich hilft er mir auch dabei, den Kuchen auf Teller zu verteilen. Nachdem die Runde versorgt ist, sinke ich erschöpft gegen den Tresen. »Wie anstrengend.« Sollte ich meinen bisherigen Job an den Nagel hängen, weiß ich zumindest, wofür ich kein Talent habe. Temporär hinter einer Kaffeemaschine zu stehen ist vollkommen in Ordnung, allerdings bin ich eher die, die Dinge organisiert, neue Ideen einbringt für die Vermarktung von Produkten. Was Maggie und Ava hier jeden Tag leisten, ist absolut nicht mein Ding, selbst jetzt, wo ich Kaffee brühen kann. Zum Glück hat Josh die meiste Konversation mit der Gruppe übernommen, denn es hätte mein Stresslevel noch weiter angehoben.

Josh lacht. »Stimmt, es ist eine Herausforderung und hat wahrscheinlich wenig mit dem gemein, was du sonst so tust.«

Auf einmal fällt mir wieder ein, was Josh vorhin gesagt hat. Ich hebe den Blick, mustere die Decke und vergrabe die Hände in den Taschen der Schürze. »Woher weißt du davon?«

»Wovon?«, fragt er zuckersüß, obwohl uns beiden klar ist, was ich andeute. Deswegen verdrehe ich die Augen. Bevor ich allerdings nachfragen muss, spricht er weiter. »Ehrlicherweise habe ich dich bei Instagram gefunden.« Die Tatsache, dass Josh überhaupt Instagram nutzt, überrascht mich, deswegen wende ich ihm meine Aufmerksamkeit wieder zu, versuche zu erkennen, ob er sich über mich lustig macht. David hat immer einen großen Bogen um Social Media gemacht. Alles Quatsch für ihn.

»Oh«, entkommt es mir. »Und? Was denkst du?«

»Worüber?«

»Den Content, den Blog, den Kanal, das Buch?«

Verwirrt verzieht Josh das Gesicht. »An meiner Meinung über dich hat sich nichts verändert, nur weil ich jetzt weiß, wie du dein Geld verdienst. Die meisten deiner Videos habe ich nicht verstanden, nur wenige sind auf Englisch, die fand ich allerdings ausgesprochen lustig. Dein Humor ist so trocken, dass es manchmal weh tut. Gibt es von dem Buch eine Übersetzung? Ich hab mir zwar das Hörbuch runtergeladen, als ich gesehen habe, dass du es selbst eingesprochen hast, allerdings kommt mir auch hier die Sprachbarriere in die Quere.«

Erneut bin ich verblüfft. Irgendwie habe ich erwartet, dass er mich fragt, wie ich überhaupt überleben kann. Stattdessen scheint er sich sogar dafür zu interessieren, was ich tue. »Du hast dir wirklich das Hörbuch runtergeladen?«

Josh nickt. »Außerdem hast du ein gutes Auge für Fotografie. Dein Profil ist sehr ästhetisch.«

»Danke«, entgegne ich kleinlaut. »Hast du selbst einen Account?«

»Ja, für meine Bilder. Ich liebe es, Stille einzufangen und sie mit anderen zu teilen. Manchmal mache ich sogar kleine Videos. Aber bei Weitem weniger aufwendig als dein Content. Ich bin wirklich beeindruckt, das muss total viel Zeit fressen.«

Perplex starre ich Josh an. Selten habe ich mich mit jemandem, der nicht aus der Influencer-Bubble kommt, so offen über die Arbeit unterhalten, ohne direkt mit Vorurteilen konfrontiert zu werden.

»Ist es«, entgegne ich und ziehe das Smartphone aus der Hosentasche. Nun bin ich selbst total neugierig. »Wie finde ich dich?«

»In silence we grow. Überall Unterstriche dazwischen.«

»Entschuldigung?«, ruft eine der Damen uns zu und ich lege das Handy auf die Theke, wende mich sofort an sie. »Wir würden gern noch Getränke bestellen.«

»O Mann, ich bin wirklich eine schlechte Bedienung«, murmle ich und schiele zu Maggie. Zum Glück ist sie weiterhin auf das konzentriert, was auch immer sich auf dem Tablet-Bildschirm abspielt. Keine Ahnung, wie sie den Lärm um sie herum ausblenden kann, mir bereitet er Migräne.

»Bin gleich zurück«, sage ich zu Josh und gehe zu der Gruppe. Erneut bestellen sie reihum. Dieses Mal geht es sogar etwas schneller und ich kehre erleichtert zur Theke zurück.

»Was kann ich tun?« Josh steht dicht hinter mir, schaut über meine Schulter auf den Zettel, auf dem ich mir die Bestellung notiert habe. Seine Wärme dringt durch die Klamotten zu mir und ich halte den Atem an. Mein Puls beschleunigt sich und auf der Haut kribbelt es angenehm. Gerne würde ich mich gegen ihn lehnen und einen Augenblick meine Muskeln entspannen, in dem Wissen, dass er da ist.

Okay ... was? Wo kommt dieser Gedanke her? Dabei kenne ich Josh kaum ein paar Tage. Jedoch habe ich in seiner Gegenwart ständig das Gefühl, verstanden zu werden und offen sein zu können.

»Carla?«

Josh steht so nah bei mir, dass ich seinen Atem im Nacken spüren kann, als er meinen Namen ausspricht. Eine Gänsehaut überzieht meinen Rücken und ich trete einen Schritt zur Seite, wende mich ihm zu, sodass ich ihm ins Gesicht sehen kann. Erwartungsvoll blickt er zu mir.

»Was hast du gesagt?«, frage ich leise und räuspere mich.

»Wie kann ich helfen? Soll ich Getränke einschenken?«

Richtig, die Bestellung. Erneut blicke ich auf die Liste, konzentriere mich komplett darauf, um meinen Herzschlag zu beruhigen. »Ich mache den Kaffee fertig und du bringst alles an den Tisch?«

»Klar«, stimmt Josh lächelnd zu und tritt endlich zurück, sodass mehr Platz zwischen uns ist. Auf der einen Seite will ich keinen Zentimeter Abstand mehr, auf der anderen verwirren mich die Gefühle und Gedanken, sodass er mir vielleicht guttut.

Aus dem Oberschrank nehme ich Gläser und Tassen und stelle sie nebeneinander. Dann befülle ich sie der Reihe nach mit dem richtigen Getränk. Sobald zwei davon voll sind, schnappt Josh sie und bringt sie zu den Damen. Beim Kaffee brauche ich etwas länger und Josh schaut mir neugierig dabei zu, wie ich die Bohnen mahle und sie in den Siebträger fülle. Die fertigen Milchkaffees stelle ich auf ein Tablett und schiebe es ihm entgegen. Lächelnd nimmt er es. »Wir sind ein gutes Team.«

Kapitel 10

Das schlimmste Date unseres Lebens oder bloß Top Ten?

Am Nachmittag sinke ich erschöpft in einen der Sessel im Café. Jamie ist zurück. Ihrer Schwester geht es gut, nur eine Platzwunde am Kopf, die genäht werden musste. Deswegen übernimmt sie die letzte Stunde, bis wir schließen.

Maggie sitzt mir gegenüber, das Tablet steht auf dem Tisch vor ihr. »Du siehst aus, als wärst du einen Halbmarathon gelaufen.«

»Mindestens. Hoffentlich habe ich auch so viele Kalorien verbrannt, wie meine Füße schmerzen. Der Muskelkater morgen wird mein Ende sein.« Ich rutsche ein Stück tiefer und lehne den Kopf zurück, schließe die Lider. Nachdem die Gruppe verschwunden ist, ist wieder Ruhe eingekehrt, trotzdem war den ganzen Tag einiges los, da die Einheimischen einen Bogen um das Fest machen, wenn der Touristenansturm zu groß ist, und lieber direkt hierher kommen. Macht Sinn, dennoch hätte ich mir gewünscht, dass die Dinge heute anders gelaufen wären.

»Wo hast du Josh verloren?«, fragt Maggie und ich öffne die Augen, deute hinaus.

»Er hat einen wichtigen Anruf, den er entgegennehmen musste.« Allerdings würde ich es ihm kaum verübeln, wenn er das nur als Vorwand genutzt und das Weite gesucht hätte. Was durchaus im Bereich des Möglichen liegt, da er schon eine ganze Weile verschwunden ist. Anstatt dass ich ihn heute von Cornwall überzeugen konnte, hat er mir den Arsch gerettet. Allein hätte ich wahrscheinlich nach der Hälfte des Tages das Handtuch geworfen.

»Der Tag ist anders gelaufen als geplant.«

Ich nicke. »Schöne Umschreibung.«

Im Hintergrund höre ich die Türglocke und zucke zusammen, dann erinnere ich mich, dass Jamie wieder da ist. Die Gäste sind nun ihr Problem.

Maggie nimmt ihre Kaffeetasse vom Tisch. Sie schüttet Koffein in sich, wie andere Menschen Wasser. Wahrscheinlich fließt es anstelle von Blut durch ihre Adern, was ihre verrückte Art erklären würde. »Es hätte schlimmer kommen können, mach dir keine Sorgen.«

Aus Maggies Mund klingt das einfach, dabei ist es mein größtes Talent, mir um alles und jeden Sorgen zu machen. »Zum Glück ist Josh dazu bereit, mir ein weiteres Mal zu vertrauen, und dieser Tag ist endlich vorbei.«

»Nein, er ist noch nicht zu Ende.« Joshs Stimme dringt zu mir und ich setze mich auf. Er steht hinter dem Sessel und schaut zu uns. »Du hast mir ein Date versprochen.«

»Das wir verschoben haben, sonst wäre es mit Sicherheit das schlimmste unseres Lebens geworden«, versuche ich lachend, meine schlechte Laune zu überspielen.

»Das schlimmste meines Lebens? Es ist höchstens unter den Top Ten.«

Verblüfft und zweifelnd hebe ich die Augenbrauen? »O Gott, wie viele schlechte Dates hattest du bisher? Jetzt habe ich Mitleid.«

»Gut«, sagt Josh und hebt einen kleinen Korb hoch. »Da du offensichtlich keinen Schimmer hast, wie man ein Date organisiert, habe ich das übernommen.«

»Bitte?« Gespielt getroffen von seiner Anschuldigung plustere ich die Backen auf. »Können wir festhalten, dass das *nicht* der Plan war und ich sehr wohl weiß, wie ich dich von der Schönheit Coverporths überzeugen kann?« Ziemlich weit ausgeholt, Carla.

»Wenn du das sagst.« Josh winkt Maggie zu und geht einige Schritte Richtung Tür. »Kommst du?«

»Du meinst das ernst?«

»Natürlich.«

»Verrätst du mir dann, welche Dates schlimmer waren als der heutige Tag?«

»Vielleicht.«

Ich werfe einen Blick zu Maggie, die sich wieder dem Tablet zugewandt hat. Allerdings erkenne ich an dem Grinsen auf ihren Lippen, dass sie unser Gespräch verfolgt. »Kann ich dich allein lassen?«

»Allein?« Sie deutet auf Jamie und die Gäste. »Wann bin ich hier jemals allein?«

»Du weißt, was ich meine«, entgegne ich und verdrehe die Augen. »Versprich mir, deinen Fuß zu schonen.«

»Okay, Mama.«

»Glaubst du, es macht Spaß, dauernd gegen deine Sturheit zu argumentieren?« Ich erhebe mich, streiche die Klamotten glatt und überprüfe, ob der heutige Tag Spuren hinterlassen hat. Tatsächlich entdecke ich einen winzigen Kaffeefleck auf der Jeans. Egal, das ist nur ein kleines Übel. Nach einem Blick zu Josh, der auf mich wartet, ziehe ich den Labello aus der Hosentasche und trage ihn auf. »Soll ich dich später abholen und nach Hause fahren?«

Maggie schüttelt den Kopf. »Ist okay, genieße den Rest des Nachmittags. Jamie kann das übernehmen, sobald wir geschlossen und aufgeräumt haben.«

»Gut«, entgegne ich und gehe zu Josh. »Wir können.«

Er hält mir die Tür auf, wendet sich dann nach rechts und läuft zu seinem Wagen. Er fährt weiterhin das Mietauto und ich streiche über den Kotflügel, bevor ich einsteige. Der vertraute Geruch nach *neu* dringt mir in die Nase, während ich auf dem weichen Sitz Platz nehme. Nachdem ich mich angeschnallt habe, startet Josh den Motor und legt den Rückwärtsgang ein. Ich klappe die Sonnenblende herunter, weil sich das Wetter heute von seiner schönsten Seite zeigt. Tatsächlich ist es angenehm warm und ich öffne das Fenster einen Spalt, genieße den kühlen Fahrtwind, der mir durchs Haar wirbelt.

»Wohin entführst du mich?«, frage ich, da die Neugier siegt.

»Lass dich überraschen.«

»Eigentlich hatte ich genug Überraschungen für heute.«

Josh lacht. »Verstehe ich. Zwischenzeitlich hatte ich echt Sorge, dass du einfach umkippst.«

»So schlimm?«, frage ich. Natürlich weiß ich, wie gestresst ich war, allerdings dachte ich, ich hätte das ganz gut verborgen. Anscheinend bin ich ein offenes Buch für Josh.

»Eigentlich habe ich sogar schon mal gekellnert. Keine Ahnung, warum mich das heute so aus dem Konzept gebracht hat. Es ging von Anfang an einfach alles schief. Nichts ist unserem Plan gefolgt«, erkläre ich.

»Möglicherweise war genau das dein Problem. Du hattest ein genaues Bild davon in deinem Kopf, was heute passieren sollte, deswegen hat dich schon die kleinste Änderung ins Wanken gebracht.« Josh lenkt den Wagen an der Küste entlang und ich blicke aufs Meer hinaus. Vielleicht hat er recht.

»Danke«, murmle ich.

»Wofür?«

»Heute. Du bist noch da, obwohl ich es verstanden hätte, wenn du schreiend davongerannt wärst«, gebe ich zu.

Josh zuckt mit den Schultern. »Eigentlich fand ich den Tag ziemlich entspannend. Anstatt darüber nachzudenken, wie ich mir die Zukunft vorstelle, was ich tun soll und was ich tun will, hatte ich sogar Spaß mit dir.«

»Das bezeichnest du als Spaß? Dann bin ich wirklich gespannt, wo es jetzt hingeht.«

»Wir fahren zur Steilküste. Dort oben haben wir einen tollen Blick auf den Sonnenuntergang. Im Korb auf dem Rücksitz habe ich ein kleines Picknick für uns«, offenbart Josh und ich werfe automatisch einen Blick über die Schulter zu dem Korb, versuche, das Lächeln, das auf meinen Lippen liegt, zu verstecken. Die Vorstellung, mit ihm allein zu sein, kribbelt auf meiner Haut. Freude breitet sich von den Wangen über die Arme bis in die Fingerspitzen aus. Auch Josh will dieses Date mit mir, er hat nicht nur zugesagt, um nett zu sein.

»Das sollte doch eine Überraschung sein?«

Josh setzt den Blinker und biegt ab. »Du meintest, du hattest heute schon genug Überraschungen. Außerdem kannst du dich jetzt schon freuen. Vorfreude ist schließlich die schönste Freude.«

Das Lachen wird breiter und es fällt mir schwer, still zu sitzen, weil ich es kaum erwarten kann, mit Josh zusammen den Sonnenuntergang zu sehen. Wir lassen das Meer für eine Weile hinter uns und grüne Wiesen fliegen an der Scheibe vorbei. Der Geruch des Wassers begleitet uns allerdings weiterhin und ich sauge ihn tief in die Lunge. Hinter einer kleinen Steinmauer, die kaum dreißig Zentimeter hoch ist, entdecke ich eine Schafsherde. Zwei Hunde bewachen die Tiere und sorgen dafür, dass sie zusammenbleiben.

»Stört es dich, wenn ich Musik anmache?«, fragt Josh und ich schüttle den Kopf. Obwohl ich die Geräusche Cornwalls liebe, höre ich auch gerne Musik. »Kannst du das Handy aus der Mittelkonsole nehmen? Der Code ist 2486. Danach kannst du einfach den Musikplayer aufrufen und müsstest schon in der richtigen Playlist sein. Ich habe sie bereits auf der Herfahrt eingestellt.«

Ich folge Joshs Anweisungen und wähle die angezeigte Playlist aus. Bevor ich das Display sperre, scrolle ich durch die Lieder. Kaum eins davon kenne ich. »Du magst französische Musik?«

»Ja, obwohl ich kein Wort verstehe«, gesteht er grinsend. »Irgendwie ziehen mich die Melodien und der Klang der Sprache in ihren Bann. Es ist leicht und dunkel zugleich. Mystisch aber auch befreiend irgendwie.«

Ich lausche dem Lied und verstehe, was er meint. Zwar kann ich auch kein Französisch, trotzdem spüre ich die Bedeutung des Songs. Eventuell macht genau das den Reiz aus: Etwas mit dem Herzen begreifen, anstatt dem Verstand.

»Das klingt blöd, oder?« Josh fokussiert sich komplett auf die Straße, hat die Finger ums Lenkrad gekrampft.

»Nein, im Gegenteil. Vor allem ist es dein Empfinden, damit kann es niemals blöd sein, sondern ist immer richtig.« Das nächste Lied setzt ein. Die Stimme des Sängers ist schwer und trägt mich durch die Melodie, die nach dunklen Feen und magischen Wäldern klingt. Beinahe erwarte ich, dass wir gleich durch ein Portal in eine andere Welt fallen. »Ziemlich dämliche Angewohnheit von uns Menschen, dass wir uns Dinge, die wir lieben, selbst schlechtmachen und kleinreden, wenn wir das Gefühl haben, andere verstehen nicht, was wir daran finden.«

Josh überlegt einen Moment und wir folgen beide unseren eigenen Gedanken. Tatsächlich habe ich in der Vergangenheit oft versteckt, wenn ich etwas wirklich gut fand, weil David und ich kaum gemeinsame Interessen hatten. Er hat nie verstanden, wieso ich manchmal die ganze Nacht damit zugebracht habe, Serien zu bingen, oder eine Buchreihe an einem Wochenende durchgesuchtet habe. Nur mit Mimi konnte ich über diese Dinge schwärmen.

»Weil es uns wichtig ist und wir uns dann wie ein Fremdkörper fühlen«, meint Josh auf einmal und ich wende mich ihm zu.

»Wie bitte?«

»Die Menschen, denen wir davon erzählen, sind uns wichtig und wir wollen, dass sie verstehen, was wir fühlen. Was wir daran lieben. Tun sie es nicht ... na ja ... es tut irgendwie weh, oder? Man hat dann den Eindruck, ein Außenseiter und seltsam zu sein. Deswegen müssen wir uns selbst belügen und unser Interesse kleinreden.« Erneut blinkt er und ich erkenne das Schild eines Parkplatzes. Josh manövriert den Wagen in eine Parklücke, während ich über seine Worte nachdenke. Es stimmt, mir war wichtig, was David dachte. Viel zu sehr. Deswegen habe ich dauernd versucht, einen Schritt in seine Richtung zu gehen, obwohl er mir nie einen entgegengekommen ist.

Der Motor erstirbt und Josh steigt aus. Ich folge ihm. Draußen blendet mich die Sonne. Ohne den Fahrtwind ist es ziemlich warm und ich schlüpfe aus dem leichten Pulli, den ich trage, hänge ihn mir über die Schultern.

»Bereit für ein Abenteuer?« Mit dem Korb im Arm geht Josh voraus und ich laufe ihm hinterher. Der Duft des Meeres umfängt mich sofort. Salz brennt in der Nase, ist erfrischend.

Wir erreichen die Klippen nach einem kurzen Fußmarsch. Der Wind zieht an meinen Klamotten und ich fasse das Haar zusammen, um es zu einem Zopf zu binden. Über uns schreien die Vögel, unter uns branden die Wellen gegen die Klippen. Was mir allerdings den Atem raubt, ist der Ausblick. Er geht ins Endlose. So weit ich sehen kann, ist da nur das Meer. Gleichmäßig bewegt es sich und ohne das Rauschen im Hintergrund, würde ich das Schauspiel für eine optische Täuschung halten. Denn am Horizont geht Blau in Blau über, Himmel und Wasser werden zu einem. Lediglich leichte Schattierungen unterscheiden beides.

»Wow«, entfährt es mir.

»Atemberaubend, oder?« Josh zieht eine Decke aus dem Korb, breitet sie auf der Wiese aus, während ich wie gefesselt in die Ferne starre. »Früher habe ich den halben Sommer hier oben verbracht. Wahrscheinlich habe ich an die zwanzig Speicherkarten, auf denen nichts als Sonnenunter- und -aufgänge sowie der Sternenhimmel aus dieser Perspektive sind.«

»Verstehe ich. Ich glaube, von dem Anblick bekomme ich niemals genug.«

»Das ist gut, denn bis zum Sonnenuntergang sind es noch einige Stunden.«

»Stunden?« Überrascht drehe ich mich um. »Was tun wir bis dahin?«

Josh deutet auf die Decke, auf der er Sachen ausgebreitet hat. Ich sehe einige Zeitschriften, Bücher, Metalldosen und sogar Spielkarten. »Essen, lesen, uns unterhalten, spielen. Reihenfolge offen, aber das war der grobe Plan.«

»Klingt himmlisch«, entgegne ich und gehe zu ihm. Außerdem zieht er zwei kleine Sitzkissen und eine Bluetooth-Box hervor und ich spähe in den Korb, der mittlerweile leer ist. »Was ist das? Mary Poppins Tasche?«

Josh lacht. »Schön wärs.« Eins der Kissen reicht er mir und ich lege es auf die Decke, setze mich Josh gegenüber. »Bist du auf irgendetwas allergisch? Ich hab bei meinem Lieblingsrestaurant verschiedene Salate, Baguette und Aufstriche geholt.«

»Keine Allergien«, verkünde ich und greife nach einer Dose. Tatsächlich bin ich ziemlich hungrig. Irgendwie ging das Essen heute total unter. Dafür war ich viel zu sehr damit beschäftigt, weder das Café noch mich oder die Gäste in die Luft zu sprengen.

»Danke«, murmle ich, als Josh mir ein Stück Baguette gibt.

»Kein Problem.«

»Ich meine all das und den ganzen Tag. Danke, dass du mir geholfen hast, danke, dass du dafür gesorgt hast, dass die Gäste glücklich sind. Danke, dass du jetzt sogar das Date übernommen hast, anstatt das Weite zu suchen.«

»Das hatten wir bereits.«

»Einmal reicht nicht.«

»Immer gern«, entgegnet er lächelnd und beißt in ein Stück Brot.

»Eigentlich wollte ich dir heute die Vorzüge Coverporths zeigen. Stattdessen hast du mich zum wohl schönsten Fleck auf Erden entführt. Auch dafür bin ich dankbar.«

Erneut lasse ich den Blick schweifen, sauge diesen Moment auf und würde ihn am liebsten in eine Glaskugel packen, um ihn in schlechten Zeiten erneut betrachten zu können.

Josh räuspert sich. »Irgendwie hast du das sogar. Ich hatte diesen Ort komplett vergessen, musste erst wieder an ihn und seine Schönheit erinnert werden.«

»Vergessen«, wiederhole ich ungläubig und halte inne, lasse das Baguette, das ich gerade zum Mund führen wollte, sinken. »Wie ist das möglich?«

Josh zuckt mit den Schultern. »Es ist seltsam, wie manchmal die wichtigsten Orte oder Menschen im nächsten Moment in den Hintergrund rutschen, bis man sie vergisst.«

»Oder verdrängt«, ergänze ich und habe dabei das Gefühl, dass es längst um etwas anderes als diesen Platz auf den Klippen geht. Joshs Blick ist auf die Decke gerichtet, wirkt entrückt. Ein Themenwechsel muss her. »Wenn mein Plan also aufgegangen ist und du jetzt erkennst, wie wunderschön es in Coverporth ist ... ist der Verkauf dann vom Tisch?« Nachdem ich die Worte ausgesprochen habe, schiebe ich die Unterlippe unschuldig nach vorne.

Es funktioniert, Josh sieht zu mir und grinst. Doch zwei Sekunden später ist er wieder ernst.

»Keine Ahnung. Wirklich. Mir ist klar, dass du gerne etwas anderes hören willst.« Traurigkeit spricht aus seiner Stimme. Eigentlich hätten meine Worte scherzhaft klingen sollen und ihn dazu bringen, mir zu widersprechen, damit wir uns kabbeln können. Aber der Plan ist ordentlich schiefgegangen. Vielleicht liegt es am Tag, denn alles, was ich heute anfasse, geht schief.

»Das Haus birgt unfassbar viele Erinnerungen«, flüstert Josh auf einmal und ich lege die Olive weg, nach der ich gerade gegriffen hatte.

»Wie lange hast du in Coverporth gelebt?«

»Mehrere Jahre. Meine Eltern sind in meiner frühen Kindheit nach London gezogen. Dad hat dort die Chance bekommen, zusammen mit einem alten Kollegen eine Kleintierklinik zu eröffnen. Natürlich musste er die Gelegenheit nutzen. Allerdings kam ich schlecht mit dem Umzug klar und das äußerte sich in Wut, die ich an Mitschülern ausgelassen habe. Ich habe mich quasi jeden zweiten Tag geprügelt.«

»Was?«, entfährt es mir. »Du? Geprügelt?« Das Bild eines um sich schlagenden Kindes kommt mir in den Sinn und will so gar nicht zu dem Josh passen, der mir gegenübersitzt. Allerdings liegt das viele Jahre zurück.

Josh nickt. »Es gab kaum eine Woche, in der ich keine blutende Nase hatte und zur Schulkrankenschwester musste. Deswegen haben mich Mama und Papa in der Mittelstufe zurück nach Coverporth geschickt. Hier bin ich dann bis zum Abschluss geblieben. Pops hat mich, ohne zu murren, aufgenommen. Ich habe viel von ihm gelernt. Zum Beispiel hat er in mir die Liebe zur Fotografie geweckt. Das hat mich geerdet.«

»Du hast deinen Großvater sehr geliebt.«

Josh wendet sich mir zu. Seine Züge sind dunkel vor Traurigkeit. »Ich bin noch unentschlossen, ob er das auch so gesehen hat.«

»Wieso?«

»Es ist viel passiert.«

»Das ist egal. Liebe hat damit nichts zu tun. Trotz all der Erlebnisse, der möglichen Streits, der Vergangenheit, die ihr teilt ... du kannst ihn bedingungslos lieben. Und ich bin mir sicher, dass er das wusste. Man fühlt es. Selbst wenn man sich mit jemandem überwirft, wenn derjenige anderer Meinung ist oder sich die

Wege trennen, hat man trotzdem ein tiefes Gefühl von Verbundenheit«, sage ich.

»Ich wünschte, dass ich ihm das sagen könnte. Das ganze verdammte Haus erinnert mich an ihn. Erinnert mich an meinen Verrat.«

Instinktiv greife ich nach Joshs Hand, verschränke unsere Finger. Aus seiner Stimme klingt so viel Traurigkeit, dass ich sie beinahe körperlich spüren kann. »Welcher Verrat.«

»Sobald ich alt genug war, habe ich Coverporth verlassen, bin in die große Stadt abgehauen und hab erst mal eine ganze Weile nicht zurückgeschaut. Ich schäme mich, weil ich Pops enttäuscht habe. Und dieses verdammte Erbe führt mir das jeden Tag vor Augen«, gibt er zu. »Es macht mir deutlich, was ich zurückgelassen habe, um ein Leben in London zu führen, das mich ausgesaugt hat.«

Mitfühlend drücke ich Joshs Hand, spende ihm auf diese Weise Trost. Wahrscheinlich gibt es keine tröstlichen Worte, denn nichts, was ich sage, macht seinen Schmerz erträglicher. Aber immerhin kann ich neben ihm sitzen und ihm zuhören, seine Sorgen ernst nehmen. »Tut mir leid, dass du so fühlst. Hast du den Kontakt zu deinem Großvater abgebrochen?«

Josh schüttelt den Kopf. »Nein, wir haben ab und zu telefoniert, er hat mich jedes Mal gebeten vorbeizukommen. Allerdings war ich zu beschäftigt. Zuerst mit dem Studium, dann mit der Klinik.« Ein freudloses Lachen entkommt ihm. »Einer Klinik, die kaum mehr Bürde sein könnte. Trotzdem will Dad, dass ich sie nächstes Jahr übernehme, damit er in Rente gehen und sein Leben genießen kann.«

»Willst du das denn?«

Ein Schulterzucken. Allerdings ist es zögerlich, als würde Josh die Antwort bereits kennen und ihm nur der Mut fehlen, sie zu akzeptieren. »Ich habe keine Wahl.«

»Wieso das?«

»Wenn ich Dad hängen lasse, tue ich ihm dasselbe an wie Pops. Ich enttäusche ihn.«

Nun rutsche ich näher zu ihm, sodass unsere Arme sich berühren. »Hast du mit ihm darüber gesprochen?«

»Mit wem?«

»Deinem Vater.«

»Nein. Aber das muss ich. Sonst geht es mir so wie mit Großvater. Weißt du, ich dachte, mir würde noch genug Zeit bleiben, um mich irgendwann bei ihm zu entschuldigen. Als die Nachricht von seinem Tod kam, wurde mir der Boden unter den Füßen weggezogen. In meiner Jugend war Pops die wichtigste Person in meinem Leben, wie konnte ich das vergessen? Wie konnte ich zulassen, dass der Kontakt auf ein Minimum geschrumpft ist?« Josh lässt den Kopf hängen.

»Du hast dein Leben geführt. Das ist ganz normal. Wir gehen ständig auf dem Weg vorwärts. Manchmal begleiten uns Menschen eine Zeitlang, dann biegen sie auf eine andere Straße, bis sich die Wege erneut kreuzen. Das bedeutet nicht, dass du deinen Großvater weniger geliebt hast. Deine Worte beweisen das Gegenteil. Er war dir unglaublich wichtig.«

»Irgendwie fühle ich mich wie ein Vogel, der das Fliegen verlernt hat. Ich sitze auf einem Ast, sehe die Welt und mir stehen so viele Möglichkeiten offen. Aber anstatt loszufliegen hänge ich fest.« Nun hat er seinen Blick wieder in die Ferne gerichtet.

»Weil dir die ganzen Schatten, die du aus der Vergangenheit mitschleppst, die Federn verkleben«, stelle ich fest und nehme seine Metapher auf. In meinem Inneren weiß ich ganz genau, wie er sich fühlt. Auch wenn sich unsere Situationen unterscheiden, hängen wir beide in der Schwebe, ohne zu wissen, wie es weitergehen soll. »Vielleicht ist es an der Zeit, dass du in der Gegenwart lebst. Tu das, was für dich das Richtige ist. Niemand kann dir garantieren, dass du diese Entscheidung nicht irgendwann bereuen wirst. Aber dann kannst du zurücksehen und dir sicher sein, dass es in dem Moment, in dem du dich entschieden hast, genau das war, was du wolltest. Du und niemand anders.«

»Selbst, wenn ich damit jemanden verletze?«, murmelt Josh und ich streiche sanft über seinen Handrücken.

»Die Menschen, die dich lieben, werden hinter dir stehen.« Josh schüttelt den Kopf. »Du bist die wichtigste Person in deinem Leben, Josh. Niemand wird dich so antreiben, wie du dich selbst. Niemandem sind deine Träume so wichtig und niemand versteht dich besser. Deswegen musst du für dich entscheiden.«

»Bei dir klingt das total einfach.«

Ich breche in Gelächter aus. »Oder? Dabei habe ich keinen meiner eigenen Ratschläge je befolgt.«

»Na wunderbar, aber Hauptsache, große Töne spucken.«

»Klar, andere zu belehren ist viel einfacher.«

Josh wendet sich mir zu und sein Blick verweilt auf unseren Händen. Nun erwidert er den Druck und ich spüre seine Wärme intensiv auf der Haut. In kleinen Wellen breitet sie sich von den Fingern über den Arm in meinen gesamten Körper aus, bis sie jede Zelle erreicht hat. Meine Wangen müssen vor Hitze glühen, allerdings ist es total angenehm, deswegen will ich den Kontakt so lange wie möglich genießen. Zum Glück scheint es Josh ähnlich zu gehen und wir sitzen die nächsten Minuten schweigend und bewegungslos nebeneinander. Ganz langsam wird es kühler und die Sonne sinkt Richtung Horizont. Ein Lächeln breitet sich auf meinen Lippen aus, denn die Gespräche mit Josh sind befreiend und genau das, wonach sich mein Herz im Moment sehnt, obwohl die Themen zuweilen ziemlich schwer wiegen.

»Bist du auch damit einverstanden, dass ich meinen Träumen folge, ohne auf Verluste zu achten, wenn das bedeutet, dass ich das Anwesen verkaufe und deine Tante eventuell auf der Straße sitzt?«, fragt Josh nach einigen Minuten der Stille.

Leider habe ich keine Antwort auf seine Frage, daher zucke ich mit den Schultern und er verzieht wissend das Gesicht. »In der Theorie sind die Dinge immer relativ klar. So lange, bis die erste Entscheidung sich auf das Leben anderer auswirkt.«

»Stimmt. Bloß wirst du mit jeder Entscheidung jemanden verletzen, deswegen solltest du wenigstens ehrlich zu dir selbst sein, damit du hinter dir und deinen Handlungen stehen kannst. Das bedeutet nicht, dass du durch die Welt gehen und auf niemanden Rücksicht nehmen sollst. Aus meiner Sicht ist beides möglich: sich selbst treu bleiben und versuchen, anderen zu helfen.«

»Nur müsste ich dazu erst mal wissen, wie ich mir selbst treu bleiben kann und was ich möchte.«

»Hat dich dieser wunderschöne Tag nicht von Cornwall überzeugt? Dabei hattest du ältere Damen, die dich ausgequetscht haben, und eine panische Carla, die dich in Beschlag genommen und zum Babysitter ihrer Tante erklärt hat. Wenn das nicht dafür gesprochen hat, bis an dein Lebensende der Pächter der Geschäfte in der Innenstadt zu sein ... nun, was dann?«

Bevor Josh antworten kann, knurrt mein Magen lautstark und er grinst, deutet zu den Speisen, die vor uns auf der Decke ausgebreitet sind.

»Lass uns essen«, sagt er, greift aber nach seinem Handy statt dem Baguette und verbindet es mit dem Lautsprecher. »Ist die Musik okay, oder willst du etwas aussuchen?«

»Nein, vollkommen okay. Magst du auch französische Filme?«

»Ich mag Filme generell. Dabei spielt es keine Rolle, woher sie kommen, solange es englische Untertitel gibt«, erklärt Josh und ich schiebe mir gierig eine Olive in den Mund. Der salzige Geschmack explodiert auf der Zunge und besänftigt meinen rebellierenden Magen.

»Dann schaust du immer O-Ton?« Josh nickt. »Auch wenn es synchronisiert ist?«

Erneut ein Nicken. »Niemand kann so gut synchronisieren, dass es dem Original wirklich gerecht wird. Die Tonlage macht so viel aus.«

»Ehrlich gesagt habe ich darüber bisher nie nachgedacht, weil in Deutschland so gut wie alles synchronisiert wird.«

»Alles?«

»Alles, was ich sehen wollte. Das war bisher meist Hollywoodzeug.«

Josh greift nach einem Käsewürfel. »Langweilt mich in letzter Zeit. Die Motive sind oft dieselben, die Geschichten vorhersehbar. Deswegen hänge ich dann oft am Laptop oder Handy, während der Film nur im Hintergrund läuft.«

»Wow«, entfährt es mir. Er hat recht. »Eventuell sollte ich deinem Beispiel folgen.«

»Wenn du willst, empfehle ich dir ein paar Filme und Serien.«

»Gern«, entgegne ich und beiße herzhaft in ein Apfelstück. Das Picknick, das Josh vorbereitet hat, lässt wirklich keine Wünsche offen. Er hat sogar an etwas Süßes und Fruchtiges gedacht. Sobald mein Magen zufriedengestellt ist, ziehe ich das Notizbuch aus der Tasche. »Stört es dich, wenn ich ...« Ich deute mit dem Stift auf die Seiten und Josh schüttelt den Kopf. Irgendwie muss ich die Gedanken in Worte fassen und das funktioniert am besten, wenn ich sie auf Papier banne. So kann mein Hirn sich entspannen.

Als ich das nächste Mal aufsehe, ist Josh in eine Zeitschrift vertieft. Seine Brauen sind zusammengezogen, die Lippen konzentriert aufeinandergepresst. Ich strecke mich ein Stückchen, um zu sehen, was er liest. Es handelt sich um einen Artikel über Kameras. Tatsächlich finde ich es bewundernswert, wie sehr er sich offenbar mit der Fotografie befasst und wie viel ihm das

Hobby bedeutet. Allein die Tatsache macht für mich deutlich, wie groß die Liebe zu seinem Großvater ist, denn jedes Bild und jedes Motiv wird die beiden für immer verbinden. Sein Pops hat die Liebe zur Fotografie in ihm geweckt. Wahrscheinlich bedeutet sie Josh deswegen so viel, weil die Bilder ihn mit seinem Großvater verbinden.

»Habe ich etwas im Gesicht?«, fragt er und ich fokussiere ihn, grinse schüchtern und schüttle schließlich den Kopf. »Wieso starrst du mich dann an?«

»Interesse?«

»An meinem Gesicht? Also ... verstehe ich, bei dem Aussehen.«

Nun muss ich heftig lachen. »Selbstbewusstsein hast du jedenfalls genug. Aber ich meinte dich als Person.«

»Danke«, sagt Josh und erst jetzt fällt mir auf, dass die Sonne schon langsam untergeht. Wie lange war ich in mein Notizbuch vertieft? Verwirrt senke ich den Blick, blättere durch das, was ich notiert habe. Es sind einige Seiten. Verrückt, dabei kam es mir höchstens wie fünf Minuten vor.

Am Horizont erkenne ich einen feinen orangefarbenen Streifen, während der Rest des Himmels zu brennen scheint. Das blaue Wasser steht in hartem Kontrast dazu, wobei sich die flammende Kugel darin spiegelt. Es sieht so surreal aus, dass ich gerne die Finger ausstrecken und den Himmel berühren würde. Auf einmal kämpft sich Traurigkeit an die Oberfläche. Dieselbe, die mich auch in ihrer Gewalt hatte, bevor ich nach Cornwall gekommen bin. Die letzten Tage habe ich sie gut verdrängen können, war zu sehr mit der Vorbereitung des Fests und mit Maggie beschäftigt. Aber in diesem Moment kehren all die Sorgen zurück. Ich stehe an einer Kreuzung, habe keine Ahnung, welche Möglichkeiten vor mir liegen und welchen Weg ich einschlagen soll. Es tut weh, dass David kein Teil dieser Reise mehr ist. Bisher habe ich ihn stets in meiner Zukunft gesehen, doch die Trennung war richtig, das habe ich nach der Ankunft deutlich gemerkt. Zum ersten Mal hatte ich wieder das Gefühl, ich zu sein, ohne jemandes Erwartungen erfüllen zu müssen. Nun ja, außer meinen eigenen. Und genau das sind vermutlich die schlimmsten, denn ich bin meine größte Kritikerin.

»Gleich ist es so weit«, murmelt Josh.

Ich ziehe die Knie zu mir und lege das Kinn darauf ab. »Wunderschön.«

»Finde ich auch«, entgegnet er und schaut mich dabei von der Seite an. Seine Lippen umspielt ein sanftes Lächeln und ich verdrehe die Augen.

»Da vorne ist der Sonnenuntergang.«

Josh wackelt mit den Augenbrauen, wendet sich dann aber tatsächlich ab. Mit ihm zusammen zu sein ist leicht. Ich habe nie das Gefühl, eine Rolle erfüllen zu müssen, sondern kann sagen, was ich denke und fühle.

Je tiefer die Sonne sinkt, desto dunkler wird es. Das Rauschen der Wellen ist nun lauter zu hören und unterstreicht den unruhigen Himmel, der aussieht, als würde ein Vulkan in ihm explodieren und Lava aus dem Meer nach oben steigen. Die verschiedenen Farben rauben mir den Atem. Egal, wie lange ich in die Ferne starre, es gibt jede Sekunde etwas anderes zu entdecken. Wolken mischen sich unter das Orange und durchbrechen die Farben, bis die strahlende Kugel beinahe komplett im Meer verschwunden ist und von dunklem Blau abgelöst wird. Die Stille, die uns umgibt, ist beruhigend, beinahe majestätisch. Allerdings fröstle ich langsam, da die Temperaturen nachts noch relativ kühl sind. Ich streiche mir über die Arme und verschränke sie schließlich vor der Brust.

»Frierst du?«, fragt Josh.

»Etwas.«

»Dann lass uns zurück zum Wagen gehen. Ich bringe dich nach Hause.«

Zum Glück reicht die restliche Helligkeit aus, dass wir genug sehen, um die Sachen von der Decke in den Korb zu packen und den Weg zurück zum Auto zu finden. Im Inneren steht die Wärme des Tages, trotzdem reicht Josh mir einen Kapuzenpulli, in den ich dankbar schlüpfe. Die Fahrt zu Maggies Cottage dauert keine zwanzig Minuten und reicht kaum dafür aus, meine Gedanken zu ordnen, denn die sind voll von den Ereignissen des Tages. Obwohl heute so viel schiefgegangen ist, war der Abschluss unfassbar schön. Und genau das werde ich in Erinnerung behalten.

Josh hält an der Straße vor dem kleinen Holztor. »Danke, dass du mich heute begleitet hast.«

»Du bedankst dich bei mir?«, frage ich ungläubig. »Das fühlt sich falsch an.« Ich löse die Gurte, nehme die Tasche aus dem Fußraum und will aus dem Pulli schlüpfen, doch Josh hält meinen Arm fest.

»Gib ihn mir einfach morgen zurück.«

»Okay.« Dann öffne ich die Tür und steige aus. Gerade als ich mich nochmal zu Josh reinlehnen will, merke ich, dass er ebenfalls ausgestiegen ist, daher gehe ich um das Auto herum zu ihm.

»Darf ich dich zur Tür begleiten?« Seine Frage kommt überraschend. Bevor ich zu lange darüber nachdenke, nicke ich.

»Klar, aber ich bin groß, den kurzen Weg schaffe ich allein.«

»Bestimmt, das bezweifle ich gar nicht. Allerdings müsste ich dann jetzt schon zurückfahren und so kann ich die letzten Momente des Abends mit dir ausnutzen.«

Seine Offenheit ist verblüffend, vor allem, nachdem ich ihn am Flughafen und in seinem Haus als verschlossen wahrgenommen habe. Wobei der ganze Tag diesen Eindruck revidiert hat. Meine Haut kribbelt aufgeregt und im Inneren breitet sich Wärme aus.

Vor der Eingangstür geht automatisch das Außenlicht an. Ich blinzle heftig, drehe mich zu Josh um und auf einmal sind unsere Nasen kaum mehr eine Handbreit voneinander entfernt. Augenblicklich beginnt mein Herzschlag sich zu beschleunigen. Die Umgebung verblasst, ich nehme nur noch Josh vor mir wahr. Die kleine Narbe unter seinem rechten Auge, den braunen Fleck links neben seiner Nase und das leichte Lächeln, das seine Lippen umspielt. Heute hat er es kaum abgelegt. Ob seine Wangen genauso davon schmerzen wie meine? Instinktiv streiche ich mit der Hand über sein Kinn, fahre die Kontur nach und überlasse es meinen Gefühlen, den nächsten Schritt zu gehen. Sie treiben mich an. Deswegen lehne ich den Oberkörper langsam nach vorne und stelle mich auf die Zehenspitzen, sodass ich Josh direkt in die Augen sehen kann. Für einige

Herzschläge lege ich die Stirn gegen seine. Ein Zeichen der Dankbarkeit, denn Worte können die Bedeutung dessen, was er heute für mich getan hat, kaum ausdrücken. Neben der Hilfe im Café hat er mir auch die Leichtigkeit zurückgegeben. Mir gezeigt, dass auch er mit seinem Weg zu kämpfen hat und ich keineswegs allein mit meinen Problemen dastehe. Obwohl ich mir wünsche, dass es Josh anders gehen würde, erleichtert mich das Wissen, dass er nachvollziehen kann, was ich fühle.

Sanft spüre ich seine Finger im Nacken, die mich noch enger zu ihm ziehen. Ohne zu zögern, folge ich der Aufforderung und unsere Lippen treffen aufeinander. Warm liegt seine Haut an meiner, bis meine Zunge eigene Pläne hat und sich selbständig macht. Das Herz explodiert in meiner Brust. Hitze steigt in mir auf, bringt meine Finger zum Kribbeln. Ich vergrabe sie in seinem Haar, verringere jeglichen Abstand zwischen uns und drücke den Oberkörper gegen ihn. Dabei spüre ich seine Muskeln unter den Klamotten. Am liebsten würde ich jeden einzelnen mit den Fingern nachfahren. Josh tritt einen Schritt zurück, hält mich dabei aber fest, sodass ich ihm folge, bis er mit dem Rücken gegen die Hauswand stößt. Automatisch schiebe ich das Knie zwischen seine Beine, um ihm noch näher zu sein. An jeder Stelle, die seine Finger berühren, steigt Wärme in mir auf, die schließlich mein komplettes Sein ausfüllt. Der Geruch seines herben Deos steigt mir in die Nase und ich genieße, wie er mich umhüllt, den Moment abrundet.

»Kinder.« Maggie steht auf einmal neben uns und wir schrecken auseinander. Mein Herzschlag dröhnt in den Ohren. Heftig klopft er mir gegen die Rippen, will

Josh am liebsten entgegenspringen. Entrückt starrt er Maggie an. Sobald sich mein Puls beruhigt hat, nehme ich ein anderes Geräusch wahr. Im Hintergrund schrillt es und lenkt alle Aufmerksamkeit auf sich. Was ist das?

Verwirrt lege ich mir die Hände an den Kopf, blicke zu Maggie, die auf Joshs Brust zeigt. Nun begreife ich, ziehe Josh von der Wand weg. Sofort breitet sich Stille aus.

»Endlich«, entfährt es Maggie erleichtert. Nun registriere ich ihren Aufzug. Sie hat bereits ihren Pyjama übergezogen und lehnt sich schwer auf die Krücken. »Noch eine Sekunde länger und ihr hättet die ganze Stadt aufgeweckt, so laut wie die Klingel ist.«

Peinlich berührt senke ich den Blick. Meine Wangen sind heiß und die Sache ist mir wahnsinnig unangenehm. Nicht nur, dass ich mich dazu habe verleiten lassen, Josh zu küssen, obwohl ich nur hier bin, um Maggie zu helfen, nein, sie hat uns auch noch dabei erwischt. Josh scheint die Situation ebenfalls unangenehm, sein Blick ist gesenkt, die Hände hat er hinter dem Rücken verschränkt. Ob er es bereut, mich geküsst zu haben? Carla, das sollte dein letztes Problem sein. Du musst ihn davon überzeugen, wie wunderschön Cornwall ist, ohne dass dir deine Gefühle dabei in die Quere kommen. Leider scheint es dafür beinahe zu spät. So ein Mist. Je länger ich über die letzten Minuten nachdenke, desto unwohler fühle ich mich, deswegen verabschiede ich mich schnell, murmle eine Entschuldigung und gehe ins Innere des Cottages. Dort steuere ich direkt die Toilette an, um einen Moment allein zu sein.

Ich sinke auf den zugeklappten Toilettensitz und lehne mich zurück. Die Spülung geht los, ich zucke erneut zusammen. Beinahe ist mir zum Weinen zumute, weil es mir peinlich ist, das Maggie uns entdeckt hat. Dann fühle ich das Kribbeln meiner Lippen, erinnere mich an Joshs weiche Haut. Seine Finger im Nacken und die Geborgenheit, die ich gefühlt habe. Mit den Fingerspitzen streiche ich über die Wange zum Mund, schließe genießerisch die Lider.

Scheiße.

So habe ich mir das alles nicht vorgestellt. Zum einen habe ich genug Probleme, zum anderen wäre es kontraproduktiv, sich ausgerechnet in den Mann zu verlieben, der das Leben von Maggie maßgeblich beeinflussen kann, indem er die Entscheidung trifft, Grover Hall zu verkaufen oder es nicht zu tun.

Bevor mich meine Gedanken übermannen und mir den letzten Rest Fröhlichkeit, den mir dieser Tag und der Kuss gegeben haben, aussaugen, stehe ich abrupt auf. Den Blick in den Spiegel vermeide ich, zu sehr fürchte ich mich davor, was ich sehen könnte. Wahrscheinlich sind die Wangen tiefrot, der Blick glasig und die Lippen geschwollen. Das würde die Situation umso realer machen.

Leise öffne ich die Tür, hole ein letztes Mal Luft und spähe hinaus. Der Flur liegt dunkel vor mir. Erleichtert atme ich aus, schlüpfe aus den Schuhen und schleiche auf Zehenspitzen Richtung Treppe.

»Carla?«

Wieso, Schicksal? Was habe ich dir heute getan, dass du mir diese Achterbahnfahrt der Emotionen zumutest? Soll ich dir huldigen? Dir Gummibärchen opfern? Was willst du denn in letzter Zeit von mir?

»Ja?«, antworte ich und spähe ins Wohnzimmer. Die kleine Stehlampe spendet warmes Licht und beleuchtet Maggie, die in einem Sessel sitzt. Auf den Oberschenkeln liegt ein Lesekissen, gegen das ein Buch lehnt. Ich bleibe bewusst in einiger Entfernung stehen, weil ich so leichter die Flucht ergreifen kann.

»Weißt du, was du da tust?«

»Wo?« Irritiert sehe ich mich um.

Maggie verdreht die Augen. »Mit Joshua Blackwood. Was ist mit David? Sitzt er zu Hause und wartet auf deinen Anruf?«

»Wohl kaum«, murmle ich. »Wir haben uns getrennt.«

»Was?« Maggie setzt sich auf. Sie klappt das Buch zu, legt es zusammen mit dem Kissen zur Seite. »Wann?«

»Am Tag meiner Ankunft.«

»Aber ... wieso?«

Nun trete ich doch einen Schritt ins Wohnzimmer und nehme auf der kleinen Kiste neben der Tür Platz. Plötzlich hat mich die Kraft verlassen. Vielleicht ist mir auch in dem Moment bewusst geworden, dass ich seit Jahren noch nie so lange von David getrennt war. Sonst haben wir spätestens alle zwei Tage telefoniert. Die Routine, die das Leben mit ihm hatte, fehlt mir. Und gleichzeitig bin ich befreit. Müde schließe ich die Lider. »Wieso was?«

»Wieso hast du nichts gesagt?«

Ich zucke mit den Schultern. »Keine Ahnung. Irgendwie erschien mir der Zeitpunkt falsch.«

»Gehts dir gut?«

Geht es mir gut? Die Frage, vor der ich mich fürchte, denn es gibt keine Antwort. Wobei, das ist gelogen. Es gibt eine Antwort, bloß würde ich sie gerne verdrängen. Ist genau das der Fehler? Verdränge ich zu viel im Moment? Müsste ich den ganzen Mist vielleicht zulassen, um darüber wegzukommen und weitermachen zu können?

»Denkst du dich gerade in Rage?«, fragt Maggie und ich grinse. Sie kennt mich zu gut.

»Möglicherweise.«

»Rede mit mir.«

Ich öffne den Mund, schließe ihn wieder. »Wo soll ich anfangen?«

»Ganz egal. Du wirst merken, was dir auf der Seele brennt, denn das findet immer seinen Weg nach draußen.«

Einige Sekunden überlege ich, dann beginne ich zu erzählen. Von der Schreibblockade, dem Gefühl, ideenlos zu sein, dem Vorstellungsgespräch und der übereilten Abreise. Dann dem Telefonat mit David und der Trennung.

»Wer bin ich eigentlich?«, murmle ich schließlich.

»Wer auch immer du sein willst, Carla.«

»Das klingt einfach.«

Maggie grinst. »Wie du es betrachtest. Weißt du, vielleicht musst du jetzt in diesem Moment überhaupt nicht wissen, wer du bist oder was genau du in zwanzig Jahren aus deinem Leben gemacht haben willst. Vielleicht musst du jetzt nur herausfinden, was dich glücklich macht, und diesen Weg weiter gehen.« Maggie verschränkt die Arme vor der Brust. »Lebe. Lebe vor dich hin. Gehe einen Schritt nach dem anderen. Tue das, was dir Glück bringt.«

»Was ist, wenn ich mich falsch entscheide?«, sage ich und offenbare damit meine größte Angst.

»Wie soll das gehen? Es ist dein Leben, du kannst jederzeit eine andere Abbiegung nehmen, jederzeit etwas Neues ausprobieren. Nichts, was du jetzt entscheidest, ist für die Ewigkeit in Stein gemeißelt. Chancen kommen und gehen.«

»Dabei hast du mich vor einigen Minuten gefragt, ob ich wüsste, was ich tue. Und nun sagst du, es ist egal, ob ich es weiß ... Das ist verwirrend.«

Erneut lacht Maggie. »Willkommen im Leben.«

Leider verliert sich Maggies gute Laune auf dem Weg zu mir. Stattdessen seufze ich, denn irgendwie bin ich zwar erleichtert, einige Dinge ausgesprochen zu haben, trotzdem stehe ich am selben Punkt wie zuvor.

»Lebe, Carla. Hör auf zu denken. Sei dir nur bewusst, dass Entscheidungen und Handlungen Konsequenzen haben«, sagt Maggie und ich horche auf. Das hatte ich bisher komplett aus dem Blick verloren. Was ist, wenn Josh andere Erwartungen an diese Verbindung zwischen uns hat als ich? Es hängt eine Menge an ihm, denn er entscheidet über die Zukunft vieler Lokale und Läden in der Innenstadt.

Scheiße, wieso ist auf einmal alles so kompliziert? Dabei bin ich nach Cornwall gekommen, um dem Chaos zu entfliehen. Hat ja wunderbar geklappt ...

Frustriert vergrabe ich das Gesicht in den Händen und stöhne, spähe durch die Finger zu Maggie. Als Kind dachte ich, dass ich in meinem Alter begriffen hätte, wie das Leben funktioniert. Deswegen wollte ich unter allen Umständen groß werden. Nun stellt sich heraus, dass diese Erwartung sich nicht erfüllt.

»Wieso hat eigentlich jeder Mensch sein Leben im Griff, nur mir fällt es schwer? Meine beste Freundin ist verheiratet, hat Kinder und weiß genau, wie ihre Zukunft aussehen soll. Von David brauch ich gar nicht anfangen. Er hat einen durchgetakteten Fünfjahresplan, in dem sogar seine Toilettenzeiten vermerkt sind.« Letzteres ist ein Scherz, wobei es mich kaum wundern würde, wäre es doch die Wahrheit.

»Schätzchen«, entgegnet Maggie sanft und öffnet ihre Arme. Ohne zu zögern, lasse ich die Sachen fallen und gehe zu ihr, werfe mich fast in ihre Umarmung. Die Wärme tut mir gut, heilt meine stürmische Seele und besänftigt die unruhigen Gedanken. Maggie streicht mir übers Haar, tätschelt mir den Rücken. »Niemand von uns weiß, was er tut. Wir schwimmen einfach mit dem Strom, lassen uns treiben und versuchen, dabei nicht den Verstand zu verlieren.«

»Was?«, murmle ich.

»Jeder von uns ist hilflos. Glaubst du, der CEO einer großen Firma hat die Dinge immer im Griff? Der Chefarzt einer Klinik weiß alles? Oder deine Mutter hat den Dreh raus?« Maggies Brust vibriert vor Lachen. »Mitnichten. Keiner von ihnen ist schlauer als du.«

»Was?« Dieses Mal ist der Ausruf beinahe panisch. Die Vorstellung, dass die gesamte Menschheit wie Federn im Wind schwebt, erschreckt mich.

»Wir haben alle dieselben Probleme. Manche verbergen sie besser, manche schlechter.«

»Soll mich die Tatsache beruhigen, dass der Arzt, der eventuell irgendwann mein Leben in der Hand hat, keinen Schimmer hat, was er tut?«, frage ich vorsichtig nach und schließe die Augen. »Eigentlich tut sie eher das Gegenteil.«

Maggies Brust hebt und senkt sich mit jedem ihrer Atemzüge. Die Gleichmäßigkeit macht mich schläfrig und ich gähne. »Was ich sagen will: Die Welt dreht sich weiter, Carla. Auch wenn du manchmal das Gefühl hast, du stehst auf der Stelle oder deine Ratlosigkeit hemmt dich. Und ich bin immer an deiner Seite, stärke dir den Rücken. Egal, welche Abzweigung du wählst.«

»Danke«, murmle ich und setze mich auf. Wenn ich weiter liegenbleibe, schlafe ich hundertprozentig ein. Deswegen stehe ich auf, drücke Maggie einen Kuss auf die Wange. »Das weiß ich zu schätzen.«

Während ich die Stufen hinaufsteige, denke ich an Josh und unseren Kuss. Es war ein Fehler, denn im Moment steht zu viel auf dem Spiel. Unsere Gefühle müssen wir erst einmal zurückstellen, bis wir Klarheit über die Situation gefunden haben, sonst drohen sie möglicherweise die Zukunft anderer zu zerstören. Das sind Konsequenzen, die ich niemals tragen möchte, denn die Verantwortung für mein eigenes Leben ist mehr als genug für mich.

Deswegen straffe ich die Schultern, treffe eine Entscheidung: Die Beziehung zwischen Josh und mir ist rein platonisch. Punkt. Nein, Ausrufezeichen.

Kapitel 11

Einmal Durchdrehen zum Mitnehmen, bitte

»Du konspirierst mit dem Feind?« Avas Stimme ist mehre Oktaven höher als normal.

Soll ich lachen oder die Augen verdrehen? Ein schmaler Grat. Die Tür der *Cookieteria* ist kaum ins Schloss gefallen, da kommt sie hinter der Theke hervor und rennt fast auf mich zu. Wären wir bei Mario Kart hätte sie mich mit Sicherheit gerammt oder einen blauen Schildkrötenpanzer auf mich geworfen.

Mir steigt die Röte ins Gesicht und sofort spüre ich Joshs Lippen auf meinen, den Druck seines Beckens an meinem. »Woher weißt du davon?«

»Woher ich davon weiß? Das ganze Dorf ist informiert.«

Das Herz schlägt mir bis zu den Ohren. Wie kann das sein? Es war dunkel, außer Maggie war niemand anwesend. Hat Maggie den Klatsch gestreut? Nein, das kann ich mir nicht vorstellen. Peinlich berührt senke ich den Blick. Kaum ein paar Tage in Cornwall und ich bringe die Dinge durcheinander. Dafür habe ich eigentlich einen Gummipunkt verdient, oder?

»Wenn du deinen Verrat nächstes Mal verbergen willst«, fährt Ava fort, »such dir ein anderes Plätzchen als die Klippen.« Die Gespräche im Café sind verdächtig still, während aus Avas Worten weiterhin Unglaube tropft. Trotzdem flutet mich die Erleichterung. Sie spricht nur von dem Picknick. Der Kuss ist ein Geheimnis zwischen Josh und mir – nun gut, und Maggie.

»Das nennst du *mit dem Feind konspirieren*? Dabei versuche ich euch den Arsch zu retten und Josh davon abzubringen, eure Existenz zu verkaufen«, entgegne ich und schlüpfe aus meiner Strickweste. Sie gleitet mir von den Schultern, während ich an Ava vorbei hinter die Theke gehe. Dort verstaue ich das Kleidungsstück und greife nach der Schürze.

»Das sah aber verdächtig nach einem Date aus.« Ava folgt mir, steht dicht hinter mir und verschränkt die Arme vor der Brust.

Langsam werde ich ungeduldig, denn ihre Reaktion ist dezent übertrieben. Deswegen grinse ich zuckersüß. »Wer hat mir denn die ganze Kundschaft in den Laden geschickt und damit unseren eigentlichen Plan versaut?« Mit dem Finger deute ich auf Ava. »Netterweise hat *der Feind* seine Hilfe angeboten und mich vor einer ausgewachsenen Panikattacke bewahrt. Du solltest ihm dankbar dafür sein.«

»Hast du denn etwas erreicht?«

Ich zucke mit den Schultern. »Keine Ahnung.«

»Wie keine Ahnung?«

Wahrscheinlich ist das Letzte, was Ava hören will, dass ich Josh geraten habe, das zu tun, was ihm richtig erscheint. Daher presse ich die Lippen zusammen, zucke erneut mit den Achseln.

»Was habt ihr denn den ganzen Tag auf den Klippen gemacht?«, fragt sie neugierig und die Gäste unterhalten sich endlich wieder in normaler Lautstärke.

»Dies und das.«

»Dies und das?«

»Dies und das!«

»Mann, Carla. Soll ich dir jede Kleinigkeit aus der Nase ziehen?« Nun ist Ava genervt und lehnt sich mit dem Rücken gegen die Theke. Jedoch bin ich noch sauer, weil sie mich derart fies empfangen hat. Zum einen hat niemand das Recht, Josh als unseren Feind zu betiteln, zum anderen kann ich es kaum fassen, dass sie denkt, ich würde gegen die *Cookieteria* und meine Tante arbeiten.

»Wieso bist du eigentlich hier?« Verwirrt mustere ich Ava. Eigentlich haben wir abgemacht, dass ich mich heute um den Laden kümmere und sie dafür den Festbetrieb übernimmt. »Was ist mit unserem Stand?«, frage ich daher und ignoriere ihren Vorwurf.

»Ich hab gestern zufällig Jamie getroffen und sie gebeten, die erste Schicht zu übernehmen. So konnte ich länger schlafen und habe erst jetzt einige Cupcakes und Ähnliches vorbereitet. Da ich sowieso hier war, dachte ich, ich mache etwas früher auf.«

Beim Blick durch den Raum nicke ich. Mehrere Tische sind belegt und die Gäste frühstücken fröhlich. »Gute Idee.« Eigentlich hätten wir erst in einer halben Stunde regulär die Türen geöffnet, doch offensichtlich wird das Frühstücksangebot auch vor zehn Uhr schon gut angenommen.

»Dann kann ich jetzt weiter. Jamie wartet sicher bereits. Heute Morgen werden einige Ferienkurse für Kinder angeboten. Ihre Eltern gieren nach Kaffee und süßen Teilchen.«

»Klar, ich übernehme hier«, sage ich und wundere mich erneut über das Konzept des Festes. Neben den Ständen für Speis und Trank sowie den Verkaufszelten, die die Touristen anlocken, gibt es auch verschiedene Veranstaltungen. Vor allem für Kinder ist das Programm reichhaltig. Neben Mal- und Bastelkursen gibt es auch Bogenschießen. Mittlerweile wundert es mich kaum noch, dass das Fest länger als zwei Wochen andauert.

Die Türklingel kündigt einen neuen Gast an. »Guten Morgen.« Eine tiefe Stimme hallt durch unser kleines Café und auf einmal richtet Ava sich kerzengerade auf. So schnell, dass meine Augen beinahe an der Wahrnehmung scheitern, dreht sie sich um, überprüft ihr Aussehen in dem kleinen Dekospiegel, der hinter ihr hängt, und streicht sich das Oberteil glatt. Auf den Lippen ein Lächeln, das mehr UV-Strahlen versprüht als die Sonne.

»George«, erwidert sie zuckersüß und blickt seitlich an mir vorbei. »Was machst du hier?«

»Kaffee«, erwidert der Mann. Das Lächeln klingt aus dem Wort und ich wende mich ihm endlich zu, bin gespannt, ob er genauso strahlt wie Ava. Tatsächlich grinst der junge Mann ebenfalls von einem Ohr bis zum anderen, während sein Fokus komplett auf Ava liegt. Er scheint in unserem Alter zu sein, trägt eine dunkle Jeans und einen gestreiften Pullover. Auf der Nase sitzt eine elegante Brille, die er zurechtrückt.

»Hallo«, sage ich und ziehe damit die Aufmerksamkeit auf mich. »Ich bin Carla, schön, dich kennenzulernen.« Irgendwie ungewöhnlich, dass ich ihn heute zum ersten Mal sehe. Denn in den letzten vier Wochen meines Aufenthalts hatte ich das Gefühl, ganz Coverporth hat es ins Café verschlagen, weil alle neugierig waren.

George dreht sich in meine Richtung und streckt mir die Hand entgegen. »Finde ich auch. Du musst Maggies Nichte sein?«

»Genau.«

»Dad hat mir bereits vor einiger Zeit von dir erzählt. Du warst das Gespräch des ganzen Dorfes. Ich bin George«, erklärt er und ich drücke seine Finger fest.

Neben mir lehnt Ava sich ungeduldig auf die Theke. »Was machst du in Coverporth, nicht in der *Cookieteria*.«

»Dad hat doch Geburtstag. Deswegen bin ich hier.« Kurz blickt er wieder zu mir. »Eigentlich studiere ich Jura in London.«

Verstehend nicke ich. Nun ergibt es Sinn, wieso wir uns heute zum ersten Mal über den Weg laufen.

Ava beugt sich ihm entgegen. »Wie lange bleibst du?«

»In Coverporth oder in der *Cookieteria*?«

»Beides«, erwidert Ava und kichert übertrieben laut. Neugierig schaue ich zwischen den beiden hin und her. Ich muss grinsen. Ava steht auf George und das kann ich zehn Meter gegen den Wind riechen.

Das Klingeln eines Telefons hindert George an einer Antwort. Einen Moment denke ich, es ist meins, doch der Ton ist ein anderer. Er kommt aus Avas Hosentasche, die ihn allerdings geflissentlich überhört.

»Hey.« Ich stupse sie an. »Du klingelst.«

»Was?« Wie in Trance dreht sie den Oberkörper zu mir. Ihr Gesicht bleibt bis zur letzten Sekunde George zugewandt. Sobald ihre Aufmerksamkeit auf mir liegt, reagiert sie auf das Klingeln. »Oh, das bin ich.« Sie zieht das Telefon aus der Tasche und reicht es mir. »Gehst du dran?« Zack, schon ist George wieder der Mittelpunkt ihrer Welt.

Ich lache. Auf dem Display sehe ich Jamies Namen und nehme den Anruf entgegen. »Hallo?«

»Ava?« In der Leitung ist es unglaublich laut, die Frage dringt nur schwer bis zu mir vor.

»Nein, hier ist Carla«, rufe ich daher beinahe.

»Ist Ava bei dir? Die Leute hier rennen mir die Bude ein und wir haben kein Frühstücksgebäck.« Ihre Verzweiflung ist unüberhörbar. Ich blicke in die Küche, sehe den hergerichteten Korb voller Backwaren.

»Gib mir fünf Minuten, dann bin ich bei dir«, sage ich und beende das Gespräch. Die Vorstellung, Ava von George wegzubekommen, ist utopisch. Deswegen lege ich das Handy auf die Theke, schnappe mir den Korb und verabschiede mich. Dann tauschen wir eben die Rollen. Ava kümmert sich ums Café und ich um den Stand. Problem gelöst.

»Bin jetzt weg, Ava.«

Sie nickt, stützt ihren Kopf auf die Hände und schmachtet George an. »Okay, bis später.«

Ich bezweifle, dass sie von der Erklärung etwas mitbekommen hat. Sie wird schon wissen, was zu tun ist, sollte sie endlich wieder klar denken können. Ein Grinsen schleicht sich auf meine Lippen bei dem Gedanken, an den Ausdruck auf Avas Gesicht.

Kaum fünf Minuten später bin ich an unserem Zelt angekommen und stelle den Korb auf die Theke. Jamie ist damit beschäftigt, Kaffee zu machen. In ihren Augen erkenne ich die Erleichterung.

»Wer wartet auf sein Frühstück?«, frage ich lächelnd in die Runde und sofort bildet sich eine Schlange vor unserem Zelt. Innerhalb einer halben Stunde ist der Inhalt des anfänglich vollen Korbs zusammengeschrumpft. Übrig sind bloß einige wenige Gebäckstücke. Hoffentlich hat Ava für den Nachmittagsansturm Kuchen vorbereitet, ansonsten wird das eine Enttäuschung für unsere Gäste. Denn neben dem Kaffee ist vor allem das Gebäck der Grund dafür, wieso sie die *Cookieteria* besuchen. Maggie hatte bereits in meiner Kindheit ein Händchen dafür und zu Weihnachten war stets sie diejenige, die mit mir Plätzchen gebacken hat. Neben Weihnachtsmusik, rohem Kuchenteig und einem harten Kampf um die schönsten Ausstecher, hat sie versucht, ihre Leidenschaft weiterzugeben. Vergebens. Zwar hatte ich immer Spaß, solange sie an meiner Seite war, doch allein habe ich schnell die Lust verloren. Vielleicht lag es auch daran, dass ich nie jemanden hatte, der sich über die Backwaren gefreut hat, da meine Mutter sowieso ständig auf Diät war. Umso mehr liebe ich Maggies Kuchen auch heute noch. Schon bei dem Geruch läuft mir das Wasser im Mund zusammen. Zu gern würde ich eins der Teilchen mit Pudding nehmen und einen großen Bissen abbeißen. Allerdings bliebe dann noch weniger für die Gäste übrig. Daher bin ich vernünftig, mache mir nur einen schwarzen Kaffee, um endlich den letzten Rest Müdigkeit zu vertreiben. Sobald er durchgelaufen ist, kippe ich so viel Zucker in die Flüssigkeit, dass sie beinahe ihre Konsistenz von flüssig zu fest verändert und der bittere Geschmack vollkommen verschwunden ist. Das Gebräu schütte ich in wenigen Zügen hinunter und warte darauf, dass es wirkt.

Langsam füllt sich der Platz und weitere Touristen strömen heran. Mittlerweile ist das Programm in vollem Gange und die wartenden Eltern sind bereits bei der zweiten Runde Kaffee angekommen. Um fast jeden unserer Tische tummeln sich Erwachsene, während die Sonne vom Himmel strahlt. Warm trifft sie auf meine Haut, rundet diesen schönen Frühsommertag ab. In der Nase kitzelt die salzige Meeresluft und ich schließe einen Moment die Augen, lausche dem Lachen, den Unterhaltungen und dem Kreischen der Vögel. Energie flutet mich mit jedem Atemzug und ich öffne die Lider. Erneut stehen Gäste vor dem Stand, um die Jamie sich kümmert. Da sie die Kaffeemaschine gut im Griff hat, mache ich ein bisschen sauber, räume dreckiges Geschirr weg.

Gerade bin ich zurück hinter der Theke, als Betty sich aus der Menge schält und auf unser Zelt zukommt. Heute trägt sie einen flotten bunten Strickpulli und eine dunkle Jeans, das Haar hat sie zu einem lockeren Dutt zusammengefasst.

»Du hast also die Seiten gewechselt«, sagt sie, kaum dass ich eine Begrüßung hauchen konnte.

Verwirrt verschränke ich die Arme. »Die Seiten gewechselt?«

»Blackwood.«

Ein Wort, ein Name, der offenbar alle in den Wahnsinn treibt.

Genervt seufze ich. Wieso betrachtet mich plötzlich die Hälfte von Coverporth als Verräterin? Dabei ist genau das Gegenteil der Fall. Allerdings würde ich gerade ehrlich gesagt am liebsten alles hinschmeißen und sie ihren Mist allein klären lassen. Anstatt das Betty an den Kopf zu werfen, atme ich aber nur tief durch und zwinge mir ein Lächeln auf die Lippen. Es steht zu viel auf dem Spiel. Allem voran Maggies Café. »Es gibt keine Seiten«, erkläre ich und habe ein Déjà-vu. Erst heute Morgen hatte ich ein ähnliches Gespräch mit Ava. Nun verdrehe ich doch die Augen. Dieses Dorf ... egal, wie sehr ich die entspannte Stimmung, das Meer und die Menschen ins Herz geschlossen habe, manchmal würde ich sie gerne allesamt schütteln.

»Pass nur auf, Carla, schneller als du gucken kannst, hat der Mann dich mit seinen süßen Worten um den Finger gewickelt.« Betty verschränkt die Arme vor der Brust. Sie hat sich so breit vor unserem Stand aufgebaut, dass die Gäste hinter ihr sich nach rechts und links lehnen müssen, um die Auslage hinter der Plastikscheibe betrachten zu können. Dabei ist Betty eine kleine zierliche Frau, allerdings ist ihre Persönlichkeit ... einnehmend. Ja, einnehmend ist das richtige Wort.

»Was glaubst du, hat er mit mir vor?«, frage ich belustigt.

Sie zuckt die Schultern. »Am Ende versuchst du uns ebenfalls davon zu überzeugen, unsere Herzen an Erwing zu verkaufen.«

»Als ob.« Lachend wische ich ihre Bedenken weg. »Dafür kämpfe ich im Moment zu hart dafür, dass genau das niemals eintritt.«

»Wenn du das sagst«, meint Betty wenig überzeugt. Ihr stechender Blick dringt bis in meine Eingeweide und sorgt dort für Unruhe. Spielt Josh mir vielleicht nur etwas vor, um mich zum Schweigen zu bringen? Quatsch. Wieso sollte er das tun? Er hätte meine fixe Idee einfach ignorieren können. Wozu der Aufwand? Das ergibt keinen Sinn.

Betty hebt vielsagend die Augenbrauen und kurz befürchte ich, die Gedanken laut ausgesprochen zu haben. Das fehlt gerade noch, denn dieses Dorf hegt schon genug Zweifel Josh gegenüber.

»Sei vorsichtig, Carla, in Ordnung? Ich traue Erwing viel zu und mache mir Sorgen.« Die Worte rühren mich, deswegen lenke ich ein.

»Das mache ich. Allerdings geht es um Josh, nicht um Erwing. Das sind zwei verschiedene Personen.«

»Schon klar. Doch wenn die beiden zusammenarbeiten, sind sie auch vom selben Schlag.« Bettys Stimme hat einen unheilvollen tiefen Unterton angenommen und ich unterdrücke das Lachen. In der Tonlage hat Maggie mir früher immer Märchen von geflohenen Hexen und wundersamen Trollen erzählt.

»Deine Sorge weiß ich zu schätzen«, sage ich versöhnlich und befülle einen Becher mit Kaffee, den ich Betty reiche. »Deswegen werde ich aufpassen.«

»Gut.« Beruhigt greift Betty nach dem Kaffee und schüttet Milch hinein. Dann verabschiedet sie sich. Ich blicke ihr eine ganze Zeit hinterher, beobachte das Treiben auf dem Platz und lasse die Gedanken wandern. Leider erwische ich mich dabei, wie ich den gestrigen Tag durchgehe, alles genau überdenke und insgeheim Hinweise dafür suche, dass Josh mir etwas vorspielt.

Diese Idee ist so dämlich. Trotzdem verdrängt sie das Hochgefühl, das ich in Joshs Nähe stets habe, wirft ihre Schatten auf die Wärme, die ich bei der Erwähnung von Joshs Namen verspüre.

Mist ey.

Schnell dränge ich die Gedanken aus dem Hirn, sperre sie in einen Raum und werfe den Schüssel dazu in eine dunkle Ecke. Dann widme ich mich wieder den Gästen, lenke mich ab. Tatsächlich funktioniert es gut, da mir kaum eine Sekunde zum Durchatmen bleibt. Die Touristen und auch die Dorfbewohner verwickeln mich stets in ein nettes Gespräch. Neben dem nächsten Reiseziel einer jungen Frau und dem Tagesplan eines süßen Paares erzählt mir Mary Harding, was sie heute kochen möchte, und lädt mich zu ihrem Strickkreis im Pub ein. Dankbar lehne ich ab, denn Stricken zu lernen, steht auf dem Fünfjahresplan ganz weit unten. Vorher muss ich einige andere To-Dos abhaken. Trotzdem lasse ich mir erklären, wie entspannend es ist, mit zwei Nadeln Kleidungsstücke herzustellen. Eigentlich ist es mir gleich, über was Mary spricht, denn ihre Stimme ist so angenehm, dass ich ihr stundenlang zuhören könnte. Ihr wohnt eine Ruhe inne, die ich gerne im Inneren hätte.

Der Nachmittag kommt schnell und ich bin beinahe überrascht, als Jamie mit neuem Gebäck aus der *Cookieteria* zurückkehrt.

»Mach ruhig eine Pause«, schlägt sie vor. »Rechts hinten gibts die besten Churros in ganz Cornwall.«

Mir läuft das Wasser im Mund zusammen und ich ziehe mir die Schürze über den Kopf und mache mich auf den Weg den Churros entgegen. Es gibt so viele verschiedene Stände auf der Wiese und von Edelsteinen über getrocknete Kräuter und Edelstahlschmuck bis hin zu Pizza und Langos wird jeder Wunsch erfüllt.

Zum Glück bin ich die Zweite in der Schlange bei den Churros und kann relativ schnell bestellen.

»Vorsicht, heiß«, warnt der Verkäufer, als er mir die Churros reicht. Schokosoße tropft über den Brandteig und rinnt daran hinab. Getrieben von Hunger ignoriere ich die Warnung und verbrenne mir zuerst die Finger, dann den Mund. Als der süße Geschmack sich jedoch auf der Zunge entfaltet, seufze ich vor Zufriedenheit und vergesse den Schmerz.

»Schmeckt?« Eine tiefe Stimme übertönt den Lärm auf dem Fest. Mitten in der Bewegung erstarre ich, drehe mich mit dem Churro zwischen den Lippen zu Josh und nicke. Er lacht.

»Essen macht glücklich«, erkläre ich kauend.

»Offensichtlich.«

»Hast du schon was gegessen?«

Josh schüttelt den Kopf. Deswegen strecke ich ihm die Tüte mit den Churros entgegen. Sein Blick wandert zwischen mir und dem süßen Gebäck hin und her.

»Willst du?«, frage ich. »Es gibt eine Sache, die glücklicher macht als Essen: den guten Geschmack zu teilen.«

Zuerst mustert Josh mich eine Sekunde, dann greift er zu, steckt sich das Brandteigteil in den Mund. Gespannt beobachte ich ihn, verfolge seine Regungen und sehe, wie sich der Zucker und die Schokosoße entfalten. Nun breitet sich die Zufriedenheit auch auf seinem Gesicht aus.

»Gut, oder?«, frage ich und er bejaht. »Jetzt sind wir zusammen glücklich.« Erst als ich die Worte ausgesprochen habe, wird mir klar, was ich gerade gesagt habe, und ich würde mir am liebsten mit der flachen Hand gegen die Stirn klatschen. Ein Seitenblick zu Josh verrät mir, dass er entweder nichts in die Aussage hineininterpretiert, sie überhört hat oder zumindest so tut. Erleichtert atme ich auf. Das ist unser erstes Treffen nach dem Kuss und irgendwie fühle ich mich auf einmal unwohl. Erwartet Josh etwas von mir? Eine bestimmte Reaktion? Um den plötzlich aufgetauchten Elefanten zwischen uns zu vertreiben, müssten wir über das, was gestern geschehen ist, sprechen. Dafür müsste ich mir allerdings zuerst darüber klar werden, was ich will. Schwieriges Thema. Für das ich nicht eine Sekunde Zeit habe, denn ich sollte meine komplette Konzentration darauf verwenden, meiner Tante zu helfen und die Probleme zu lösen, die sich bereits angehäuft haben.

»Wie sieht es mit unserem nachgeholten Date aus?«

»Huh?«, entfährt es mir und mir klappt der Mund auf. Da habe ich die Antwort. Offensichtlich bedeutet Josh der Kuss etwas und er interpretiert mehr hinein, als da ist … oder? Keine Ahnung.

Ach, Carla … du bist erwachsen, wieso bekommst du nicht mal deine Gedanken sortiert? Gute Frage, Hirn. Vielleicht kannst du sie direkt beantworten?

In den Ohren rauscht es, was meinen Herzschlag antreibt und mir Schweiß auf die Stirn treten lässt. Mit dem Ärmel wische ich mir übers Gesicht. Der Churro ist mittlerweile kalt und ich lasse ihn zurück in die Tüte fallen.

Josh steckt die Hände in seine Hosentaschen. Dabei zeichnen sich seine Oberarmmuskeln unter dem dunklen T-Shirt ab. »Wir haben das Date nur verschoben, oder?«

»Richtig.« Erneut bin ich erleichtert. Wie dumm, von mir anzunehmen Josh würde sich auf etwas anderes beziehen. Allerdings habe ich noch keine Idee für ein neues Date. Den Plan vom ersten Mal habe ich verworfen. Eigentlich sollte das Date Josh zeigen, was sein Pops an Coverporth und den Geschäften geliebt hat. Mit Sicherheit wird jeder eine alte Story über seinen Pops auspacken, genau so wie Maggie es getan hat. Doch Joshs Reaktion, als Maggie seinen Großvater erwähnt hat, hat mir gezeigt, dass dieser Plan nicht funktionieren wird. Josh hat in dem Moment sein Lächeln verloren. Es ist zu früh, ihn damit zu konfrontieren, und das könnte genau die gegenteilige Reaktion hervorrufen, als die, die ich mir erhoffe. Josh könnte sich durch die Geschichten, die Menschen, die Erinnerung an seinen Pops in die Enge getrieben fühlen. Daher muss etwas Neues her. Nur was? Josh hat viele Jahre in der Gegend gelebt. Eigentlich sollte er die schönsten Plätze kennen. Nichts erscheint mir gut genug für ihn.

Das Klingeln meines Handys unterbricht die Situation. »Moment.« Auf dem Display prangt Veras Name. Ich seufze. Die letzten Tage habe ich sie ignoriert, am besten bleibe ich dabei. Deswegen stelle ich das Smartphone auf Vibration.

»Alles in Ordnung?«, fragt Josh und ich nicke, sehe, wie Veras Name verschwindet und die Benachrichtigung über einen verpassten Anruf erscheint. Dann wird das Display dunkel. Nur Sekunden später erstrahlt es erneut. Vera. Das Spiel wiederholt sich drei Mal.

Josh beugt sich zu mir. »Du solltest rangehen.«

»Vielleicht«, murmle ich und drücke den grünen Hörer, als es erneut vibriert, denn wenn ich Vera weiterhin ignoriere, steht sie möglicherweise morgen früh vor Maggies Tür. »Hallo?«

»Ignorierst du mich?« Vera kommt direkt zum Punkt, die Begrüßung ist unnötig.

»Nein?«

»Ist das eine Frage?«

»Nein.«

Vera schnaubt. »Weißt du, wer ich bin, Carla? Ich bin deine Agentin. Aber anstatt Verträge für dich auszuhandeln, muss ich dir hinterhertelefonieren, weil du es nicht für nötig hältst, mich über deine Pläne auf dem Laufenden zu halten.« Sie ist definitiv sauer. Wobei es auch ihr Geschäftston sein könnte, den sie jedes Mal nutzt, wenn sie etwas um jeden Preis durchsetzen will.

»Du weißt, dass ich in Cornwall bin und mir eine Auszeit nehme, oder? Was willst du noch?«

»Auszeit? Wie lange soll das gehen? Monate?« Beim letzten Wort geht ihre Stimme mehrere Oktaven nach oben.

Ich drehe mich von Josh weg, der zum Glück nichts versteht. Dennoch ist mir das Gespräch unangenehm. »Keine Ahnung, deswegen nennt man es Auszeit, weil man die Dinge ruhen lässt, ohne darüber nachzudenken.«

»Der Verlag will eine Antwort. Und ein neues Projekt. Ansonsten vergeben sie den Platz wirklich anderweitig und du bist raus. Überleg dir das gut, Carla.«

Die Bombe platzt ganz langsam. Panik breitet sich in mir aus. Magensäure steigt meine Speiseröhre hinauf und ich schlucke sie hinunter. Eigentlich kommt die Info kaum überraschend, immerhin halten wir den Verlag schon eine ganze Weile hin. Trotzdem bin ich überrumpelt. Nun wirken sich die Schreibflaute und Ziellosigkeit tatsächlich auf meine Karriere aus.

Alles bricht zusammen.

Scheiße.

»Carla?«

Mit Mühe reiße ich mich zusammen. »Ja, bin da, hab dich gehört.«

»Wie ist der Stand? Hast du irgendetwas, das ich ihnen vorlegen kann, damit sie wissen, dass du daran arbeitest, und uns einen weiteren Aufschub gewähren? Es tut mir leid, das ansprechen zu müssen.« Tatsächlich höre ich so etwas wie Mitleid in ihrer Stimme. Allerdings bin ich mir unsicher, ob es ihr selbst oder wirklich mir gilt. »Irgendetwas, Carla?«

»Nein.« Das ist ein neuer Tiefpunkt. Dabei dachte ich, dass mir Cornwall helfen würde und ich auf dem Weg nach oben aus der chaotischen Hölle hinaus bin. Falsch gedacht. »Nichts.«

»Gar nichts?«

»Gar nichts«, bestätige ich. Dabei wundert es mich, dass Vera mich hören kann, denn aus Scham kommen mir die Worte kaum über die Lippen. Mein Herz schmerzt bei jedem Schlag, verbreitet das Versagen in meinem Körper. Am Ende der Leitung herrscht Stille.

Ob sie gerade eine Kündigung schreibt? »Was machen wir jetzt?«

»Wir? Nun sprichst du von uns?« Sie lacht freudlos auf. »Ich versuche, zu Kreuze zu kriechen und deine Situation zu erklären. Dieses Mal mit offenen Karten. Du setzt dich auf deinen Hosenboden und schreibst dieses verdammte Buch. Du kannst das, Carla. Hast es doch immer geschafft. Lass dir von einer schlechten Phase nicht die Karriere versauen.«

Stumm laufen mir Tränen über die Wangen. Veras Rüge ist der letzte Tropfen ... Mir ist klar, dass auch ihr Einkommen von mir abhängt. Die freie Hand vergrabe ich im Haar und presse die Lider zusammen, versuche, die Tränen zurückzudrängen.

Auf einmal spüre ich eine sanfte Berührung an den Fingern. Josh streicht darüber, löst sie und nimmt sie in seine. Ohne etwas zu sagen, steht er neben mir, schaut weiterhin dem Treiben auf dem Markt zu und gibt mir Kraft.

»Es tut mir leid, Vera. Könnte ich, würde ich tun, was du von mir verlangst.« Damit lege ich auf. Es hat keinen Sinn. Selbst wenn sie den Platz anderweitig vergeben, mich sozusagen rausschmeißen und Vera mir kündigt ... ist es so. Im Moment kann ich kaum etwas dagegen tun.

Einige Minuten bleibe ich regungslos stehen, konzentriere mich auf das Ein- und Ausatmen. Dabei verdränge ich jegliche Gedanken, lausche den Geräuschen des Marktes, die nur schwer gegen das Rauschen in den Ohren ankommen. Immer wieder vermischt es sich mit Veras Worten. Ihre Enttäuschung ist ein kleiner Hase

im Gegensatz zu meiner eigenen, die mich nieder-
drückt. Schnell wische ich mir die Tränenspuren von
den Wangen. Wie peinlich.

»Gehts?« Joshs Frage dringt leise zu mir durch und ich
öffne die Augen. Er steht direkt neben mir, ich bräuchte
mich nur leicht vorzubeugen und könnte die Lippen
auf seine drücken. »Du bist blass geworden.«

»War schon mal besser.« Verwirrt mustert Josh mein
Gesicht, da wird mir klar, dass ich auf Deutsch geant-
wortet habe. »Entschuldige. Anscheinend bin ich etwas
durcheinander.«

»Ist was Schlimmes passiert?«

Es liegt ehrliches Interesse in seiner Frage, das spüre
ich. Dennoch zögere ich, ihm die Wahrheit zu sagen.

»Das war meine Agentin«, gebe ich dann zu, fasse
kurz zusammen, um was es ging.

Josh hört aufmerksam zu und hält die ganze Zeit
meine Hand. Erst jetzt merke ich, dass er mir die
Churros abgenommen hat. Habe ich sie fallen lassen?
Keine Ahnung. Das Telefonat hat meine komplette Aufmerksamkeit beansprucht.

»Sie setzt dich ganz schön unter Druck.«

Ich zucke mit den Schultern. »Das ist ihr Job.«

»Dennoch gibt es so etwas wie Mitgefühl.«

»Stimmt, allerdings glaube ich, Vera hat wirklich keinen Schimmer, wie es mir gerade geht. In ihrer Lebens-
planung steht bestimmt keine Midlife-Crisis.«

»Wenn das die Mitte deines Lebens ist, solltest du besser auf deine Ernährung achten«, reißt Josh einen Witz
und tatsächlich muss ich lachen.

»Du weißt schon, was ich meine.«

»Klar, allerdings hilft es deiner Situation sicher nicht, noch mehr auf deine Schultern zu laden. Druck machst du dir wahrscheinlich selbst schon genug. Veras ist vollkommen überflüssig.«

Ich schnaube, weil er so präzise die Wahrheit erfasst hat. »Was soll das? Kannst du Gedanken lesen, Mister?«

Nun grinst Josh stolz. »Vielleicht?«

»Und was denke ich jetzt?«

»Dass ich ein Idiot bin«, entgegnet er direkt und ich pruste los. »Oder war das in meinem Kopf?«

»Danke«, murmle ich. »Die Aufmunterung habe ich gebraucht.«

»Was machst du jetzt?«

Scheiße, ich hab Jamie und den Stand total vergessen. Sofort schlage ich den Weg zurück ein. Dabei ziehe ich Josh mit mir, da unsere Finger weiterhin verschränkt sind. »Arbeiten«, erkläre ich über die Schulter hinweg.

»Wie lange?«

»Bis wir schließen, wieso?«

Josh hält mich zurück und ich stolpere beinahe. Wir bleiben mitten zwischen den Menschen stehen. »Du bist offensichtlich wirklich mies darin, Dates vorzubereiten«, erklärt er trocken. »Daher übernehme ich nun das Ruder. Sobald du Feierabend hast, hole ich dich ab.«

»Das widerspricht dem Deal«, entgegne ich. Immerhin geht es darum, Josh von Cornwall zu überzeugen, doch damit überzeugt er höchstens mich von seinen Qualitäten.

»Willst du wirklich mit mir diskutieren? Oder ergibst du dich deinem Schicksal und verbringst einen schönen Abend mit mir?«

Kurz blicke ich in den Himmel, denke über die Möglichkeiten nach. Allerdings mehr, um Josh zappeln zu lassen, denn natürlich habe ich die Entscheidung bereits getroffen. Den Abend mit ihm zu verbringen, klingt himmlisch, genau nach der Ablenkung, die ich brauche. Außerdem kann ich dabei dennoch versuchen, ihm subtil die Vorzüge Cornwalls näherzubringen. Das eine schließt das andere wohl kaum aus. Ganz im Gegenteil, je mehr Zeit wir miteinander verbringen, desto öfter habe ich die Chance, ihm von Coverporth vorzuschwärmen. Zumindest rede ich mir das ein, denn eigentlich verbringe ich gerne Zeit mit Josh. Selbst wenn ich keine Mission hätte, würde ich mich von ihm einladen lassen.

Deswegen hebe ich die Hände. »Gut, ich ergebe mich.«

Josh lächelt. Sein ganzes Gesicht strahlt und ich senke den Blick. Auf einmal ist mir heiß und ich befürchte, meine Wangen laufen rot an. In meinem Inneren bricht Unruhe aus. Vorfreude gepaart mit Nervosität.

»Bis dahin«, sagt er und verabschiedet sich mit einem Winken. Kaum einen Herzschlag später ist er zwischen den anderen Menschen verschwunden. Schlagartig fällt mir Vera wieder ein, all die Vorwürfe. Wie gern würde ich das tun, was sie verlangt, und wirklich einfach dieses verdammte Buch schreiben. Stattdessen gerate ich bei den Fans in Vergessenheit und vernachlässige auch die Community auf den Social-Media-Kanälen, weil mir einfach die mentale Kapazität fehlt. Zwar habe ich die letzten Wochen versucht, Content zu liefern, allerdings hat das mehr schlecht als recht funktioniert. Vielleicht ein Zeichen.

Ich ziehe das Handy aus der Hosentasche, suche ein Bild von der Steilküste raus, das ich vor ein paar Tagen gemacht habe, und schreibe einige Zeilen dazu – verabschiede mich vorerst in lange Ferien. Obwohl mir klar war, dass ich eine Pause brauche, habe ich an den Dingen festgehalten, unter allen Umständen versucht, den Schein zu wahren. Wahrscheinlich war das das Problem. Wie soll ich Abschalten und zu mir zurück finden, wenn ich in den gleichen Mustern bleibe wie zuvor? Natürlich habe ich die Location gewechselt, trotzdem hing mein Hirn fest. Damit ist Schluss. Voller neuer Energie lösche ich Instagram, TikTok und Co. Fürs Erste müssen sie verschwinden. So lange, bis ich einen Weg aus diesem Chaos gefunden habe.

Kapitel 12

Teilen wir uns ein Gehirn? Bin ich dann so bescheuert wie Josh oder andersherum?

Allerdings hält das Hochgefühl nur kurz, denn zurück an unserem Stand herrscht Chaos. Eine lange Schlange hat sich gebildet und Jamie ist damit beschäftigt, eine Kaffeespezialität nach der anderen zuzubereiten.

»Der Nachmittagsansturm«, erklärt sie und ich nicke wissend, gehe ihr zur Hand.

Zusammen bewältigen wir die Gäste, die jedoch durchweg gute Laune haben. Die meisten nehmen die Wartezeit gerne in Kauf, wenn man nett und freundlich bleibt. Obwohl ich Kaffee verabscheue, mag ich die Arbeit. Unsere Gäste haben oft etwas zu erzählen, bringen gute Laune mit. Trotzdem bin ich froh, als der letzte Cappuccino über die Theke geht, und lehne mich erleichtert gegen die Tischkante, seufze.

»Was ein Tag«, murmle ich.

Jamie zieht sich die Schürze über den Kopf. »Wahnsinn. Deswegen tut es mir besonders leid, dich jetzt allein zu lassen.«

Ich winke ab. »Kein Problem. Geh zur Aufführung deines Bruders. Das bisschen Aufräumen schaffe ich schon.«

Zweifelnd sieht Jamie sich um, betrachtet kurz das dreckige Geschirr.

»Geh«, sage ich. »Bevor ich es mir anders überlege.«

»Bin schon weg.« Jamie verstaut ihre Schürze unter dem Tisch in einer Kiste und drückt mich kurz zum Abschied. Dann ist sie verschwunden und ich trinke erst mal einen großen Schluck Mineralwasser. Meine eigenen Bedürfnisse habe ich heute kläglich vernachlässigt, außer den Churros habe ich weder etwas gegessen noch getrunken, was mir mein Körper übel nimmt – zu recht. Deswegen nehme ich einige Minuten Platz. Doch direkt schweifen die Gedanken zu Josh, zu dem Abend, der vor mir liegt. Augenblicklich flutet mich Aufregung, bringt die Fingerspitzen zum Kribbeln. Freude kriecht an die Oberfläche. Sofort schiebe ich ihr einen Riegel vor. Freunde, Carla. Josh und du ihr seid Freunde. Nur Freunde. Aber auch das Treffen mit einem Freund darf Freude in mir auslösen, oder?

Gerade als ich den letzten Reißverschluss der Plane schließe, die das Zelt vor schlechtem Wetter schützt, spüre ich jemanden näherkommen. Josh steht kaum einen Meter entfernt und hat die Arme vor der Brust verschränkt. Mittlerweile trägt er eine dunkle Stoffhose, dazu eine Jeansjacke und ein schwarzes T-Shirt.

»Ist das dem Dresscode angemessen?«, frage ich, hebe die Arme und drehe mich einmal im Kreis. Zu einer schwarzen Stoffhose habe ich heute Morgen ein beige-farbenes Langarmshirt gewählt, das ich in den Hosen-bund gesteckt habe.

Josh grinst. »Wunderschön, wie immer.«

»Danke, auch wenn das die Frage nicht beantwortet«, entgegne ich und versuche, die Verlegenheit zu über-spielen.

»Du kannst anziehen, was du willst, Carla.«

»Gut. Dann können wir los. Wo gehts hin? Oder ent-führst du mich wieder?«

Josh streckt mir seine Hand entgegen. »Siehst du gleich.«

Einen Moment starre ich verwirrt auf seine Finger, dann begreife ich und verschränke meine damit. Zu-sammen gehen wir zu seinem Wagen. Auch Freunde können Händchen halten. Da ist nichts dabei. »Hör mal«, meine ich, als er den Motor startet. Dennoch sollte ich die Dinge einmal klarstellen, sonst denkt Josh noch, ich würde ihn anbaggern, um meine Chancen zu erhöhen, dass er Grover Hall behält. Am besten bringe ich dieses Gespräch so schnell wie möglich hinter uns. »Im Moment stecke ich bis zum Hals im Chaos. Eine Be-ziehung ...« Mir gehen die Worte aus und mein Hirn ist auf einmal wie leer gefegt. Denk nach, Carla. Was willst du sagen? »Momentan ist unsere Situation etwas unsi-cher ... wir befinden uns beide in einer Phase der Unge-wissheit. Vielleicht wäre es da besser, wenn wir einfach Freunde sind?«

»Müssen wir es denn benennen? Vielleicht können wir einfach ...«

»... leben?«, schlage ich vor und Josh nickt.

»Genau.«

Ich lehne mich zurück, lege den Kopf gegen die Stütze und betrachte Josh von der Seite, als er ausparkt und das Auto auf die Straße lenkt. Er hat genau das ausgesprochen, was ich gedacht habe. Langsam wird es unheimlich. Wie hoch ist die Wahrscheinlichkeit, dass man jemanden findet, der in einer ähnlichen Situation ist wie man selbst und deswegen die eigenen Gefühle nachvollziehen kann?

»Ehrlich gesagt ist es genau das, was mich zu dir hinzieht«, gibt er auf einmal zu und sieht kurz zu mir. »Wir sind am gleichen Punkt angekommen, verstehen uns, manchmal sogar ohne Worte. Selbst wenn es mir schwerfällt, mich auszudrücken, hast du die Dinge bereits erfasst, sprichst aus, was ich noch versuche zu greifen.«

»Ja«, sage ich. Mehr braucht es nicht. Die ganze Sorge löst sich in Luft auf. Nun gut, nicht alles, ein Schatten bleibt zurück. Trotzdem ist da nun fast nur Vorfreude auf den Abend. Mit Sicherheit hat Josh sich wieder etwas Großartiges ausgedacht, denn in ihm schlummert eine kreative Persönlichkeit, die ein gutes Gespür fürs Detail hat.

Ich blicke aus dem Fenster, erkenne den Weg nach Grover Hall. Langsam geht die Sonne unter, hinterlässt einen orangenen Glanz am Himmel und taucht das Anwesen in sanftes Licht. Unser Zusammentreffen dort erscheint mir Jahre her zu sein, dabei sind es nur knapp zwei Wochen. Verrückt, wie die Zeit manchmal vergeht. Wie von allein bewege ich den Kopf in Joshs Richtung, mustere ihn erneut von der Seite. Seine Züge sind entspannt, während er blinkt und in die Hofeinfahrt fährt. Es fällt mir schwer, in ihm den mysteriösen

Mann von unserem ersten Tag zu sehen. Damals hatte ich das Gefühl, ihn kein bisschen einschätzen zu können. Er war ein verschlossenes Buch. Seitdem hat sich vieles verändert und ich weiß nun, was in Josh vorgeht, wie ich seine Handlungen und seinen Ausdruck deuten kann.

»Wir sind da«, sagt er und steigt aus. Bevor ich die Tür öffnen kann, ist er an meiner Seite, hält sie mir auf und bedeutet mir auszusteigen. Ich nicke ihm zu und rutsche vom Sitz.

»Ist das ein Zwischenstopp oder bleiben wir?«, frage ich mit dem Blick zur Handtasche.

»Wir bleiben.« Josh presst die Lippen eine Sekunde aufeinander. »Bist du enttäuscht?«

»Wovon? Der Location?« Ich schüttle den Kopf und greife nach der Tasche. »Im Gegenteil, ich finde das Anwesen wunderschön und faszinierend. Kann man aus dem oberen Stockwerk das Meer sehen?«

»Kann man.«

»Wieso sollte ich enttäuscht sein? Es ist perfekt.«

Zusammen gehen wir zum Eingang. Unter unseren Schuhen knirscht der Kies, paart sich mit dem ganz leisen Rauschen des Meeres in der Ferne. Während Josh den Schlüssel ins Loch steckt, schließe ich die Augen, sauge die salzige Luft ein und lausche dem Kreischen der Vögel. Ruhe breitet sich in mir aus, legt sich wie eine schwere Decke über das Chaos und versteckt es, gibt mir die Chance, endlich frei zu atmen.

»Komm«, meint Josh und ich folge ihm ins Innere. Grover Hall versprüht etwas Mystisches, als würde es tausend Geheimnisse beherbergen. Es kitzelt unter meiner Haut, weil ich jeden Winkel des Hauses danach absuchen und erkunden will.

»Magst du eine Führung?«, fragt Josh und dreht sich zu mir um.

»Sicher, dass du keine Gedanken lesen kannst?«

Er zuckt mit den Schultern. »Wer weiß?« Ohne ein weiteres Wort geht er den Flur entlang und biegt auf halber Strecke nach links ab. Dort führt eine Treppe direkt nach oben.

»Unten hast du dich bei deinem letzten Besuch ja bereits etwas umgesehen«, sagt er und wirft einen Blick über die Schulter, grinst. »Deswegen dachte ich, wir fangen oben an. Im Grunde befinden sich hier die Wohnräume. Allerdings wurden die meisten bereits zu Pops Lebzeiten nicht mehr genutzt. Er hat die Möbel abdecken oder einlagern lassen. In vielen Räumlichkeiten findest du tatsächlich noch Schränke oder Schreibtische aus dem frühen 19. Jahrhundert. Meine Familie kann sich ganz schwer von Dingen trennen.«

Von außen dringt nur noch schwaches Licht ins Innere, sodass es im Treppenhaus und auch dem oberen Flur relativ dunkel ist. Meine Augen brauchen einige Momente, bis sie sich an die neuen Lichtverhältnisse gewöhnt haben. Genau wie Josh es vorhergesagt hat, ist der erste Raum verwaist und das Mobiliar unter großen weißen Tüchern verborgen. Trotzdem gehe ich hinein, liebe die Stimmung, die allein die großen Fenster hervorrufen. Es ist, als sei die Zeit stehen geblieben und als ob gleicht Jane Austen aus einem Winkel springt, um ihre Schwester zu erschrecken. Fast komme ich mir vor wie in einem Museum.

»Ich mag Grover Hall«, gebe ich zu.

»Wieso?« Josh ist im Türrahmen stehen geblieben, lässt seinen Blick schweifen. Er bleibt schließlich an mir hängen.

»Es ist ruhig, es hat Charme und weckt in mir die Sehnsucht nach Mr Darcy.«

»Mr Darcy? Konkurrieren wir Männer immer noch gegen ihn?«

»Bis ans Ende der Menschheitsgeschichte«, prophezeie ich und drehe mich einmal im Kreis, tue, als sei ich Elizabeth Bennet.

»Vermutlich. Komm weiter.«

Das reicht, um mich zurück in die Realität zu bringen. Wir gehen den Flur entlang und Josh erklärt mir, welche Funktion die Zimmer früher hatten. Die meisten wurden tatsächlich kaum genutzt, weil das Anwesen viel zu groß für die kleine Familie war. Neben Gästezimmern, Studierzimmern, Büros und sogar einem Spielzimmer für die Erwachsenen, zeigt Josh mir auch das Musikzimmer. An der Wand rechts von den Fenstern steht ein Klavier. Es glänzt im Deckenlicht und ich bin versucht, zu ihm zu gehen und *Für Elise* anzustimmen. Das einzige Stück, das aus dem Klavierunterricht hängen geblieben ist.

Am anderen Ende gelangen wir abermals in ein Treppenhaus und erklimmen ein weiteres Stockwerk.

»Ganz oben habe ich Quartier bezogen«, erklärt Josh. »Dort ist mein Schlafzimmer und auch eine Art Wohnzimmer. Außerdem habe ich mir ein kleines Atelier für die Fotografien eingerichtet.«

»Cool.« Auf sein Reich bin ich wirklich gespannt, denn von den vier Wänden einer Person kann man viel auf ihren Charakter schließen. Ist derjenige ordentlich oder ein Chaot? Welchen Stil mag er und was sind die Dinge, auf die er Wert legt? Gibt es Fotos oder ist alles schlicht gehalten? Neugierig sehe ich mich im Flur um, doch der unterscheidet sich kaum von den anderen. Lediglich ein kleines Schuhregal steht direkt am Aufgang. Darüber wurden Nägel in die Wand geschlagen, an denen zwei Jacken hängen. Offensichtlich mag Josh es geordnet, ansonsten würden seine Schuhe bestimmt unordentlich auf dem Boden herumliegen, statt feinsäuberlich ins Regal eingeräumt zu sein.

»Von hier kann man das Meer sehen.« Josh ist vorausgegangen und ich folge ihm in den Raum rechts von mir. Zwei große Fenster gewähren einen wunderbaren Blick auf die Landschaft. Je näher ich ihnen komme, desto besser kann ich die Wiese hinter dem Anwesen erkennen. In dunklem Grün reicht sie fast bis zum Meer, wird abgelöst vom grauem Steinstrand. In der Ferne glänzt das Wasser, bis es in einen Streifen Orange übergeht. Das einzige Überbleibsel der Sonne, die bereits untergegangen ist.

»Wow«, entfährt es mir. »Wunderschön.«

»Ist es.« Josh nimmt meine Hand und in Anbetracht des fehlenden Lichts bin ich wirklich dankbar.

Die nächsten Minuten stehen wir nebeneinander, schweigen und genießen den Ausblick vor uns. Der Mond spiegelt sich in der Wasseroberfläche. Mit jeder Welle nimmt das Meer ein Stück meiner Sorgen mit sich, spült den Druck weg, den Veras Anruf ausgelöst hat.

Irgendwann dreht Josh sich in meine Richtung, lässt sich auf dem Fensterbrett nieder und schaut mich an. Er steht so nah, dass ich ihn trotz der Dunkelheit sehen kann. Meine Finger verweilen weiterhin in seiner Hand. »Gehts dir besser?«

»Hm?« Wirklich intelligent, Carla. Allerdings hatte ich mich eine Sekunde in Joshs perfektem Anblick verloren. Auf seinem Kinn liegt ein Bartschatten, der seine markanten Gesichtszüge zur Geltung bringt. Jedes Mal, wenn er mich betrachtet, gibt er mir das Gefühl, der absolute Fokus seiner Aufmerksamkeit zu sein. Leider gefällt mir das ... viel zu gut.

»Das Telefonat hat dich ziemlich mitgenommen, oder?«

»Vera hat mich ein weiteres Mal daran erinnert, dass ich den wichtigsten Teil von mir verloren habe«, gebe ich zu und weiß endlich, wieso mir diese Sache so nah geht. »Seit Jahren habe ich mich über die Posts und Bücher definiert. Irgendwie habe ich mein ganzes Leben lang nirgends reingepasst. Während meine Freunde schon vor dem Abi genau gewusst haben, was sie später tun wollen, hatte ich nur Fragezeichen im Kopf. Es gibt so viele Dinge, die ich gerne tue, doch nichts davon hat mich richtig erfüllt. Selbst nach dem Studium habe ich mich wie in der Schwebe gefühlt. Bis ich den Blog eröffnet und die Menschen zum Lachen gebracht habe. Endlich hatte ich den Platz gefunden, nach dem ich so lange gesucht habe.« Verrückt, dass mir das erst jetzt wirklich klargeworden ist. »Dann kamen die Schreibblockade und die Ideenlosigkeit. Auf einmal habe ich mich zurückversetzt gesehen, habe verloren, was meinen Charakter ausgemacht hat. Die Angst, wirklich wieder den Fokus zu verlieren, hat mich gelähmt. Denn auf der einen Seite wollte ich keinerlei Veränderung, doch andererseits habe ich mich davor gefürchtet, dass die Dinge

für immer genau so bleiben würden, wie sie waren.«
Ich lache freudlos auf. »Das ist so dämlich.«

Josh legt mir seine freie Hand auf die Schulter und ich
lehne ihm den Oberkörper automatisch entgegen, sodass ich mich in einer Umarmung wiederfinde. Seine
Nähe tut mir gut. »Eigentlich ist es echt nachvollzieh-
bar. Du befürchtest, einen Fehler zu machen, wenn du
etwas veränderst, und deswegen hättest du lieber einen
Stillstand.«

»Genau«, murmle ich und langsam erschreckt es
mich, dass Josh jedes Mal genau zu wissen scheint, wovon ich spreche. Teilen wir uns ein Gehirn?

Ich schließe die Augen, lausche Joshs Herzschlag und
denke über seine Worte nach. »Dabei ist der erste
Schritt jedes Mal ein Fehler.«

»Wie?«

»Babys fallen, bevor sie laufen können, oder?«, erkläre ich. »Die Natur sieht Fehler im Lernprozess vor.«

»Daher auch das Sprichwort *Aus Fehlern lernt man*.«

»Richtig, wieso verlernen wir also irgendwann, dass
es okay ist, voranzugehen und dabei zu scheitern, bevor man das große Glück findet?«

Josh zuckt mit den Schultern. »Keine Ahnung. Ziemlich traurig und anstrengend.«

»Stimmt.«

»Jetzt haben wir uns erfolgreich selbst deprimiert«,
sagt Josh, doch ich höre das Grinsen in seiner Stimme.

»Na, das ist auch eine Leistung.«

»Total.« Er löst seine Arme von meinem Rücken und
bringt Platz zwischen uns. »Sollen wir uns dem schönen Teil des Abends widmen? Unsere Probleme, die

sich über Jahrzehnte angestaut haben, bekommen wir so schnell nicht gelöst.«

»Stimmt«, gebe ich zu. Wobei es unfassbar guttut, gehört zu werden und meine Gedanken teilen zu können. Deswegen empfinde ich das Gespräch eher als erleichternd denn als deprimierend.

»Dann folge mir.«

»Wie? Ich kann kaum eine Hand vor Augen sehen«, werfe ich ein und Josh liefert mir direkt die Lösung, greift nach meinen Fingern und verschränkt sie mit seinen. Wenn er das in nächster Zeit öfter macht, wird das noch zur Gewohnheit …

Zusammen laufen wir durch die Dunkelheit. Zum Glück kennt Josh den Weg. Dennoch gehe ich vorsichtig und strecke die freie Hand nach vorne, um einen Fall im Notfall damit abfangen zu können, sollte ich stolpern.

»Jetzt biegen wir nach rechts ab ins Atelier«, erklärt Josh und ich nicke. »Bereit?«

»Ja.«

Ein Klicken ertönt und auf einmal wird es hell. Dennoch bin ich einen Moment geblendet und kneife die Lider zusammen. Sobald ich mich an das Licht gewöhnt habe, bin ich überwältigt. An den Wänden sind mehrere Lichterketten angebracht, die Wärme ausstrahlen. Links von mir wurde ein großes weißes Laken wie eine Kinoleinwand befestigt. Durch das Fenster dringt ein leichter Wind herein und bringt den Stoff in Bewegung. Wie ein Geist flattert er gegen die Wand. Passend dazu erkenne ich gegenüber einen Beamer.

Staunend lasse ich Joshs Hand los und gehe einen Schritt weiter in das Atelier. Die Tasche gleitet von meiner Schulter und landet auf dem Boden. In der Mitte des Raums liegt eine Matratze, auf der sich unfassbar viele Kissen stapeln. Sie reichen beinahe bis zur Hüfte und ich gehe ein Stück in die Knie, fahre über den weichen Samt. Der Geruch nach asiatischen Nudeln steigt mir in die Nase, zieht meine ganze Aufmerksamkeit auf sich. Zwischen Leinwand und Kissenlandschaft stehen zwei Teller und mehre Schachteln vom Lieferservice.

»Ist das unser Abendessen?«, frage ich, während mir das Wasser im Mund zusammenläuft. Erst jetzt merke ich, wie groß mein Hunger ist.

Josh nickt. »Ja, und unten in der Küche gibts noch mehr. Nachos, Popcorn ... was dein Herz begehrt.«

»Alles«, murmle ich und gehe durch den Raum.

»Kannst du haben. Aber lass uns zuerst essen, okay?«

Ich setze mich im Schneidersitz auf die Matratze, lege ein Kissen auf die Beine und stelle einen Teller darauf ab. Danach greife ich nach der ersten Verpackung und verbrenne mir die Finger. Tatsächlich habe ich erwartet, dass das Essen bereits kalt ist, immerhin muss es schon eine ganze Weile hier stehen.

»Wie?«, frage ich und deute auf die Schachtel.

»Magie.«

»Erst das Gedankenlesen, nun die Zauberei.«

Josh nimmt sich seinen Teller und schüttet eine Portion Reis darauf. »Bin eben vielseitig.«

»Merk ich schon«, entgegne ich, bin allerdings abgelenkt, denn der Geruch treibt mich zur Eile an und ich kann es kaum erwarten, den ersten Bissen zu nehmen.

»Zum Anwesen gehört auch ein Haushälter. Ich habe ihn gebeten, das Essen abzuholen und hochzubringen, während wir uns das Haus angeschaut haben«, erklärt Josh schließlich. Für die nächsten Minuten sitzen wir schweigend nebeneinander, genießen das Dinner. »Bist du soweit zufrieden, dass wir mit dem Film starten können?«

»Ja, bin ich«, entgegne ich glücklich und beiße in eine Frühlingsrolle. Ich liebe jede Art von Essen, aber Frittiertes steht einfach auf einer anderen Stufe.

Auf einmal hat Josh eine Fernbedienung in der Hand und der Beamer geht an. Dann zückt er sein Handy, dimmt damit die Lichterketten und überträgt seinen Netflix-Account. »Willst du dich überraschen lassen oder den Film aussuchen?«

»Überraschen lassen«, antworte ich mit vollem Mund.

»Gut, dann schauen wir den Film, von dem ich in meiner Kindheit nie genug bekommen konnte.«

Gespannt halte ich inne. Die Stäbchen schweben in der Luft, während das typische Intro den Film ankündigt. Schneeflocken erscheinen auf der Leinwand, genauso wie das Warner Bros.-Zeichen. Dann ertönen die ersten Geräusche und mir ist sofort klar, was wir schauen. »Charlie und die Schokoladenfabrik?«, entkommt es mir überrascht. Einer meiner liebsten Filme, den ich früher jedes Jahr zu Weihnachten gesehen habe. Doch in letzter Zeit ist das etwas untergegangen. Ich liebe die Skurrilität und wünsche mich jedes Mal in Charlies Welt. Denn egal, wie arm seine Familie sein mag, sie hält zusammen, unterstützt sich, wo es geht.

»Gute Wahl?«

»Nein«, entgegne ich. »Perfekte Wahl.«

Obwohl ich mit den Nudeln und dem Gemüse beschäftigt bin, überwältigt mich das Verlangen nach Schokolade uns Süßkram, sobald das Innere der Fabrik auf der Leinwand erscheint. Beinahe kann ich die Süßigkeiten riechen, bilde mir ein, neben den Oompa Loompas zu stehen und meinen Finger in den See aus warmer flüssiger Zartbitterschokolade zu tauchen.

»Was würde ich dafür geben, dort zu wohnen«, sagt Josh und schiebt sich ein Stück Brokkoli in den Mund.

»Viel. Falls dein Traum in Erfüllung geht, komme ich dich jeden Tag besuchen und futtere dir die ganze Schokolade weg.«

»Bis ich pleite bin?«

»Ja.«

»Klingt nett«, sagt Josh und lacht. »Immerhin einer von uns ist dann glücklich.«

Ich grinse, esse brav meinen Teller leer und bringe Josh dann dazu, den Rest aus der Küche zu holen. Natürlich biete ich an, ihm zu helfen. Allerdings schlägt er – Gentleman, der er ist – das Angebot aus und bringt Nachos, Popcorn, mehrere Tafeln Schokolade, Gummibärchen und Chips auf einem Tablett nach oben. Daneben stehen noch zwei Tassen gefüllt mit heißer Schokolade, auf deren Oberfläche Marshmallows schwimmen.

»Shit, wird das ein Heiratsantrag? Ja, Josh, ja, ich will. Solange du mir jeden Tag eine Tasse davon ans Bett bringst.« Lachend nehme ich mir einen Becher, meine allerdings jedes Wort ernst. Es gibt weit weniger sinnvolle Gründe für eine Heirat. Zum Beispiel Steuervorteile.

»Ganz schön leicht zufriedenzustellen«, entgegnet Josh und platziert das Tablett zwischen uns.

Ich zucke mit den Schultern. »Bin ein einfaches Mädchen.« Dann trinke ich den ersten Schluck und der Geschmack von warmem Kakao explodiert auf der Zunge. Genießerisch schließe ich die Augen, lausche Willy Wonka, der seine Gäste durch die Fabrik führt und jeden einzelnen Raum erklärt. Wie schön wäre es, dort in den Hallen voller Schokolade zu leben? Oder zumindest Urlaub zu machen? Wenn es ein Willy-Wonka-Hotel gäbe, wäre ich der erste Gast und würde mich dort bis ans Lebensende einmieten.

»Woran denkst du?«, fragt Josh auf einmal und ich öffne die Augen. Erzähle ihm grinsend von der Idee. »Früher wollte ich aus Grover Hall ein Hotel machen. Ich dachte, wir könnten jedes Zimmer einem Thema zuordnen.«

Bei seinen Worten erinnere ich mich, dass er mir bereits am Tag nach meiner Ankunft am Strand davon erzählt hat. »Warum hast du von deinem Traum abgelassen?«

»Weil ich erwachsen geworden bin und meine Eltern andere Pläne hatten.« Josh seufzt. »Nach dem Schulabschluss war ich planlos und mein Vater bot mir einen Ausweg, indem er mein Leben schon geplant hatte. Seinen Weg zu gehen war einfach.«

»Bereust du es?«

Josh denkt einen Moment nach, rührt in seiner heißen Schokolade herum und schiebt sich dann einen Löffel voll Marshmallows in den Mund. »Es zu bereuen ist zu viel gesagt. Manchmal wünsche ich mir allerdings, dass ich jetzt mutig genug wäre, um mir einzugestehen, dass ich nun gerne einen anderen Weg gehen würde.«

»Wie meinst du das?«

»Ich liebe Tiere, arbeite wirklich gerne mit ihnen. Trotzdem kann ich mich in dem Beruf kaum verwirklichen. Außerdem sehe ich sehr viel Leid, begleite Mensch und Vierbeiner auch auf ihrer letzten Reise. Es bricht mir jedes Mal das Herz, wenn ich nichts mehr tun kann. Deswegen kenne ich die Namen aller Lebewesen, die ich verloren habe. Es sind 161 Tiere.«

»161 Tiere? O Gott«, entfährt es mir. Allein bei dem Gedanken, nur eines sterben zu sehen, vergeht mir der Appetit und eine Gänsehaut überzieht meine Arme.

»Entschuldige, jetzt habe ich die Stimmung zerstört.«

»Es muss dir nicht leidtun.« Gerne würde ich etwas Aufmunterndes sagen, allerdings fehlen mir die Worte. Deswegen stupse ich mit den Fingern an Joshs, die auf der Matratze verweilen, und streiche sanft über seinen Handrücken. »Das muss schwer sein.«

»Ja. Dad kann das gut abschütteln. Mir hingegen fällt es unglaublich schwer. Manchmal träume ich von den armen Wesen. Klar, ohne uns würde es ihnen weitaus schlechter gehen, dennoch ist das nur ein kleiner Trost für mich.«

»Josh, das klingt furchtbar.«

Er winkt ab. »Es klingt schlimmer, als es ist.«

»Sicher?«

»Klar, ich übertreibe.«

Das glaube ich kaum, verstehe aber, dass Josh seine Gefühle herunterspielt. Würde er sie zulassen, würde es ihn zerreißen. Nun weiß ich genau, was er damit gemeint hat, dass er gerne mutig genug wäre, um sein Leben zu ändern. Ist es auch das, was mich hemmt? Was mich blockiert? Der Wunsch nach Veränderung, den ich tief in mir spüre? Nein. Doch. Im Gegensatz zu Josh liebe ich das, was ich tue. Allerdings habe ich mich in den letzten Monaten weiterentwickelt, während der Job der alte geblieben ist.

»Sich einzugestehen, dass etwas schiefläuft und Veränderung her muss, tut weh«, überlege ich laut. »Es zu verdrängen, zieht den Schmerz jedoch nur in die Länge.« Josh hat den Blick gesenkt, mustert den Boden vor der Matratze. Der Film läuft im Hintergrund, ohne dass einer von uns zuhört. Trotzdem steht die fröhliche Musik in hartem Kontrast zu unserem Gespräch. Auf einmal ist mir unglaublich warm, deswegen stelle ich die Tasse zur Seite, stehe auf und öffne eins der Fenster. Kühler Wind dringt ins Innere, klärt die Anspannung in der Luft ein bisschen.

»Eigentlich wollte ich dich mit dem Film und dem Essen ablenken«, sagt Josh und ich drehe mich zu ihm, lehne den Hintern gegen das Fensterbrett. »Hat nur semigut funktioniert, denn jetzt sind wir beide deprimiert.«

»Vielleicht solltest du über deine Idee nachdenken. Jetzt ist die Gelegenheit.«

Verwirrt verzieht Josh das Gesicht. »Welche Idee?«

»Die mit dem Hotel.«

»Da war ich jung ... und dachte, Träume gehen in Erfüllung.«

Ich lache. »Jetzt wirst du zynisch.«

»Möglich.«

»Trotzdem halte ich es für eine gute Idee.«

»Das Hotel?« Ich nicke. »Weil das Anwesen dann in meinem Besitz bleibt und deine Tante ihren Laden behalten kann?«

Kurz bleibt mir die Luft weg, dann verschränke ich die Arme vor der Brust. Die letzten Minuten habe ich keinen Gedanken an Maggie verschwendet. Habe den Fakt, dass sie ihre *Cookieteria* verlieren könnte, sogar vergessen. Das Josh nun denkt, ich würde ihm nur dazu raten, weil es für mich von Vorteil wäre, trifft mich mehr, als ich jemals zugeben würde.

»Nein«, stelle ich daher klar. »Weil ich das Gefühl habe, es könnte dich glücklich machen.« Selbst ich höre den Trotz in meiner Stimme, bin genervt, weil ich ihn so schlecht verbergen kann.

»Tut mir leid«, entschuldigt sich Josh. Er steht auf, kommt zu mir. Um seinem Blick auszuweichen, drehe ich mich weg, schaue in die Dunkelheit. Mittlerweile erkenne ich draußen kaum noch etwas. Das Meer ist weit entfernt, trotzdem bilde ich mir ein, sein Rauschen über die Geräusche des Films hinweg zu hören.

Ich stütze die Hände auf dem Fensterbrett ab. »Schon okay. Im Grunde kennen wir uns erst ein paar Tage. Woher sollst du wissen, welche Art Mensch ich bin?«

»Braucht es eine Ewigkeit, um das herauszufinden?«

Im Nacken kribbelt es und ich unterdrücke den Impuls, die Schultern nach oben zu ziehen, denn Josh ist mir so nah, dass ich seinen Atem auf der Haut spüren kann. Auf einmal sind die Enttäuschung und der Trotz verschwunden, die ich Minuten zuvor gefühlt haben. Etwas anderes ist an ihre Stelle getreten – Verlangen. Denn wenn ich ehrlich bin, mag ich Josh mehr, als ich mir eingestehen will. Deswegen hat mich seine Aussage getroffen.

»Meine Reaktion sagt mehr über mich als über dich aus«, flüstert Josh kaum ein paar Zentimeter von meinem Ohr entfernt. »Verzeih mir.«

Schwer schluckend nicke ich. Mein Mund ist trocken, das Herz hämmert in den Ohren, fordert mich auf, Joshs Nähe zu erwidern, allerdings bin ich wie erstarrt, bin nur in der Lage, die Lider zu schließen.

»Kann ich?«, fragt Josh und ich nicke, ohne zu sehen, was er eigentlich möchte. Es spielt keine Rolle, denn ich würde im Moment allem zustimmen, gehe allerdings davon aus, dass er mich küssen will, daher wende ich ihm das Gesicht zu. Stattdessen schließt er seine Arme von hinten um meine Brust, legt seinen Kopf auf meine Schulter. »Zwischen uns gab es von Anfang an eine Verbindung.« Seine Stimme ist kaum mehr als ein Flüstern. Trotzdem dringt jedes Wort durch das Rauschen in meinem Kopf. »Unsere Herzen sind gleich.« Am Rücken nehme ich wahr, wie Joshs Brust sich hebt und senkt, muss ihn näher spüren. Ich drehe mich in seiner Umarmung, drücke die Lippen auf seine und küsse ihn. Zuerst sanft, dann fordernder. Seine Hand wandert in den Nacken, hält mich fest. Jede seiner Berührungen sticht sich in meine Haut, wie kleine Nadeln, die ihre Spuren hinterlassen. Kurz bringe ich Abstand zwischen uns, ziehe mir das Oberteil über den Kopf. Zu viel Stoff. Seine Hände wandern meine Seite hinab und ich muss grinsen, weil ich kitzelig bin. Doch sobald sie am Bund der Hose ankommen, übernimmt das Verlangen wieder die Oberhand. Josh öffnet den Knopf der Hose und sie rutscht mir über die Hüfte. Ich steige aus dem

Stoff, während er sich seines T-Shirts entledigt. Gleichzeitig lege ich meine Hand auf seine Brust und schiebe ihn rückwärts, so lange, bis er mit den Füßen gegen die Matratze stößt. Wir sinken darauf nieder und sofort finden sich unsere Lippen wieder. Die Geräusche und Gespräche des Filmes im Hintergrund verblassen. Da ist nur noch Josh. Josh, der mich betrachtet, als wäre ich das schönste Geschöpf, das er jemals gesehen hat. Josh, der mit seinen Fingern über meine Haut streift und Gefühle in mir auslöst, die ich bisher nicht kannte.

»Unsere Herzen sind gleich«, wiederhole ich, stoße seinen Oberkörper zurück, sodass er auf der Matratze landet, und verteile Küsse von seinem Bauch zu seinem Gesicht, bis wir nur noch aus Herzschlag bestehen.

Kapitel 13

Wenn das Glück kitzelt wie Sonnenstrahlen

Als ich aufwache, streicheln die ersten Sonnenstrahlen meine Wangen. Müde strecke ich die Arme, blinzle und erkenne Joshs Atelier. Ein Grinsen schleicht sich auf mein Gesicht und das Herz schmerzt vor Zufriedenheit. Ich drehe den Kopf, spüre Joshs Arm darunter. Er liegt neben mir, das Gesicht abgewandt. Seine Brust hebt und senkt sich in gleichmäßigen Abständen. Leise richte ich mich auf, suche nach der Handtasche. Daraus ziehe ich das Notizbuch hervor, krame nach einem Stift. Die letzte Nacht drängt sich mir ins Gedächtnis. Statt Bildern überfluten mich die Empfindungen und füllen mein Herz. Josh berührt etwas in mir, das bisher geschlafen hat. Dieses Gefühl versuche ich festzuhalten. Es ist seltsam, denn obwohl ich mich erst vor Kurzem von David getrennt habe, ist die Liebe für ihn komplett verschwunden. Natürlich verbindet uns weiterhin etwas, denn wir haben so viele Jahre miteinander verbracht. Vor Monaten hätte ich geschworen, dass David die Liebe meines Lebens ist. Nun bin ich unsicher, ob es überhaupt etwas Derartiges war, was ich für ihn empfunden habe. Und wenn ja, was ist dann das, was Josh in mir auslöst? Mein Puls beschleunigt sich mit jedem Wort, das ich schreibe. Bin ich bereit für etwas, das mich so sehr verwirrt.

Okay, beruhig dich, Carla. Hör endlich auf, dir darüber Sorgen zu machen. Es gibt genug anderes, das mich bereits in den Wahnsinn treibt. Josh und die Beziehung zu ihm sollen nicht dazugehören. Im Gegenteil, er ist das, was mir Kraft gibt, mich den restlichen Problemen zu stellen. Denn ich habe es gestern selbst gesagt: Veränderung tut weh, dennoch ist es manchmal genau das, was wir brauchen.

»Hast du gut geschlafen?«, fragt Josh leise und ich lege das Notizbuch zur Seite, sinke wieder nach hinten und lande mit dem Kopf auf seinem Arm. Wir drehen uns so, dass wir uns anblicken können. Beinahe stoße ich gegen Joshs Nase. Ich bin ihm zu nah, sehe ihn doppelt. Deswegen rutsche ich zurück.

»Hab ich. Und du?«

»Wie ein Stein.«

»Kein Wunder. War auch ganz schön anstrengend.«

Josh grinst. »Wenn wir das jeden Tag machen, kann ich mir das Workout sparen.«

»Daher kommen die ganzen Muskeln?«, entgegne ich und weiche seinem Kommentar aus.

»Nett, oder?«

Ich zucke mit den Schultern, spiele Desinteresse vor. »Wenn man drauf steht.«

»Hey, das ist harte Arbeit, honoriere es wenigstens ein bisschen.«

»Na gut«, sage ich lachend und fahre die Struktur seiner Oberarmmuskeln nach. »Gut gemacht, Popeye.«

»Danke.«

»Noch ein bisschen mehr Spinat und du sprengst jedes T-Shirt.«

Josh verzieht das Gesicht. »Na toll, jetzt kann ich dich und das Kompliment nicht mehr ernst nehmen.«

»Entschuldige.« Ich beuge den Kopf nach vorne, küsse ihn. Die Stoppeln seines Bartansatzes kratzen über meine Haut und ich genieße es. »Jeder Zentimeter an dir ist perfekt.«

»Das wollte ich hören.« Erneut küsse ich ihn, bis mir bewusst wird, dass heute ein Wochentag ist und ich ins Café muss. Da die Sonne bereits vom Himmel strahlt, sollte ich zumindest einen Blick auf die Uhr werfen.

Daher löse ich mich von Josh, greife nach der Tasche »Wie spät ist es?«

»Keine Ahnung, hast du einen Termin?«

»Ja, jemand muss die *Cookieteria* öffnen.« Wo habe ich das Handy gelassen? Selbst nachdem ich den Inhalt der Handtasche auf der Matratze verteilt habe, bleibt es verschollen. Hosentasche. Wahrscheinlich ist es in meiner Hose. Ich sehe mich um, entdecke sie vor dem Fenster. Auf allen Vieren krabble ich näher, ziehe sie zu mir und spüre bereits am Gewicht, dass ich das Smartphone endlich gefunden habe. Das Display leuchtet auf und neben der Uhr erkenne ich auch unzählige Nachrichten.

»Shit«, entfährt es mir. »Maggie macht sich Sorgen.«

»Ruf sie doch kurz an.«

»Gute ...«, setze ich an. Dann fällt mir ein, was Ava und Betty gestern zu mir gesagt haben, wie viele Zweifel sie in mir gesät haben. Daher entscheide ich mich lediglich für eine Textnachricht. Auch Ava hat versucht, mich zu erreichen, daher melde ich mich ebenfalls bei ihr.

»Josh?«

»Hm?«

»Glaubst du, wir können erst einmal für uns behalten, was gerade passiert?«

Nachdem ich die Nachrichten abgeschickt habe, stecke ich das Handy in meine Tasche, drehe mich zu Josh und ziehe die Knie an. Aufmerksam mustert er mich, setzt sich ebenfalls auf. Die Decke rutscht von seinem Oberkörper, offenbart seinen durchtrainierten Bauch. »Was gerade passiert?« Ich deute zwischen uns hin und her, weil ich mich davor drücke, zu benennen, was genau ich meine. »Der Sex?«, fragt Josh und verkneift sich ein Grinsen.

Genervt verdrehe ich die Augen. »Auch. Allerdings meine ich eher ... unsere Annäherung.« Einige Herzschläge ist es still. »Weißt du, wie oft ich mir gestern anhören musste, dass ich die Seiten gewechselt hätte und nun zum Feind gehöre? Irgendwie befürchte ich, dass die Dorfbewohner nur wenig nette Worte für uns übrig hätten, wenn sie davon wüssten. Sie haben zu große Angst, ihren Besitz zu verlieren.«

»Kann mir direkt vorstellen, was Ava dir alles an den Kopf werfen wird«, murmelt Josh. Er kennt die Dorfbewohner, weiß ihre Eigenheiten einzuschätzen. Jeder, den ich kennengelernt habe, ist ein netter Mensch und besonders Ava habe ich in mein Herz geschlossen. Vor allem, weil sie mir mittlerweile eine gute Freundin geworden ist. Gerade deswegen habe ich keine Lust, gegen Windmühlen zu kämpfen, was die Beziehung zu Josh angeht. Lieber möchte ich uns Ruhe schenken, um herauszufinden, was genau da überhaupt zwischen uns ist. Beinahe lache ich über mich selbst. Waren wir gestern nicht erst übereingekommen, nur Freunde zu sein? Wie schnell hat sich die Welt gedreht? Allerdings halte ich es dennoch für besser, wenn wir einen Schritt nach dem anderen gehen. Freundschaft ist eine gute Grundlage. Was den Rest betrifft können wir uns erst einmal treiben lassen.

Josh lehnt sich nach vorne, streicht mir eine Strähne hinters Ohr und streift dabei leicht meine Wange. »Kein Problem. Wenn ich dich auf der Straße sehe, tue ich so, als wären wir Todfeinde.«

Die Augen verdrehend haue ich ihm gegen den Oberarm. »So ein Quatsch. Wir können uns natürlich unterhalten. Aber die Finger sollten wir voneinander lassen.«

»Ob du das wohl schaffst?«

»Ich?«, frage ich empört und Josh presst die Lippen aufeinander, deutet mit einem Blick nach unten. Langsam folge ich ihm, entdecke meine Hand, die auf seiner Schulter liegt und mit dem Haar in seinem Nacken spielt. Ertappt ziehe ich die Finger zurück und bringe Josh damit zum Lachen.

Ich räuspere mich, verschränke die Hände im Schoß. »Kinderspiel.«

»Dann ist ja gut.« Er beugt sich vor, küsst mich.

Mit Mühe löse ich meine Lippen von ihm. Dafür fehlt die Zeit, denn wenn ich zu spät zu *Cookieteria* komme, wird Ava bestimmt Verdacht schöpfen. Vor allem, nachdem sie weiß, dass Maggie auf der Suche nach mir war. Erneut werfe ich einen Blick auf die Uhr. Kurz nach acht. Höchste Zeit zu verschwinden.

»Am besten gehe ich jetzt«, sage ich.

»Gut. Sehen wir uns später?«

»Kommst du heute Abend zum Fest? Wir können uns dort was zum Essen holen.«

Josh nickt. »Denkst du, das ist eine gute Idee? Immerhin wolltest du vermeiden, dass die Dorfbewohner was mitbekommen.«

»Stimmt. Berechtigter Einwand. Lass uns trotzdem zusammen essen. Ich bring was mit und wir treffen uns hier«, schlage ich vor und Josh stimmt zu. »Worauf hast du Lust?«

»Ganz egal, du kannst entscheiden.«

»Abgemacht«, sage ich und ziehe die Hose an. Dann fällt mir ein, dass Josh gestern den Fahrservice gespielt hat. »Äh, du musst mich zum Café fahren. Oder besser nach Hause. Wenn ich in denselben Klamotten wie gestern in der *Cookieteria* auftauche, wittert sicher jemand den Braten.« Gut, jetzt werde ich paranoid.

Josh sieht mich einige Sekunden mit hochgezogenen Augenbrauen an. Vielleicht fragt er sich gerade, ob ich den Verstand verloren habe, und ich bin mir unsicher, ob ich die Frage verneinen könnte.

Dann steht Josh auf, greift nach seinem Shirt und zieht es sich über den Kopf. Damit holt er mich aus den Überlegungen, die ich ins letzte Eck meines Schädels verbanne. Ich wünschte, ich würde weniger über die Dinge nachdenken. Würde aufhören, jede Kleinigkeit zu analysieren und in ihre Einzelteile zu zerlegen. Leider ist das einfacher gesagt als getan.

»Dann los, bevor du zu spät kommst«, sagt Josh und geht voraus.

***

Am Nachmittag bin ich froh, dass ständig Gäste in der *Cookieteria* waren, und ich mir somit keinerlei Gedanken um Josh oder den Verkauf von Grover Hall machen konnte. Trotzdem war gerade so wenig los, dass ich gut allein damit klargekommen bin. Auch wenn Jamie und Maggie natürlich auf Abruf stehen. Wobei Letztere wahrscheinlich genau darauf wartet. Erst heute Morgen, als ich nur kurz ins Cottage geschlüpft bin, um zu duschen und die Klamotten zu wechseln, hat sie wieder gemeckert, wie langweilig ihr ist. Natürlich hat sie mich auch auf Josh angesprochen und die Nacht, die ich bei ihm verbracht habe. Allerdings hat sie schnell akzeptiert, dass ich die Diskussion lieber verschieben wollte. Das schätze ich an Maggie, sie ist sensibel und kennt Grenzen. Auch wenn es manchmal einen anderen Anschein machen mag. Ich sollte mir etwas überlegen, um ihr die Zeit zu vertreiben. Ein Buch eventuell ... allerdings ist Maggie eher der Typ, der Dinge tut, um sich zu beschäftigt. Mit einem schlimmen Knie ist die Auswahl jedoch eingeschränkt. Da kommt mir eine Idee. Dafür muss ich aber wahrscheinlich in die Stadt fahren.

Die Glocke an der Tür klingelt, und bevor ich den Blick heben kann, höre ich bereits, wer eintritt, denn Ava zetert lautstark vor sich hin. »Unfassbar, das ist wirklich unfassbar.«

»Was denn?«, frage ich, als sie vor der Theke steht.

»Joshua ist gerade wieder auf dem Fest und trinkt mit Erwing einen Kaffee ... an unserem Stand. Die haben den Schuss wohl nicht gehört.«

Verwirrt lehne ich mich zurück. Josh ist auf dem Fest? Mit Erwing? Wieso hat er das heute Morgen verschwiegen? Irgendwie bin ich davon ausgegangen, dass er die Gespräche mit Erwing erst mal ruhen lässt. Ein Trugschluss. Was das eigentliche Vorhaben angeht, ihn zu überzeugen, wie schön Cornwall ist, stehe ich weiterhin am Ausgangspunkt. Shit.

»Am liebsten hätte ich ihnen den Kaffee auf den Schoß anstatt in die Tassen geschüttet«, wütet Ava weiter. »Wusstest du davon?«

»Wovon?«

»Dass er sich mit Erwing trifft.«

Ich schüttle den Kopf. »Woher denn?«

Ava zuckt die Schultern, verschränkt die Arme vor der Brust. Ihre Stirn liegt in Falten, die Lippen sind zusammengepresst. »So funktioniert das nicht, wir müssen etwas unternehmen.«

»Etwas unternehmen? Was denn?«

»Keine Ahnung. Aber diese Unsicherheit macht mich wahnsinnig. Das Schicksal der Läden in der Innenstadt liegt in seiner Hand.«

Ein Gast macht sich bemerkbar, hebt seinen Geldbeutel. Ich lächle ihm zu und vertröste Ava einige Minuten, gehe abkassieren. Zurück an der Theke hat Ava sich mittlerweile einen Kaffee zubereitet. Ihre Züge sind weiterhin angespannt und ich verstehe sie. Ihre Zukunft liegt im Ungewissen. Das kann ich besser nachfühlen als jeder andere.

»Wieso suchen sie sich kein anderes Dorf, in dem sie ihre Hotelkette eröffnen können?«, wettert Ava und nippt an ihrer Tasse.

»Das verlagert das Problem nur.«

Sie seufzt. »Schon klar.« Ihre Verzweiflung ist beinahe greifbar und zum ersten Mal, seit wir uns kennen, wirkt sie verletzlich. Ansonsten umgibt Ava eine Aura der Stärke, die ab und zu wirklich einschüchternd sein kann. Nur heute ist es anders. Die hängenden Schultern, die zusammengesunkene Erscheinung, die fehlende Freude.

»Ich rede mit Josh«, meine ich und versuche, irgendwie die Stimmung zu retten.

Erneut trinkt Ava einen Schluck. »Was soll das bringen? Glaubst du wirklich, so viel Einfluss auf seine Entscheidung zu haben? Vielleicht müssen wir ihm deutlich machen, wie ernst es uns ist.«

»Wie ernst es ist?« Die Wortwahl gefällt mir nicht. Keine Ahnung, was Ava vorhat, doch die Entschlossenheit, die plötzlich auf ihrem Gesicht liegt, lässt mich schaudern. Ihre Züge verhärten sich. Die Aussichtslosigkeit, die ihr die Schultern runtergedrückt hat, ist verschwunden. »Was hast du vor?« Ob ich die Antwort wirklich wissen will? Ich bezweifle es.

»Werden wir sehen. Aber wenn Josh denkt, dass wir derart leicht aufgeben, hat er sich geirrt. Der wird sich wundern, zu was wir in der Lage sind.« Schwungvoll stellt sie ihre Tasse auf der Theke ab und der Kaffee schwappt über den Rand, rinnt auf die Theke. »Danke für das offene Ohr, aber ich muss jetzt zurück. Vergiss nicht, dass wir noch mal die Einzelheiten für Maggies Geburtstagsfeier durchgehen müssen.«

»Ava«, rufe ich ihr hinterher, doch sie ist bereits an der Tür, reißt sie auf, ohne auf ihren Namen zu reagieren, und verschwindet. Na, wunderbar. Nun muss ich mir nicht nur Sorgen darum machen, wie Josh sich entscheidet, sondern auch jederzeit mit einer Aktion von Ava rechnen. Und das alles, während Maggies Geburtstag vor der Tür steht, zu dem wir eine Überraschungsparty organisieren wollen. Immerhin habe ich nun genug zu tun, sodass ich die Schreibblockade komplett verdrängen kann. Zumindest so lange, bis Vera sich erneut bei mir meldet. Ob sie mir direkt die Kündigung mitschickt? Und würde mich das erleichtern oder eher traurig machen? Was würde mit den Projekten passieren? Wäre der Druck dann weg? Immerhin wäre ich arbeitslos, oder?

Tausend Fragezeichen. Kein Punkt in Sicht.

Die Türklingel befreit mich aus dem Gedankenkarussell und ich setze ein Lächeln für die neuen Gäste auf. Nur noch ein paar Stunden, dann kann ich das Café schließen und Josh auf den Zahn fühlen. Ich kann mir kaum vorstellen, dass er gerade in diesem Moment bei Erwing unterschreibt. Dafür klang er viel zu unsicher.

Zum Glück verläuft der restliche Tag ereignislos, sodass ich am frühen Abend mit zwei Pizzakartons, einer Lasagne, Knoblauchbrot und einem Salat bewaffnet vor Grover Hall stehe. Noch bevor ich klingeln kann, öffnet Josh die Tür. Sobald ich ihn sehe, breitet sich Wärme in mir aus und ich freue mich auf den Abend. Dieses Mal habe ich Maggie Bescheid gesagt, damit sie sich keine Sorgen macht, wenn ich später nach Hause komme. Zum Glück lässt sie mir meinen Freiraum. Allerdings habe ich ihr bisher auch verschwiegen, wie nah Josh und ich uns sind. Sie weiß von dem Kuss, das wars. Ansonsten denkt sie wie der Rest, dass ich damit beschäftigt bin, Josh zu überzeugen, Grover Hall zu behalten. Was auch der Wahrheit entspricht.

»Hey«, murmelt Josh und tritt zur Seite, lässt mich vorbei. Er nimmt mir das Essen ab, sodass ich die Stiefel ausziehen und in die Hausschuhe schlüpfen kann. »Wie war dein Tag?«

»Die Frage ist wohl eher, wie deiner war. Denn das hat meinen maßgeblich beeinflusst.«

Josh schließt die Tür, geht an mir vorbei den Flur entlang. Anstatt nach oben abzubiegen geht er geradeaus. Wir passieren einen leeren Raum, von dessen Decke ein großer Leuchter hängt. Ehrfürchtig hebe ich den Blick, während ich darunter hindurchgehe, bilde mir ein, dass er leicht hin und her schwankt, als würde eine unsichtbare Kraft ihn steuern. Sollte der aus der Halterung brechen, begräbt er mich todsicher unter sich. Deswegen beschleunige ich den Schritt und verdrehe innerlich die Augen über die Gedanken.

Durch die Holztür am Ende gelangen wir in die Küche. Sofort steigt mir der Geruch nach frischen Kräutern in die Nase und ich drehe den Kopf, entdecke Töpfe mit grünen Pflanzen auf dem Fensterbrett. Im Gegensatz zum Rest des Anwesens strotzt die Küche vor Leben. Im Waschbecken links von mir steht dreckiges Geschirr, auf der Anrichte Töpfe und ein Korb prall gefüllt mit buntem Obst. Der Kühlschrank brummt vor sich hin, während die Spülmaschine gerade damit beschäftigt ist, Wasser abzupumpen. Josh geht zu der Insel in der Mitte der Küche und stellt das Essen darauf ab. Aus dem Schrank hinter sich holt er mehrere Teller.

»In der Schublade vor dir findest du Besteck«, sagt er und ich ziehe an dem Knauf. Das Fach lässt sich nur schwer öffnen. Der Salat landet in einer Schüssel, die Lasagne und Pizzen auf großen Servierplatten. Josh stellt das Essen auf einen großen Holztisch rechts an der Wand. »Setz dich.«

Nachdem ich das Besteck verteilt habe, folge ich seiner Aufforderung. Der Duft von geschmolzenem Käse liegt in der Luft und bringt meinen Magen zum Knurren. Deswegen greife ich nach dem ersten Stück und beiße herzhaft hinein. »Ist das Essen okay?«, frage ich kauend. »Bist du auf irgendwas allergisch? Gibts etwas, das du verabscheust?«

»Keine Allergien, nur eine Abneigung gegen Oliven und Zwiebeln. Dafür liebe ich alles, was mit Käse überbacken ist.«

»Volltreffer würde ich sagen.« Zum Glück. Ich habe den halben Tag damit verbracht, darüber nachzudenken, was ich uns zum Abendessen mitbringen könnte. Schließlich habe ich mich für einen Klassiker entschieden.

»Pizza hole ich mir tatsächlich selten«, gibt Josh zu. »Irgendwie ist das zu simpel.«

»Simpel, aber lecker.«

»Ja, klar, trotzdem bestelle ich meist etwas, was ich nie selbst machen würde.«

Ich nicke. »Verstehe.«

»Was ist mit dir? Stimmt die Oliventheorie?«

Verwirrt halte ich inne. Das Stück Pizza schwebt vor meinem Gesicht. »Oliventheorie?«

»Kennst du *How I met your Mother*?«

»Die Serie?«

Josh nickt. »Ted Mosby hat die Theorie, dass es wahre Liebe ist, wenn einer in der Beziehung Oliven liebt und der andere sie verabscheut. Die perfekte Ergänzung sozusagen.«

Wahre Liebe? Einen Moment hält die Welt an und um mich wird es still. Dann kehren die Eindrücke, Gerüche und die Realität mit einem Schlag zurück. Ich lasse das Stück Pizza sinken und setze ein Lächeln auf. Versuche, den Sturm im Inneren damit zu überdecken.

»Ich mag Oliven«, offenbare ich.

»Dann haben wir schon mal gute Voraussetzungen.« Josh zwinkert. Seine Worte beruhigen und enttäuschen mich gleichzeitig. Was für eine frustrierende Mischung. Allerdings siegt die Erleichterung. Wir sind weiterhin auf demselben Weg, das beweist Joshs Aussage. Ein Weg, der aus Zuneigung und Verständnis besteht, ganz ohne Druck.

»Klar, win-win für uns beide. Ich bekomme Oliven und du musst nie wieder welche essen«, meine ich lachend und beiße erneut von der Pizza ab.

Josh hingegen hat die Lasagne zu sich gezogen. »Störts dich, wenn ich direkt aus der Schale esse?«

»Nein.« Stille kehrt ein. Wir hängen unseren Gedanken nach. Wobei mein Kopf eigentlich ziemlich leer ist, denn ich bin vollkommen auf das Essen konzentriert. Nachdem wir beinahe alles verputzt haben, lehne ich mich zurück. Josh nimmt sich ein weiteres Stück Pizza, rollt es ein und schiebt es sich schließlich komplett in den Mund. Zufrieden kaut er, während ich mir über den Bauch streichle. Der Bund der Hose drückt schmerzhaft. Zu gerne würde ich den Knopf einfach öffnen.

»Verrätst du mir nun, wie dein Tag war?«, fragt Josh, als wir den Tisch abräumen. Das Geschirr landet im Waschbecken, da der Spüler erst ausgeräumt werden muss, die Essensreste auf der Theke. Josh holt eine Flasche Bier aus dem Kühlschrank und bietet sie mir an. Nickend nehme ich sie entgegen, deswegen greift er nach einer zweiten, öffnet diese und tauscht sie mit der, die ich bereits in der Hand halte.

»Entspannt«, beantworte ich endlich seine Frage. »Bis Ava aufgebracht vom Fest ins Café gestürmt kam.«

»Wieso das?«

»Wegen dir.«

Josh trinkt einen Schluck und geht zurück zum Esstisch, setzt sich. »Mir?«

»Ja, sie hat dich mir Erwing gesehen.« Ich folge ihm, nehme ebenfalls Platz.

»Ah, verstehe.« Danach schweigen wir erneut. Mir geht unfassbar viel durch den Kopf, allerdings weiß ich nicht, wie ich es formulieren soll. Wenn ich ihn danach frage, wieso er sein Treffen verschwiegen hat, klingt das, als wäre er mir Rechenschaft schuldig. Oder als würde ich jeden seiner Schritte verfolgen wollen.

»Eigentlich hatte ich Erwing bereits mitgeteilt, dass ich ihm momentan eine Entscheidung schuldig bleibe«, erklärt Josh und bringt meine Überlegungen damit zum Schweigen. Es erfüllt mich mit Stolz, dass er mir von selbst davon erzählt, und vertreibt die ganzen Unsicherheiten. »Trotzdem wollte er ein weiteres Treffen und hat abermals versucht, mich zu überzeugen. Seine Pläne sind mittlerweile wirklich konkret. Allerdings verfolgt mich jetzt wieder die Idee, selbst ein Hotel aus Grover Hall zu machen.« Josh nippt an seinem Bier. »Es macht Spaß, sich um andere zu kümmern und zu sehen, wie sie glücklich sind. Außerdem mag ich Coverporth. Immerhin bin ich hier aufgewachsen und die Umgebung hat einiges zu bieten.«

»Stimmt, wahrscheinlich wirst du dich vor Touristen kaum retten können.«

Nachdenklich fasst Josh sich ans Kinn. »Gleichzeitig frage ich mich, ob es hier wirklich ein weiteres Hotel braucht? Die Dinge in Coverporth funktionieren, sollte ich etwas verändern? Ist es das, was ich will, oder nur eine fixe Idee, in die ich mich stürze?«

Am liebsten würde ich ihn unterbrechen, ihm sagen, dass er auf dem richtigen Weg ist, die Dinge gut werden. Stattdessen fühle ich seine Sorgen, weiß genau, wie es ihm geht. Die Angst hält ihn zurück. Angst vor der Ungewissheit. »Vielleicht ist es an der Zeit, dass wir aufhören, uns ständig dieselben Dinge zu fragen«, werfe ich deswegen ein. »Wir finden sowieso keine Antworten darauf. Die Ungewissheit kann auch etwas Gutes hervorbringen. Etwas, das im Moment noch im Verborgenen liegt. Etwas, das uns überrascht. Und sollte es schiefgehen, solltest du merken, du bist falsch abgebogen ...«, ich zucke mit den Schultern, »gehst du einen Schritt zurück oder einen anderen Weg. Das Einzige, dessen wir uns gewiss sein können, ist, dass sich die Welt und unsere Leben ständig verändern. Was beängstigend und beruhigend gleichzeitig ist.«

Josh lehnt sich zurück, legt den Kopf in den Nacken und blickt an die Decke. »Wieso besteht eigentlich das ganze Sein aus diesen Paradoxa?«

»Wäre sonst langweilig«, meine ich lachend.

»Kann bitte jemand auftauchen und mir sagen, was ich tun soll? Das würde mir helfen.«

»Fang doch einfach an«, schlage ich vor, weil ich das Gefühl habe, dass Josh jemanden braucht, der ihm den letzten Stoß gibt. Würde er die Idee wirklich verabscheuen, hätte er sie längst verworfen. Dass sie ihn derart beschäftigt, spricht eigentlich Bände.

»Womit?«

»Der Planung. Lass uns notieren, wie du dir das Ganze vorstellst, einen Businnessplan entwerfen und sehen, ob wir von der Bank oder Investoren Geld bekommen.« Auf einmal bin ich selbst Feuer und Flamme für die Idee. Ich liebe es, Dinge zu gestalten und mir Konzepte zu überlegen. Bereits jetzt sehe ich die ersten Zimmer vor mir – ganz im Stil der Regency-Ära. »Wie stellst du dir dein Hotel vor?«

»Elegant, aber familiär. Die Gäste sollen sich gerne an ihren Aufenthalt erinnern, er soll im Gedächtnis bleiben. Das Haus mit seiner Vorgeschichte eignet sich hervorragend, um es im Stil von Jane Austen herzurichten.«

»Dann bekomme ich ja vielleicht doch einen Mr Darcy«, ziehe ich ihn auf.

Josh wendet mir das Gesicht wieder zu und lacht. »Vielleicht.«

Vor meinem inneren Auge sehe ich die Angestellten in Regency-Kleidern durch die Flure wandeln. Draußen können wir den verwilderten Garten herrichten und vielleicht sogar Tiere anschaffen. Pferde zum Ausreiten, Hasen zum Streicheln, Katzen zum Kuscheln.

»Klingt himmlisch«, sage ich. »Keine Ahnung, ob es etwas in der Art bereits gibt, aber das Konzept dürfte funktionieren. In Zeiten von *Bridgerton* und Co. erst recht.«

Josh steht auf, geht zu der Schublade, aus der ich das Besteck geholt habe, und zieht den Schrank darunter auf. Daraus holt er ein Notizbuch und Stifte hervor. »Lass uns beginnen.«

»Jetzt?«

»Ja, jetzt.«

Enthusiastisch schlägt Josh die erste Seite auf. »Selbst wenn es nur Überlegungen sind, macht es Spaß, die Gedanken schweifen zu lassen. Es gibt ein Ziel, auf das ich hinarbeite, und auf das ich mich freue. Außerdem ist heute genauso gut wie morgen oder übermorgen.«

Er hat recht. Wenn wir die Planung verschieben, finden wir uns möglicherweise in der gleichen Spirale wieder, in der ich seit Wochen stecke. Weil ich das Problem lieber verdränge, anstatt mich damit zu beschäftigen. Denn die Wahrheit tut weh.

»Gut«, meine ich daher und stütze die Ellbogen auf dem Tisch ab. »Was hältst du von einer ersten Mindmap mit Ideen? Wir notieren jedes Konzept, das uns in den Sinn kommt.«

»Wie zum Beispiel ein Marvel-Hotel?«

»Scheiße, ja. Schreib das auf, ich will das! Ein Iron-Man-Zimmer, alles im Stil von Tony Stark. Teuer und pompös.«

Josh lacht. »Wird gemacht.«

Kapitel 14

Eine Überraschung kommt selten allein

»Was soll das heißen, du hast Unterschriften gesammelt? Wofür?« Ava steht mir gegenüber. Wir haben gerade die letzten Dinge vom Festplatz geholt, weil heute die Zelte abgebaut werden sollen. So sehr ich die Zeit genossen habe, so froh bin ich nun, dass Ruhe in Coverporth einkehrt. Zusammen tragen wir eine Kiste mit verschiedenem Kram zu meinem Wagen. Zwischen Milchkännchen, Tellern und anderem Geschirr finden sich auch ein Schraubenzieher und sogar ein Wollknäuel. Keine Ahnung, wo das herkommt.

»Damit Josh sieht, wie viele von uns wollen, dass die Innenstadt bleibt, wie sie ist«, erklärt Ava. Zwar bin ich froh, dass sie lediglich Unterschriften gesammelt hat, allerdings war das Unterfangen total sinnlos, da hätte sie ihre Zeit besser nutzen können. »Wir protestieren auch vor Grover Hall.«

»Was?«, entfährt es mir. »Denkst du, das ist hilfreich?« Mir weicht sämtliches Blut aus dem Gesicht und mir wird schwindelig. Momentan stehen die Chancen gut, dass Josh sein Erbe behält und ein Hotel daraus macht. Sollte Ava ihn allerdings unter Druck setzen ... könnte sein Entschluss wanken. Das ist das Letzte, was Josh braucht. Bloß – wie verklickere ich das Ava, ohne ihr von Joshs Idee mit dem Hotel zu erzählen? Wir waren uns einig, dass das genau wie unser Beziehungsstatus – der noch unbestimmt ist – ein Geheimnis bleiben soll, bis Josh sich hundertprozentig sicher ist.

»Wenn ich mich richtig erinnere, hast du große Reden geschwungen, dass wir etwas tun müssen. Natürlich ist der Protest ein kleiner Tropfen auf dem heißen Stein. Allerdings ist tatenlos zusehen, wie die Dinge den Bach runter gehen, keine Option«, entgegnet Ava.

»Genau, deswegen versuche ich Josh doch davon zu überzeugen, wie großartig Coverporth ist.«

Ava schnaubt. »Und wie funktioniert das?«

»Gut!«

»Sicher? Oder hast du viel mehr das Ziel aus den Augen verloren, als du dich in Josh verliebt hast?« Ava mustert mich wissend, während mir die Luft wegbleibt. Eigentlich sollte es mich weniger überraschen. Dieses Dorf hat seine Augen und Ohren überall. Trotzdem murrt es in meinem Magen. »Schau nicht so schockiert. Hast du geglaubt, du könntest das vor mir verbergen? Seit Tagen grinst du wie ein Honigkuchenpferd, hängst mit deinen Gedanken entweder in der Luft oder zwischen den Seiten deines Notizbuchs. Ich freue mich für dich, aber es geht hier um unser Leben, Carla. Maggie verliert ihr Café, ich den Arbeitsplatz. Erwing hat die besseren Argumente, Geld regiert nun mal die Welt.«

»Josh ist anders. Für ihn ist das Geld nur zweitrangig«, versichere ich und ignoriere den Rest, den sie gesagt hat. Darüber können wir später sprechen. »Und ich würde euer Glück niemals über das eigene stellen. Selbst wenn ich in Josh verliebt wäre, würde ich dafür kämpfen, dass wir eine Lösung finden, die alle glücklich macht.«

Ava lacht freudlos. »Alle glücklich macht? Die Zeit, in der ich an Märchen geglaubt habe, ist endgültig vorbei.«

Wir sind am Auto angekommen und ich betätige den Knopf, der den Kofferraum öffnet. Zusammen hieven wir die Kiste hinein, dann steigt Ava auf der Beifahrerseite ein, ohne ein weiteres Wort zu sagen. Seit Tagen ist ihre Stimmung im Keller. Die Fröhlichkeit ist verschwunden und einer Frustration gewichen, die sie angriffslustig macht.

Seufzend setze ich mich neben sie, drücke den Knopf und der Motor startet. Maggies Mini lässt sich leicht wie immer aus der Parklücke lenken, lediglich die angespannte Stimmung im Inneren des Autos drückt mir auf die Laune.

»Bitte«, sage ich zu Ava, nachdem ich in der Nähe der *Cookieteria* geparkt habe, »warte etwas mit deiner Aktion.«

»Wieso?«

»Weil sich die Dinge womöglich von allein zum Guten wenden.«

Zweifelnd wendet Ava sich mir zu. Ihre Stirn liegt in Falten, hunderte Fragen stehen in ihren Augen. »Von allein?«

»Bitte, Ava.«

Schweigen kehrt ein und ich rechne mir aus, wie hoch die Chancen sind, dass Ava einlenkt. Eventuell macht es mehr Sinn, mit Maggie zu sprechen. Ihre Meinung hat Gewicht bei Ava, auf Maggie wird sie hören. Zumindest hoffe ich das.

»Gut, aber sollte ich Josh erneut mit Erwing sehen ...« Sie lässt den Satz in der Luft hängen, wir wissen beide, wie er enden würde.

Dankbar nicke ich. »Verstehe, dann machst du Josh die Hölle heiß.«

»Genau«, entgegnet sie. Allerdings klingt es bei ihr weniger nach einem Scherz. »Du kannst direkt nach Hause fahren, den Rest schaffe ich allein. Danke, dass du die Schicht morgen übernimmst.«

Ich nicke. »Alles klar, dann kann ich den Nachmittag mit Maggie verbringen.«

Winkend verabschiede ich mich von Ava, nachdem sie die Kiste aus dem Kofferraum geholt hat, und mache mich auf den Weg zum Cottage. Dort parke ich direkt vor unserem kleinen Gartentor. Mit den Gedanken hänge ich zwischen Josh und Ava fest. Es ist schwer, beiden gerecht zu werden, ohne den anderen zu enttäuschen. Hat Ava recht? Bin ich in Josh verliebt? Ich ziehe meine Tasche zu mir, greife nach dem Notizbuch. Mittlerweile ist es beinahe voll und ich schlage eine freie Seite im hinteren Teil auf. Bevor ich jedoch die Gedanken notiere, blättere ich durch die Notizen der letzten Tage. Tut Josh mir gut? Verbringe ich gerne Zeit mit ihm? Denke ich beinahe jede Sekunde an ihn?

Ja.

Scheiße, ich bin wirklich verliebt.

Still und heimlich hat sich das Gefühl in mein Herz geschlichen. Insgeheim habe ich es die ganze Zeit gewusst. Von der ersten Sekunde an habe ich mich in Joshs Nähe wohlgefühlt. Und mein aberwitziger Versuch, der Sache keinen Namen zu geben oder es vor den anderen zu verbergen, um mich der Realität nicht stellen zu müssen, konnte daran auch nichts ändern. Vielleicht versuche ich die Wahrheit auch zu verdrängen, weil ich mich schäme, von einer Beziehung in die nächste zu schlittern. Dabei bin ich glücklich. Josh, die Zeit mit Maggie und sogar die Arbeit im Café sorgen dafür, dass meine Tage wieder einen Sinn haben. Deswegen tue ich etwas, das ich in letzter Zeit vermieden habe. Ich zücke das Handy, rufe Instagram auf und mache einen Boomerang in der Story: von dem Notizbuch vor der wunderschönen Landschaft Cornwalls. Denn diesen Moment möchte ich teilen. Zwar bin ich noch unsicher, was diese Empfindungen in mir zu bedeuten haben, trotzdem genieße ich sie. Denn es sind nicht nur Fragezeichen, da sind plötzlich auch Ausrufezeichen.

»Carla?«, ruft Maggie mir entgegen, als ich die Tür öffne. Ich verdrehe die Augen, denn außer mir besitzt niemand einen Schlüssel für das Cottage.

»Ja, bin zurück.«

Aus dem Wohnzimmer dringt leise Musik. Maggie sitzt auf dem Sofa vor der Switch, die ich ihr gekauft habe, um ihre Langeweile zu vertreiben.

Lächelnd betrachte ich sie. »Zuerst schlüpfe ich in was Bequemes, danach koche ich uns Spaghetti mit Fleischbällchen.«

»Lecker«, kommentiert Maggie und ich gehe Richtung Flur. Natürlich weiß ich, dass es ihr Lieblingsessen ist.

»Oder wir bestellen beim Italiener in der Stadt und ich besiege dich stattdessen in Mario Kart.«

»Besiegen?«, wiederhole ich gespielt schockiert, bleibe stehen, drehe mich zu Maggie. »Mich besiegen? Ein Frischling wie du? Niemals. Peach und ich sind ein super Team, wir gewinnen jedes Rennen.«

»Das musst du mir beweisen«, fordert Maggie mich heraus und deutet auf den zweiten Controller, den ich direkt dazu gekauft hatte.

Nichts lieber als das. »Gib mir fünf Minuten.« Ich deute hinaus in den Flur und Maggie nickt. In Windeseile schlüpfe ich in eine Jogginghose, die schon bessere Tage gesehen hat, doch dazu, auf dem Sofa herumzuliegen, reicht sie vollkommen aus. Außerdem ziehe ich ein XXL-T-Shirt aus dem Schrank und den Hoodie von Josh, den er mir relativ am Anfang meiner Ankunft gegeben hat, als mir kalt war. Natürlich bekommt er ihn zurück ... irgendwann. Denn das Teil ist innen flauschig und total bequem. Dann hole ich die Flyer des Lieferservices aus der Küche, bestelle Essen und geselle mich zu Maggie, um eine Runde Mario Kart mit ihr zu spielen.

Wir sind vollkommen vertieft, bis uns die Klingel unterbricht. »Endlich«, seufze ich, denn mein Magen knurrt mittlerweile wie eine kleine Raubkatze. Außerdem läuft mir das Wasser allein bei dem Gedanken an die leckeren selbstgemachten Nudeln im Mund zusammen. Aus der Tasche krame ich den Geldbeutel hervor und gehe dann zur Tür.

»Hallo Gi...« Der Rest des Satzes bleibt mir im Hals stecken. »David?« Verwirrt blinzle ich. Habe ich Hallus? Sieht der neue Lieferjunge David ähnlich? Nein, er ist es. Sein Deo steigt mir in die Nase und ich gehe instinktiv einen Schritt zurück. »Was machst du hier?«

»Dich besuchen.« Auf seinen Lippen liegt ein leichtes Lächeln, als wäre er gerade von der Arbeit nach Hause gekommen und würde sich freuen, mich zu sehen. Seit unserer Trennung herrscht Funkstille zwischen uns, was mir allerdings erst in diesem Moment bewusst wird. Das letzte Mal habe ich tatsächlich bei unserem Telefonat direkt nach meiner Ankunft von ihm gehört. Zwar habe ich in der Zwischenzeit viel mit Mimi telefoniert, doch David war nur kurz Teil unseres Gesprächs. Wenn ich ehrlich bin, hat mir der Abstand gutgetan. Ich konnte mich von seinen Erwartungen und Ansichten lösen. Das macht sein Auftauchen jetzt umso seltsamer.

»Mich besuchen? In Cornwall? Wieso?«, frage ich verwirrt. David ist der Typ Mensch, der selbst seinen Urlaub komplett vorab durchplant. Am liebsten kauft er Museumstickets oder Ähnliches schon Wochen früher, sodass wir stets eine To-do-Liste zum Abarbeiten hatten. Entspannung gabs nur selten.

Er mustert mich von oben bis unten, bleibt einen Moment an der Jogginghose hängen. Dann kehrt sein Blick zurück zu dem übergroßen Hoodie und ich verschränke die Arme vor der Brust, wünschte, ich hätte noch die elegante Bluse vom Nachmittag an. Selbst das Haar habe ich nur zu einem wirren Zopf zusammengefasst.

»Seit wann besitzt du eine von denen?« David zeigt auf meine Beine und ich trete intuitiv einen Schritt zurück.

»Schon immer. Hab bloß vermieden, sie in deiner Gegenwart zu tragen.«

»Warum?«

»Weil du mir gesagt hast, dass ich die Kontrolle über mein Leben verloren habe, wenn ich die Zeit besitze, in einer Jogginghose rumzuhängen, ohne dabei Sport zu treiben. Erinnerst du dich?« Meine Stimme ist ausdruckslos, es ist kein Vorwurf, bloß eine Tatsache. Dennoch fühle ich mich auf einmal klein und schwach dabei, David in diesem Aufzug entgegenzutreten. Viel lieber wäre ich wunderschön hergerichtet, um ihm zu zeigen, wie wunderbar es mir geht.

David steckt die Hände in die Taschen seiner Jacken, senkt den Blick. »Wirklich?«

Ich nicke, bleibe stumm. Die Situation ist derart surreal, dass mir die Worte fehlen.

»Darf ich reinkommen?«, fragt er.

»Jetzt?«

David lehnt sich leicht zur Seite, späht an mir vorbei ins Innere. »Bist du gerade beschäftigt?«

»Wir warten auf unser Essen.« Kaum habe ich den Satz beendet, fährt ein Auto vor. Giovanni Jr. lässt den Motor laufen, während er unsere Bestellung vom Beifahrersitz nimmt und zu uns läuft.

»Hey, Carla.« Er reicht mir eine Plastiktüte, deren Griffe verknotet sind. »Das macht fünfunddreißig Euro. Außerdem haben wir euch eine Portion Tiramisu dazu gelegt. Mama hat heute Geburtstag, daher geht das aufs Haus.« Sein Lächeln ist breit, trotzdem mustert er David von der Seite. Immerhin hat mich Giovannis Auftauchen davor bewahrt, David direkt zu antworten, sodass ich meine Gedanken einige Sekunden lang sortieren kann. Ich nehme die Tüte entgegen, stelle sie auf der Bank neben der Tür ab und bezahle Giovanni, der daraufhin winkend verschwindet.

Was will David in Coverporth? Ohne Voranmeldung? Braucht er etwas? Ist er krank? Ist was passiert? Wieso hat er nicht angerufen? Weiß jemand, dass er hier ist? War das eine Spontanaktion?

Der Geruch von frischen Nudeln liegt in der Luft und ich drücke mir die Hände auf den Magen. Will ich wirklich riskieren, dass mein Essen kalt wird, nur damit David sich erklären kann? Nein. »Komm rein.« Ich gehe zur Seite, mache David Platz und er tritt ein. »Maggie ist im Wohnzimmer. Geh doch zu ihr, ich bringe das Essen gleich mit.

David streift sich die Schuhe von den Füßen und tut, wie ihm geheißen. Derweil verschwinde ich in der Küche, schnappe mir Teller und Besteck. Zusammen mit dem Plastikbeutel voller Essen folge ich ihm einige Minuten später.

Stille empfängt mich. Lediglich die Melodie von Mario Kart ist im Hintergrund zu hören. David hat sich ans andere Ende des Sofas gesetzt. Elegant wie immer sitzt er an der Kante, mit beiden Beinen fest auf dem Boden. Auf der anderen Seite liegt Maggie unter einer leichten Decke und mustert den Controller in ihrer Hand. Die Stimmung ist – gelinde gesagt – seltsam.

Vermutlich, weil Maggie sich ebenfalls keinen Reim auf Davids Anwesenheit machen kann. Immerhin habe ich ihr von unserer Trennung erzählt.

»Hast du schon was gegessen?«, frage ich David.

»Eine Kleinigkeit im Hotel.«

Ich deute auf das Buffet auf dem Tisch vor uns. »Dann bediene dich, es ist genug für alle da.«

»Sehr lieb, vielen Dank.«

»Hier«, sage ich zu Maggie und schiebe die Spaghetti in ihre Richtung. »Hast du Urlaub genommen?«, frage ich dann an David gerichtet.

Er nickt. »Eine Woche.«

»Wieso?«

»Wieso?«

Als wir zusammen waren, musste er ständig in der Klinik oder zumindest erreichbar sein. Natürlich sind seine Patienten wichtig und ich verstehe, dass ihre Geschichten ihn berühren und er auf der Karriereleiter nach oben will. Trotzdem hätte ich gern öfter mit ihm Urlaub gemacht.

Statt zu antworten, nicke ich nur, häufe mir etwas von dem Salat und den Tagliatelle auf den Teller.

»Ich brauchte eine Pause«, erklärt David und ich halte inne, wende mich ihm zu. Das klingt nach einer vollkommen anderen Person.

»Ist was passiert?«

David hat sich keinen Millimeter bewegt. Atmet er? Die Wangenmuskulatur ist angespannt, die Zähne hat er fest aufeinandergepresst. Seine Brust hebt und senkt sich langsam. Immerhin. Dennoch ist es offensichtlich: Irgendetwas stimmt nicht.

»Alles in bester Ordnung«, entgegnet David und setzt ein Lächeln auf. Tatsächlich wirkt es echt, unterscheidet sich kaum von dem Lachen sonst. Vielleicht irre ich mich. Selbst wenn nicht, ist es offensichtlich, dass David mir die Wahrheit momentan nicht sagen möchte.

Ihn zu drängen bringt uns keinen Millimeter weiter. Er wird sich offenbaren, wenn er so weit ist.

Maggie lehnt sich nach vorne, greift nach der Schale mit den Spaghetti. »Esst, bevor es kalt wird.« Nachdem sie sich wieder zurückgelehnt hat, schaltet sie den Fernseher ein. Das Geplapper der Nachrichtensendung füllt die Stille, sodass ich es aufgebe, eine Unterhaltung mit David führen zu wollen, auch wenn ich neugierig bin, zu erfahren, was er hier tut.

Obwohl die Nudeln hervorragend schmecken, bekomme ich kaum einen Bissen runter. David hat all die alten Ängste mit sich gebracht. Seine Anwesenheit rüttelt an der Mauer der Verdrängung, die ich erfolgreich aufgebaut habe.

Ich ziehe mir eine Decke über die Beine und greife nach einem Kissen, das ich umklammere. Es spendet mir Trost und verbirgt meinen Aufzug vor David, denn irgendwie schäme ich mich dafür. David bedeutet sein Aussehen unglaublich viel. Auftreten ist alles. Was muss er gerade über mich denken?

Halt! Bin ich bescheuert? Es spielt überhaupt keine Rolle, was David denkt. Bis vor einer halben Stunde hatte ich einen tollen Abend, hatte Spaß mit Maggie und habe mich vollkommen wohlgefühlt. Das ändert sich, weil David den Raum betritt? Sicher nicht. Selbst wenn er den Aufzug schäbig findet, ist das sein Problem.

»Am besten gehe ich«, sagt David auf einmal und steht auf.

»Wohin?«

»Ins Hotel.«

Natürlich, die Frage war dämlich. Irgendwie bin ich davon ausgegangen, dass David hier übernachten wird. Beinahe lache ich, denn zum einen hat er keinen Koffer dabei, zum anderen hasst er es, in fremden Wohnungen zu schlafen. Selbst wenn wir seine Eltern oder seine Schwester besucht haben, waren wir stets im Hotel. Dabei lebt seine Mutter zusammen mit ihrem neuen Ehemann in einer Villa, die wahrscheinlich einen ganzen Kindergarten oder eine Grundschule problemlos beherbergen könnte.

Ich lege das Kissen zur Seite, erhebe mich ebenfalls. Unschlüssig verschränke ich die Hände ineinander. »Okay, soll ich dich fahren?«

»Nein«, winkt David ab. »Hab einen Mietwagen. Danke fürs Essen. War nett, dich wiederzusehen, Maggie.« Er geht zu ihr, reicht ihr die Hand. Dann läuft er voraus in den Flur und ich wechsle einen Blick mit meiner Tante, die lediglich die Schultern zuckt, bevor ich ihm folge. Vor der Haustür schlüpft er in seine Schuhe. Wie kann er so gelassen sein, wenn die ganze Situation so unfassbar seltsam ist. Am liebsten würde ich ihn schütteln, damit er mir endlich sagt, was er in Coverporth sucht.

Seine Hand liegt bereits an der Klinke. »Sehen wir uns morgen?«

»Ich arbeite bis am Nachmittag in der *Cookieteria*.«

Tausend neue Fragen gehen mir durch den Kopf. Wie lange bleibt er? Was will er? Und wieso zu Hölle ist er hier? Allerdings behalte ich sie vorerst für mich. Ich kenne David, er wird mir jetzt gar nichts sagen, das hat er bereits vorhin deutlich gemacht. Deswegen verschränke ich lediglich die Arme vor der Brust, mustere ihn.

Er drückt die Klinke nach unten. »Gut, ich melde mich.«

»Okay«, entgegne ich. Bevor ich wider besseren Wissens dennoch einen weiteren Versuch starten kann, Antworten zu bekommen, ist er verschwunden. Das Klicken der Tür, die er hinter sich schließt, hallt in meinen Ohren nach und ich gehe zu dem kleinen Fenster, blicke ihm hinterher. Die feinen Härchen im Nacken stellen sich auf, als ich mich umdrehe und tief durchatme.

Neben Maggie sinke ich zurück auf Sofa. Mittlerweile hat sie das Programm gewechselt und Downtown Abby läuft im Hintergrund, verschwimmt zu einem Rauschen.

»Kannst du das Fenster öffnen?«, bittet sie nach einer Weile. »Vielleicht verfliegt dadurch die Anspannung.«

»Ist es dir auch aufgefallen?«

»Kind, selbst die Nachbarn sind wahrscheinlich erschaudert. Ich mag David, er ist nett und zuvorkommend, doch heute … hat ihn eine Aura umgeben, die selbst der Tod fürchten würde.« Kurz muss ich bei dem Gedanken schmunzeln, stehe auf und gehe zum Fenster. Frischer Wind dringt ins Innere des Zimmers, nimmt tatsächlich ein bisschen die angestaute Stimmung mit sich.

»Ich bin gespannt, was David hier will«, murmle ich leise.

»Ist das nicht offensichtlich?«

Interessiert ziehe ich die Augenbrauen zusammen.
»Ist es?«

»Er will dich zurück.«

Ich breche in Gelächter aus, doch Maggie bleibt ernst.
»Niemals. Das passt nicht zu David. Außerdem haben
wir seit unserer Trennung kein einziges Mal miteinander gesprochen. Wieso sollte er so plötzlich hier auftauchen, um mich zurückzugewinnen? Außerdem hätte er
das doch direkt sagen können, oder?« Ich schüttle den
Kopf. »Da steckt was anderes dahinter.

»Wie du meinst. Früher oder später wirst du es erfahren. Was hältst du davon, wenn wir uns die Zeit bis dahin mit einer weiteren Runde Mario Kart vertreiben?«

Ich grinse, sinke aufs Sofa und greife nach dem Controller. »Bereit, erneut zu verlieren?«

»Warts nur ab.«

Kapitel 15

Danke Hirn. Für nichts.

»Einen Kaffee mit Milch bitte«, bestellt Mary Harding. Erneut sitzt sie mit ein paar Frauen in der *Cookieteria*. Jeden Freitag treffen sie sich hier zum Frühstück. Wobei die Besetzung von Woche zu Woche wechselt, lediglich Mary ist jedes Mal dabei. Wahrscheinlich ist sie der Dreh- und Angelpunkt der Gruppe. »Außerdem Eier und Speck.«

Ich notiere mir die Bestellung auf einem Block. »Toast, keine Butter?«

»Genau.« Fröhlich grinst Mary. »Schön, dass du dir das gemerkt hast.« Sie deutet auf mein Haar. »Mir gefällt deine Frisur.«

»Danke«, erwidere ich und streiche mir eine imaginäre Strähne hinters Ohr. Heute Morgen habe ich mir die Zeit genommen, Make-up aufzulegen und mir das Haar hochzustecken. Ich würde mir gerne einreden, dass ich es meinetwillen getan habe und nicht, um mich vor David besser zu fühlen, doch das wäre eine Lüge.

Die Türklingel kündigt einen neuen Gast an und ich werfe einen Blick über die Schulter. Josh steht in der Tür, lächelt mir entgegen. Schnell nehme ich die restlichen Bestellungen auf und gehe hinter die Theke, gebe alles an Mark weiter, der heute in der Küche steht und das Essen zubereitet.

»Was machst du hier?«, frage ich Josh, nachdem ich die erste Runde Kaffee zu Marys Gruppe gebracht habe. Er hat eine zusammengerollte Zeitschrift unter dem Arm, die er auf dem Tisch ablegt. Nervös sehe ich mich um, reibe die Hände an der Schürze trocken.

»Nette Begrüßung. Von Kundenbindung versteht die *Cookieteria* wirklich etwas.«

Ich lache und meine Anspannung verfliegt auf einmal. Josh ist es egal, ob Ava oder einer der Ladenbesitzer im Ort ihn bei uns sehen. Er nimmt es in Kauf, ein unangenehmes Gespräch führen zu müssen, um mich zu sehen. Denn hier gehen viele seiner Pächter ein und aus. Jemand könnte ihn auf die Lage ansprechen oder versuchen, ihn zu überreden, den Besitz zu behalten. Genau das also, wovor Josh flüchtet. Mein Herz macht vor Freude einen Sprung.

»Was kann ich dir bringen? Geht aufs Haus.«

»Womit habe ich das verdient?«

Ich stemme die Hände in die Hüfte. »Ehrlich, man kann es dir nie recht machen. Erst bin ich zu unfreundlich und jetzt *zu* freundlich?«

Ergeben hebt Josh die Hände. »Schon gut, wenn du unbedingt willst, kannst du das Essen bezahlen. Allerdings werfe ich dann lieber einen Blick in die Karte.«

»Wieso?«

»Na, weil ich nun aufhören kann, aufs Geld zu achten, und endlich den großspurigen Lebensstil ausleben darf, den ich verdiene.« Dabei bleibt er vollkommen ernst, schlägt die Karte auf, reckt die Nase ein Stück und sucht sich seine Bestellung aus. Ich breche in schallendes Gelächter aus.

»Der reiche Schnösel steht dir«, ziehe ich ihn auf und kehre ihm dann den Rücken. Plötzlich steht David vor mir. Wann ist er reingekommen? Wieso habe ich die blöde Klingel nicht gehört? Ist sie ausgefallen? Ich werfe einen Blick zur Tür. Nein, dort oben hängt sie, kündigt jeden Gast, der die *Cookieteria* betritt, an. Nur diesen einen nicht. Elendiger Verräter.

»David«, murmle ich und switche automatisch ins Deutsche. »Guten Morgen.«

»Hey, hast du gut geschlafen?«

Ich nicke. »Du?«

»Ja, das Hotel ist ruhig gelegen, das Bett erstaunlich bequem.«

Obwohl es erst kurz nach zehn ist, sieht er aus, als würde er gerade von einem wichtigen Geschäftstermin kommen. Er hat sich in eine dunkle Leinenhose und ein weißes Hemd geworfen, was seine Definition von leger ist. Das Haar ist nach hinten geföhnt. Dennoch ist etwas anders. Um seine Augen liegt ein Zug, den ich nie zuvor an ihm gesehen habe.

»Setz dich«, schlage ich vor.

Er nickt, sieht sich um. »Schön hier. Passt gar nicht zu deiner Tante.«

»Äh«, entfährt es mir. Mit Sicherheit kam das falsch rüber, denn er hat recht, Maggie ist eher der alternative

Typ, während das Café Eleganz im Vintage-Stil versprüht. Dennoch war seine Bemerkung daneben.

Gerade, als ich zur Theke gehe, fällt mir Josh wieder ein. Ach je. Schnell gehe ich zu ihm zurück. »Und? Bereit, mich in den Ruin zu treiben?«

»Seltener war ich zu etwas mehr bereit.«

Ich lache, schiebe mir eine Strähne hinters Ohr. »Also los, was darfs sein?«

»Ein Milchkaffee, eine Frühlingslimo und das Omelett bitte.«

»Das wars?«

Josh legt den Kopf leicht zur Seite. »Vorerst.«

»Kommt sofort.«

Bevor ich zurück hinter die Theke husche, schaue ich bei David vorbei, sodass ich die Getränke gleichzeitig zubereiten kann. »Hast du dich entschieden?« Beinahe hätte ich englisch mit ihm gesprochen. Der Wechsel ist wirklich anstrengend.

»Machst du das Essen?« Ich wünschte, er hätte scherzhaft gefragt, leider ist es sein Ernst und ich bin versucht, ihn anzulügen. Allerdings ist die Frage berechtigt, da ich wirklich keine gute Köchin bin.

»Nein, jemand anderes steht in der Küche. Ich bin für den Kaffee zuständig.« Ungeduldig tippe ich mit der Spitze des Kugelschreibers gegen das Papier. »Bevor du fragst, ich habe eine ausführliche Einweisung bekommen und mehrere Tage eine Art Barista-Kurs absolviert.«

David lächelt. »Scheint, als wäre ich in guten Händen.« Endlich kann ich seine Bestellung aufnehmen. Mit klopfendem Herzen bereite ich die Getränke zu, bringe David zuerst seinen schwarzen Kaffee und gehe dann weiter zu Josh.

»Entschuldige, hat etwas länger gedauert. Trotzdem mit Liebe gemacht«, sage ich. Langsam stelle ich zuerst die Limo, dann den Milchkaffee vor ihm ab. Mit der Schaumfigur habe ich mir wirklich Mühe gegeben, auch wenn das Herz ein bisschen verwackelt ist. Josh mustert zuerst die Tasse, dann mich. Schlussendlich zieht er die Augenbrauen in die Höhe. »Na gut, das Herz könnte schöner sein … der Geschmack bleibt zum Glück derselbe.«

»Carla?« Seine Stimme ist belustigt und verwirrt zugleich, deswegen nicke ich nur. »Ich verstehe kein Wort.«

Scheiße, erst jetzt wird mir bewusst, dass ich die ganze Zeit deutsch gesprochen habe. Hitze schießt mir in die Wangen und ich senke den Blick. »Entschuldige. Mein Schädel ist komplett durcheinander. Bei David wollte ich gerade englisch sprechen … der Wechsel zwischen den Sprachen … ist eine Herausforderung.« Um die Peinlichkeit zu überspielen, plappere ich wild drauf los. Ohne Filter kommen mir die Gedanken über die Lippen, während ich am liebsten im Erdboden zu versinken würde. Nach einigen Momenten schaffe ich es, meinen Mund zum Schweigen zu bringen.

Josh hat die Stirn in Falten gelegt und versucht angestrengt, ein Grinsen zu verbergen. »Schön, dass du bereits in der fünften Klasse die Beste im Englischunterricht warst.«

Innerlich klatsche ich mir mit der Hand gegen die Stirn. Danke Hirn. Für nichts. »Tut mir leid. Am besten verschwinde ich in der Küche und suche mir dort ein schwarzes Nichts, in das ich verschwinden kann.«

»Carla.« Josh greift nach meinem Handgelenk. »Gehts dir gut?«

Seine Frage überrascht mich. Viel mehr hätte ich damit gerechnet, dass er sich über mich lustig macht. Davids Ankunft drückt mich zurück in alte Denkmuster, denn natürlich würde Josh niemals über das peinliche Gequassel lachen. Ihm ist es auch egal, ob ich eine Jogginghose trage oder mein Haar frisiert ist. Eine Sekunde horche ich in mich, merke, wie angespannt ich bin. Jeder Muskel ist im Stress. Deswegen atme ich tief durch, nehme mir bewusst einen Moment und konzentriere mich nur auf Joshs Berührung. Wärme flutet mich, legt sich über die Nervosität und begräbt sie unter sich, bis nichts als Ruhe zurückbleibt.

»Danke, es geht«, antworte ich und meine es.

»Gut.« Er lässt mich los und ich schenke ihm ein Lächeln, verschwinde in die Küche, um nach den Bestellungen zu schauen. Da in den letzten Minuten mehrere Gäste auf einmal gekommen sind und Frühstück bestellt haben, ist Mark in Eile. Ich gehe ihm zur Hand, werfe ab und zu einen Blick nach draußen, um Neuankömmlinge zu begrüßen.

Sobald die erste Bestellung für Marys Gruppe fertig ist, bringe ich sie zu dem Tisch. Die Damen schnattern laut vor sich hin, nehmen kaum Notiz von mir. Dann greife ich nach Davids Toast und ... sein Platz ist leer. Weder von ihm noch seiner Tasse eine Spur. Habe ich mir das Ganze bloß eingebildet? Mein Herzschlag beschleunigt sich und ein ungutes Gefühl überfällt den

Magen. Verwirrt sehe ich mich um. Die meisten anderen Tische sind besetzt. Ist er kurz nach draußen ... Halt. Nein. Was? Ich schließe die Augen, blinzle. Erneut schweift mein Blick zu Joshs Tisch. Dort sitzen nun zwei Männer. Vor ihnen ein aufgeschlagenes Magazin. Sie beugen sich über die Zeitschrift.

Liebes Universum, willst du mich verarschen?

Obwohl die beiden Männer vollkommen unterschiedlich sind, sitzen sie zusammen und unterhalten sich angeregt. Was mache ich jetzt? Hingehen? Weglaufen? So tun, als würde ich keinen von beiden kennen?

Der Teller in meiner Hand wird schwer, daher gehe ich zu dem Tisch, stelle das Essen ab.

»Einmal Eier mit Speck«, sage ich und lasse den Blick zwischen den beiden hin und her schweifen. Beide sehen synchron auf.

»Danke.« David zieht den Teller zu sich. »Kannst du mir noch einen Kaffee bringen?«

»Klar.« Anstatt zurück zur Theke zu gehen, bleibe ich stehen, suche nach Worten.

Josh rettet mich, indem er auf die Zeitschrift zeigt und die Frage beantwortet, die ich außerstande war zu stellen. »David dachte, ich hätte eine Zeitung und wollte sie ausleihen. Dabei haben wir festgestellt, dass wir beide gern den Podcast von BBC zu ungelösten Mordfällen in der Geschichte hören.«

Leider wirft diese Erklärung weitere Fragen auf. Allerdings entschließe ich mich dazu, sie erst einmal herunterzuschlucken. Stattdessen nicke ich, gehe in die Küche und hole Joshs Essen. Sobald ich es vor ihm abgestellt habe, ziehe ich den letzten verbliebenen Stuhl hervor und setze mich. Ob das die richtige Entscheidung war oder ich lieber das Weite hätte suchen sollen – ich werde es herausfinden.

Die Türklingel kündigt das Eintreten eines neuen Gastes an. Ava kommt ins Innere. Wunderbar, das Chaos ist damit komplett. Auf ihren Lippen liegt ein Lächeln. Es verrutscht eine Sekunde, als sie mich zusammen mit Josh sieht. Doch sie fängt sich schnell, kommt zu uns.

»Carla, Joshua«, begrüßt sie uns und bleibt mit dem Blick an David hängen.

Keine Ahnung warum, aber ich stehe auf und deute auf meinen Ex-Freund. »Das ist David. Ein Freund aus Deutschland. Er ist momentan zu Besuch.«

»Nett, dich kennenzulernen«, sagt Ava und reicht ihm die Hand. »Ich bin Ava.« Dann wendet sie sich mir zu. »Kann ich dich kurz sprechen?«

»Klar.« Sofort schnellt mein Herzschlag in die Höhe. Nun wird sie mir erneut vorwerfen, dass ich den Fokus verloren habe, weil mir die Gefühle zu Josh in die Quere kommen. Unsicher folge ich Ava nach hinten. Mir ist auf einmal unsäglich kalt. Wir gehen den schmalen Gang an der Küche und den Toiletten vorbei in den Vorratsraum.

Die Tür hinter mir ist kaum ins Schloss gefallen, da dreht Ava sich abrupt um und ich bin bereit für die Frage, was mir einfällt, Josh in die *Cookieteria* mitzubringen und ihn auch noch nett zu bedienen. Stattdessen schließt sich mich in die Arme. Ihre Armbänder klimpern und drücken sich in meine Haut. Das Geschnatter der Gäste dringt zu uns und meine Augen gewöhnen sich langsam an das dämmrige Licht. Der kleine Raum hat nur ein winziges Fenster, das kaum Helligkeit ins Innere lässt. Zumal ein Regal davorsteht, das mit haltbaren Lebensmitteln gefüllt ist.

»Es tut mir leid«, nuschelt Ava endlich. »Ich bin durchgedreht und habe die schlechte Laune an dir ausgelassen. George hat mir erzählt, dass er heiraten wird. Heiraten. Kannst du dir das vorstellen? Dabei dachte ich, wenn er zurückkäme ...« Avas Stimme bricht und meine Erstarrung löst sich. Ich drücke sie fest an mich, fahre ihr sanft über den Rücken. »Deswegen musste ich mich ablenken, habe mich total auf die Sache mit Josh gestürzt und habe den Frust komplett an dir ausgelassen. Das tut mir so leid. Bitte verzeih mir.«

»Natürlich«, entgegne ich, löse mich ein Stück von ihr und wische eine Träne von ihrer Wange. »Du kannst mit mir reden, weißt du?«

»Danke.« Erneut umarmen wir uns, und Ava drückt ihr Gesicht an meine Schulter. »Du hast dich also in Josh verliebt?«

Der Themenwechsel überrascht mich, allerdings passt er zu Ava. Ihre Gedanken hüpfen so schnell wie Ping-Pong-Bälle umher.

Verlegen schließe ich die Lider, halte Ava fest, obwohl sie Abstand zwischen uns bringen will. Ihr jetzt in die Augen zu schauen wäre zu viel. Würde mich davon abhalten, die Wahrheit zu sagen.

»Möglich«, gestehe ich schließlich und Ava kreischt mir ins Ohr. »Du freust dich?«

»Ava, deine Freundin, freut sich unfassbar. Ava, die um ihren Job fürchtet, steht dem mit gemischten Gefühlen gegenüber. Im Moment hat allerdings deine

Freundin die Oberhand.« Endlich lasse ich sie los und erkenne die Ehrlichkeit in ihrem Lachen.

»Ich dachte, du hasst Josh.«

»Hass ist viel zu viel. In den letzten Wochen habe ich etwas übertrieben, was ihn anging. Er ist bestimmt kein schlechter Mensch. Wir alle treffen Entscheidungen, die wir eventuell bereuen oder die anderen ein Dorn im Auge sind. Trotzdem können wir gute Absichten haben.«

Stimmt. Manchmal versteift man sich so sehr auf eine Sache, dass man plötzlich nur noch die schlechten Dinge an einer Person sieht. Wahrscheinlich geht es Ava und den anderen Pächtern so, weil sie um ihre Existenz fürchte. Dass Ava unsere Beziehung akzeptiert, erleichtert mich. Trotzdem habe ich gemischte Gefühle. Selbst jetzt, wo ich weiß, dass Ava keinen Groll gegen mich hegt, sind da Dinge, die gegen diese Beziehung sprechen. Ich lebe in Deutschland, Josh hier. Wir haben völlig verschiedene Leben, die wir vereinen müssten. Vielleicht sollte ich erst mal mein eigenes auf die Reihe bekommen, bevor ich jemanden mit mir ins Chaos ziehe.

»Denkst du wieder zu viel?«, fragt Ava und tippt mir gegen die Stirn.

»Kannst du mir erklären, wie ich das abschalte?«

Sie nickt. »Go with the flow.«

»Go with the flow?«

»Ja, konzentriere dich auf andere Dinge und nimm das Leben, wie es kommt.«

Nachdenklich verziehe ich die Oberlippe. »Das klingt nach Verdrängung.«

»Nein, im Gegenteil. Du bist offen, du akzeptierst das Leben. Probleme und Herausforderungen wird es immer geben. Wieso machst du dir jetzt Gedanken darum, was passieren wird, wenn es sowieso passiert? Anstatt dich heute zu sorgen, was morgen kommt, kannst du die Gegenwart genießen und das Problem der Zukunft später lösen.«

Ich grinse. »Also für mich klingt das immer noch wie Verdrängung.«

»Nenn es, wie du magst.« Sie zuckt mit den Schultern. »Aber es funktioniert. Bei mir zumindest.«

»Was rätst du mir also, wenn da draußen gerade der Ex-Freund und der potenzielle neue Freund Freundschaft schließen?«, will ich wissen.

»Konzentriere dich auf ... was?« Ava hält mitten im Satz inne, die Stirn in Falten gelegt, den Mund überrascht geöffnet. »David ist dein *Ex*? Sagtest du nicht *ein* Freund?«

»Erwartest du, dass ich ihn vor Josh meinen Ex-Freund nenne?«

»Seit wann seid ihr getrennt?«

»An dem Tag, an dem ich gelandet bin, haben wir Schluss gemacht. Allerdings waren wir davor schon unglücklich. Er war einer der Gründe, wieso ich nach Cornwall gekommen bin.«

»Okay, dann will er dich zurück?«

»Das glaube ich kaum. Allerdings ist etwas im Busch. David verhält sich seltsam.«

»Dann lass mich dir einen Tipp geben. Einfach weitermachen. Wir konzentrieren uns nun auf die Geburtstagsfeier von Maggie und schauen, was passiert.«

Schauen, was passiert? Total meine Stärke. Nicht. Ich lasse den Blick schweifen, versuche, die Gedanken zu ordnen.

»Vertrau mir. Vieles regelt sich von allein, wenn du dem Universum eine Chance gibst«, sagt Ava.

»Dem Universum? Ich glaube, das schließt eher Wetten darauf ab, wie chaotisch mein Leben noch werden kann, bevor ich mit einem großen Knall untergehe.«

Ava legt mir eine Hand auf die Schulter. »Möglich, aber hab wenigstens Spaß dabei.«

»Ich versuche es.«

»Gut.«

Wir verlassen den Abstellraum und ich kümmere mich um die Anliegen der Gäste. Ava geht zu Mark in die Küche, hilft ihm beim Abspülen. Währenddessen behalte ich David und Josh im Auge. Sie unterhalten sich weiterhin angeregt. Wie lange dauert ein Gespräch über einen Podcast?

»Ava, kümmerst du dich ein paar Minuten um den Laden?« Ohne den Blick von den Männern zu nehmen, beuge ich mich in die Küche. Mir ist es nicht geheuer, wie gut David und Josh sich verstehen. Außerdem sollte Josh im besten Fall von mir erfahren, wie nahe ich David wirklich stand.

»Ja, klar«, sagt Ava und kommt mir entgegen.

Sobald sie neben mir ist, ziehe ich mir die Schürze über den Kopf, nehme das Wasserglas und gehe zu dem Tisch.

»Gehts euch gut?«

David nickt. »Wir haben herausgefunden, dass wir noch mehr gemeinsam haben.«

Mein Blick wandert zwischen den beiden hin und her. Josh grinst. In meinem Magen rumort es. Bitte sag nicht, dass ich es bin. Bitte, liebes Universum. Stehe einmal auf meiner Seite.

Meine Muskeln sind angespannt, David öffnet den Mund und es kommt mir vor, als würde alles in Zeitlupe ablaufen.

»Wir haben beide ...«, ich presse die Lieder zusammen, halte die Luft an, »genug vom Mediziner-Dasein.«

»Zum Glück«, entfährt es mir und ich muss ein Lachen unterdrücken. Beide schauen verwirrt zu mir.

Ava taucht plötzlich neben mir auf. »Ich dachte, er würde sagen, dass sie beide Sex mit dir hatten.«

»Ava«, fluche ich und lege die Hand über ihren Mund. Sie leckt über meine Haut. Angeekelt lasse ich los.

»Jetzt ist dein Problem geklärt, wie du es den beiden sagen sollst.«

Ich schnaube. »Das meintest du mit go with the flow?«

Ihre Antwort ist bloß ein Schulterzucken, dann verschwindet sie. Zwar versuche ich, den Moment, in dem ich mich David und Josh stellen muss, hinauszuzögern, doch irgendwann muss ich mich zu ihnen drehen, das peinliche Schweigen wird langsam unangenehm. Deswegen grinse ich breit. »Wollt ihr noch was trinken? Kaffee schwarz? Milchkaffee? Kommt sofort.« Damit rausche ich davon.

Richtig gute Leistung, Carla. So funktioniert es, wenn man sich einer Situation stellt.

Ich weiß nicht, ob ich lachen oder weinen soll. Wie surreal kann dieser Tag werden? Ist das ein Wettstreit? Hat das Universum wirklich Geld gegen mich gesetzt?

Oder Universumspunkte. Was auch immer die Währung ist. Jetzt werde ich albern, allerdings versucht mein Hirn alles, um die Peinlichkeit zu überspielen.

»Fuck«, entfährt es mir, als ich den Abstellraum erneut betrete. Ich schließe die Tür, gehe zur gegenüberliegenden Wand und gleite daran hinab. Die Knie ziehe ich an und vergrabe das Gesicht dazwischen. Meine Beine zittern wie Espenlaub. Das einzig Positive an der Situation: Damit habe ich nun hoffentlich alle Peinlichkeiten meines Lebens aufgebraucht.

»Hey.«

Ich blicke auf, bin geblendet von dem Licht, das Josh wie einen Engel wirken lässt. Deswegen senke ich den Blick wieder. Josh schließt die Tür und ich murre etwas Unverständliches.

»Alles in Ordnung?«, fragt er. Meine Antwort ist Schweigen. »Willst du allein sein?«

»Nein.«

»Okay«, entgegnet er und setzt sich neben mich. Ich spüre, wie sein Knie meine Schuhsohle berührt, obwohl ich den Kopf auf die andere Seite gedreht habe. Einige Minuten ist es still, ich lausche auf meinen Herzschlag und versuche, irgendetwas zu finden, das ich sagen kann.

»Tut mir leid.«

»Was denn?«

»Dieses Chaos.«

Josh bewegt sich und ich wende ihm das Gesicht zu. Trotz des Dämmerlichts sehe ich ihn genau, erkenne die Augenbrauen, die beinahe bis zum Haaransatz hinauf gezogen sind. »Du sprichst ständig davon, dass dich Chaos umgibt oder du Chaos in mein Leben bringst.

Aber eigentlich ist das Gegenteil der Fall. Seit ich dich kenne, gibt es endlich wieder einen roten Faden.«

Zuerst halte ich seine Worte für einen Scherz, doch das Lachen bleibt aus. Er meint es ernst. »So fühlt es sich nicht an.«

»Vielleicht musst du deinen Blickwinkel ändern«, sagt er und legt mir einen Arm um die Schulter, sodass ich mich gegen ihn lehnen und das Gesicht an seiner Schulter verstecken kann. Plötzlich vibriert Joshs Brust: Er lacht. »Ava hat ein Händchen für schräge Situationen.«

»Gott, ich wäre am liebsten direkt tot umgefallen.« Zuerst seufze ich, dann steige ich in das Lachen ein. Endlich entlädt sich das Adrenalin, das sich in den letzten Minuten angestaut hat.

Sobald wir uns beruhigt haben, spüre ich Joshs Lippen auf meinem Haar. »Liebst du ihn noch?«

»David?«

Josh hält inne. »Warten draußen etwa noch mehr Ex-Freunde?«

»Nein«, entgegne ich grinsend. »Die Frage hat mich nur überrascht. Nein, das tue ich nicht. Wir haben uns seit Monaten auseinandergelebt. Eigentlich bin ich mir unsicher, was uns überhaupt jemals verbunden hat. Wir haben kaum miteinander geredet. Zwar kann ich dir jede Eissorte sagen, die er mag, oder alles nennen, auf das er allergisch ist, aber wenn es um die wichtigen Dinge geht, ... bin ich raus.«

»Ihr habt nie darüber gesprochen, ob er Marvel oder DC lieber mag?«

Ich muss grinsen. Josh schafft es in jeder Situation, gegen mein Unbehagen anzukämpfen und die Leichtigkeit zurückzubringen. Das ist eine der Eigenschaften, die ich an ihm liebe.

»Weder noch. Er bevorzugt Crime-Serien.«

»Weder noch?« Theatralisch legt er sich die Hand auf die Brust. »Weder noch«, murmelt er dann erneut. »Das bricht mir das Herz. Jetzt verstehe ich, wieso das mit euch auseinandergegangen ist.« Josh streicht mir über den Oberarm. »Dann haben wir eine Chance?«

Diese abrupten Themenwechsel heute machen mir zu schaffen. »Wobei?«

»Uns.« Sanft spüre ich seine Finger auf der Haut. »Du machst mein Leben bunter. Dank dir habe ich mich getraut, die Idee mit dem Hotel in Angriff zu nehmen. Erst du hast mir den Mut gegeben und ohne dich würde ich wahrscheinlich an Erwing verkaufen. Das werde ich nicht tun, ich stelle mich nun der Angst, auch Dad zu enttäuschen, und sage ihm, dass er die Praxis jemand anderem übergeben muss. Klar, wir hatten uns auf keine Verpflichtungen geeinigt, allerdings dachte ich gerade einen Moment, ich hätte dich verloren, bis Ava die Situation aufgeklärt hat.«

»Oh shit«, entfährt es mir, weil mir bewusst wird, wie es für Josh geklungen haben muss. Natürlich wusste er nicht, dass David mein Ex-Freund ist und ich nicht mit mehreren Männern gleichzeitig schlafe. Daran habe ich keine Sekunde gedacht, weil ich viel zu sehr mit meinen eigenen Gedanken beschäftigt war. Ich vergrabe das Gesicht in den Händen.

Dann tue ich das Einzige, was nun bleibt – ich breche in Gelächter aus. Ganz ehrlich, nicht einmal das Schicksal kann mir wünschen, dass die Dinge im Leben derart schief gehen. Wahrscheinlich sitzt es gerade mit einer Packung Popcorn auf einer Wolke und wundert sich, wie ein einziger Mensch so viel Pech haben kann. Da sind wir schon zwei, liebes Schicksal.

»Gibst du mir eine Antwort? Gibt es eine Chance?« Josh schaut mich an und ich schwinge ein Bein über ihn, sodass ich auf seinem Schoß sitze. Dann nehme ich sein Gesicht zwischen die Hände und küsse ihn. Worte sind wertvoll, doch Leidenschaft spricht eine andere Sprache. Deswegen drücke ich mich gegen ihn, verteile Küsse auf seinen Mundwinkeln, der Stirn, den Wangen und dem Kinn, bis ich schließlich an seinem Hals ankomme.

»Ja«, hauche ich. »Es gibt eine Chance. Ergreifen wir sie?«

Josh legt seine Hände an meine Seite, lässt sie unter mein Shirt wandern. »Bitte.«

Unsere Lippen finden erneut zueinander, verschmelzen bis wir nur noch aus Herzschlag und Empfindungen bestehen.

Kapitel 16

Wie man dem Schicksal den Stinkefinger zeigt

Maggies Geburtstag kommt mit großen Schritten näher und so bin ich damit beschäftigt, die Vorbereitungen vor ihr geheim zu halten und gleichzeitig mit Josh seine Hotelpläne weiter auszubauen. Unsere Pläne sind noch vage, aber es macht uns beiden Spaß und wir haben endlich ein Ziel, auf das wir hinarbeiten. Außerdem muss ich David im Auge behalten. Weiterhin behält er seine Sorgen für sich, taucht jeden Tag im Café auf und liest dort Zeitschriften oder ein Buch. Ein Buch. Unglaublich, denn das hat er zuvor nie gemacht. Meine Nachfragen nach seinen Beweggründen für den Besuch blockt er ab. Trotzdem hat er mir am zweiten Tag Blumen mitgebracht. Ob doch was dran ist an Maggies und Avas Theorie, dass er versucht, mich zurückzubekommen? Allerdings ist es seltsam, weil es kaum zu dem David passt, den ich kenne. Sind Blumen wirklich seine verschrobene Art, die Wogen zwischen uns zu glätten? Vor allem jetzt, nachdem er weiß, dass ich mit

Josh geschlafen habe. Aber auch ein Gespräch darüber hat er abgeblockt. Langsam mache ich mir wirklich Sorgen um ihn.

Trotzdem bin ich froh, als der Tag der Feier endlich anbricht. Maggie spürt, das etwas vor sich geht, und es war zunehmend schwerer, ihr unseren Plan zu verheimlichen. Der Morgen startet damit, dass wir in die Klinik fahren und Maggie endlich eine Schiene bekommt, die beweglicher ist. Dadurch kann sie nun ohne Krücken laufen. Zwar trichtert Henry ihr ein, dass sie es langsam angehen lassen soll, aber wir kennen sie beide ...

Bevor ich den Wagen auf dem Krankenhausparkplatz starte und wir uns auf in die *Cookieteria* machen, schreibe ich Ava eine Nachricht, damit sie vorbereitet sind.

»Dann los«, sage ich. »Überbringen wir Ava die frohe Nachricht, dass du bald wieder selbst im Café stehen kannst.«

Maggie klatscht in die Hände. »Endlich keine Langeweile mehr. Wobei ich sagen muss, dass ich gerne mit Luigi auf Geisterjagd gegangen bin. Diese Switch war eine gute Investition.«

»Jetzt kannst du beides. Kaffee servieren und Geister jagen«, entgegne ich lachend und starte den Motor.

Auf dem Weg reden wir über die verschiedenen Spiele, die wir zusammen ausprobiert haben, und Maggie rühmt sich damit, dass sie mich nun bei Mario Kart besiegt. Zu meiner Schande hat sie recht. Allerdings hatte sie auch viel Zeit zum Üben, während ich meine Barista-Fähigkeiten ausgebaut und ein Hotel geplant habe. Nicht einmal Maggie weiß von Joshs Plan.

In der Innenstadt von Coverporth parke ich das Auto. Sobald ich die Tür geöffnet habe, dringt der salzige Geruch des Meeres zu mir. Heute ist es so warm, dass ich lediglich eine kurzärmlige Bluse und einen langen schwarzen Rock trage. Ich helfe Maggie aus dem Wagen. Gerade will ich ihre Krücken vom Rücksitz holen, als mir bewusst wird, dass sie nun auf diese verzichten kann.

»Willst du dich einhaken?«

Maggie schüttelt den Kopf. »Nein, lass mich die Freiheit genießen.«

Auf dem Weg zur *Cookieteria* biegt plötzlich Erwing aus einer der Seitenstraßen. Bei ihm ist ein Mann, den ich nie zuvor gesehen habe. Er hält inne, lächelt Maggie an. »Miss Hansen. Wie geht es dem Bein?«

»Danke«, entgegnet Maggie freundlich. Egal, ob sie jemanden mag oder verabscheut, sie ist stets höflich und das bewundere ich an ihr. Du weißt nie, was im Inneren einer Person vorgeht, das ist ihr Credo. Wahrscheinlich hat sie recht. »Besser. Seit heute kann ich ohne Krücken laufen. Das schönste Geburtstagsgeschenk.«

»Es ist Ihr Geburtstag?« Erwing lehnt sich vor, streckt Maggie die Hand entgegen. »Herzlichen Glückwunsch.«

»Danke.« Sie wirft einen Blick zum Café. Davor hängen Luftballons, die geradezu Geburtstagparty schreien. Ich schließe die Augen. »Haben Sie Lust auf ein Stück Torte? Ich bin mir sicher, dass meine Nichte eine kleine Feier für mich organisiert hat.« Nun lehnt sie sich Erwing entgegen. »Sie glaubt, sie ist gut darin, Geheimnisse für sich zu behalten. In Wahrheit kann

man ihr jede Gefühlsregung an der Nasenspitze able-
sen.«

Sofort steigt mir die Röte ins Gesicht. »Hey.«

Maggie legt lachend ihren Arm um meine Schulter.
»Tut mir leid, Carla.« Sie geht einige Schritte und zieht
mich mit sich. Kurz vor der *Cookieteria* dreht sie sich
zu Erwing um. »Kommen Sie?«

»Wieso hast du ihn eingeladen? Ava und Betty werden das hassen«, flüstere ich ihr zu.

Maggie bleibt stehen, wartet Erwings Entscheidung
ab. »Mag sein. Aber zum einen ist es mein Geburtstag,
zum anderen reicht es mit der Feindseligkeit. Ich bin
nach Cornwall gekommen und hier hängengeblieben,
weil ich mich in die Leute verliebt habe. Den Zusam-
menhalt, das Gemeinschaftsgefühl. Die Arbeit in der
Cookieteria fühlt sich nach Leben an, verstehst du? Jeden Tag stehe ich gern auf, verbringe gern die Zeit mit
den Menschen. Sollte ich das Café verlieren, eröffne ich
es eben an einem anderen Ort. Oder lasse mir etwas
Neues einfallen. Die *Cookieteria* ist zu dem geworden,
was ich liebe, weil Ava dort ist. Weil Jamie und Mark
aushelfen. Weil Mary mit ihren Freundinnen jede Woche vorbeikommt. Erwing zu hassen, verseucht dieses
Gefühl.«

»Woher kommt das?«, frage ich.

Maggie lacht. »Ich hatte in den letzten Wochen viel
Zeit, um über die Dinge und das, was mir wichtig ist,
nachzudenken. Dabei kam ich zu dieser Erkenntnis.
Großartig, oder?«

»Gesprochen wie eine wahre Heldin«, antworte ich
grinsend und muss tatsächlich an Thor denken, der

seine Untertanen mit ähnlichen Argumenten gerettet hat.

Erwing hat sich endlich entschieden und die Einladung tatsächlich angenommen. Zusammen mit seinem Begleiter kommt er zu uns.

Ich beuge mich zu Maggie. »Das musst du nur noch Ava erklären, bevor sie sich auf ihn stürzt.«

»Die größte Herausforderung heute«, sagt Maggie lachend und ich öffne die Tür zur *Cookietria*, damit sie eintreten kann.

Zuerst ist es im Inneren still, doch sobald Maggie einen Fuß hinein setzt, ertönen die ersten Klänge von *Happy Birthday*. Nachdem Erwing ebenfalls an mir vorbei gegangen ist, schließe ich die Tür und stimme ein. Die Anwesenden klatschen zur Melodie und Maggie strahlt übers ganze Gesicht. Selbst wenn es keine Überraschung für sie war, freut sie sich. Mission accomplished.

»Alles Liebe zum Geburtstag.« Ava ist die Erste, die Maggie um den Hals fällt. Sie schaukeln einige Momente in einer Umarmung hin und her und ich sehe, dass Maggie Ava etwas ins Ohr flüstert. Wahrscheinlich erklärt sie ihr Erwings Anwesenheit. Ob sie die richtigen Argumente findet, um Ava davon abzuhalten, eine Szene zu machen? Ich hoffe es inständig, denn heute ist Maggies Tag. Wir sind hier, um sie zu feiern.

Zu meiner Überraschung begrüßt Ava Erwing und bedeutet ihm, weiter ins Café zu gehen. In der Ecke neben der Theke ist eine Tafel aufgebaut, auf der verschiedene Speisen stehen. Neben herzhaften Gerichten gibt es auch allerhand süße Schlemmereien. Für Getränke ist ebenfalls gesorgt. Außerdem haben Ava und ich viele Luftballons mit Helium befüllt, die wie ein buntes Meer unter der Decke hängen. Auf den Tischen gibt es frische Blumendekoration und leise Musik läuft im Hintergrund. Die *Cookieteria* ist zum Bersten mit Menschen voll, die Maggie zum Geburtstag gratulieren wollen. Obwohl sie erst seit einigen Jahren hier lebt, hat sie viele Freunde und Bekannte um sich versammelt.

Jetzt, wo Erwing hier rum läuft, bin ich doppelt froh, dass Josh zu Hause geblieben ist. Zuerst wollte er mich begleiten, was ich für eine tolle Idee gehalten habe, da ich es schön gefunden hätte, wenn er Maggie und die Menschen, die ich ins Herz geschlossen habe, besser kennenlernen würde. Doch dann habe ich mich umentschieden. Es ist Maggies Geburtstag. Ihr gehört der Tag. Vielleicht hätte Joshs Anwesenheit die Pächter davon abgelenkt.

Plötzlich löst David sich aus der Menge und kommt zu mir. Was macht er denn hier? In der Hand hält er ein Sektglas, das zur Hälfte gefüllt ist. »Hey, schön dich zu sehen.«

»Gleichfalls.« Irgendwie. »Wir haben heute geschlossene Gesellschaft.«

»Das weiß ich mittlerweile. Ava hat mich aufgeklärt, meinte aber, ich soll Maggie zum Geburtstag gratulieren, bevor ich verschwinde.« Er hält einen Strauß Blumen in die Höhe. »Was dagegen, wenn ich die heute deiner Tante schenke? Du bekommst einen neuen.«

»David«, seufze ich. »Was soll das überhaupt? Wieso die Blumen?«

Unter dem Kragen seines weißen Hemdes erkenne ich, dass sein Hals rot ist. Jetzt fällt mir auch auf, dass er seine Schultern hochgezogen hat. »Alles in Ordnung?«

David umklammert sein Sektglas nahezu, sodass seine Fingerknöchel weiß hervortreten. Ein bisschen bin ich besorgt, dass er es zerbricht, daher lege ich die Hände auf seine und löse die Finger, nehme ihm das Glas ab. »Du kannst mit mir reden.«

Obwohl die Beziehung zwischen uns nicht funktioniert hat und er mich in Muster gedrängt hat, die ich jetzt abschütteln muss, will ich, dass es David gut geht. Trotz allem hat er mein Leben mehrere Jahre mit mir geteilt.

»Was bedrückt dich?«, frage ich erneut.

David vergräbt seine Hände in den Hosentaschen, blickt zu Boden. »In den Wochen, in denen du weg warst, ist einiges passiert.« Kurz sieht er mich an. »Eigentlich wollte ich hier in Cornwall dasselbe tun wie du: weglaufen. Wollte sehen, ob es die Probleme löst. Doch gestern ist mir bewusst geworden, dass ich dich brauche.«

»Was?«, verwirrt gehe ich ein Stück zurück. Das macht keinerlei Sinn. Waren die Blumen wirklich seine Art, mich zurückzugewinnen? Irgendetwas stimmt an der Sache ganz und gar nicht.

»Ohne dich sind die Dinge völlig aus den Fugen geraten. Direkt nach deinem Abflug fing es an.«

Endlich öffnet er sich, doch anstatt weiterzusprechen und mir zu verraten, was das Problem ist, geht er auf die Knie.

Mir entfährt ein lauter Aufschrei, was leider die Umstehenden auf uns aufmerksam macht. Sie gehen etwas zurück, sodass wir schnell in einer Art Kreis stehen.

Auf einmal geht auch die Musik aus und es ist beinahe totenstill im Raum. War das geplant? Hat David das abgesprochen?

»Was soll das?«, flüstere ich, hoffe, er versteht den Wink. Wie kann er glauben, dass ich einen Heiratsantrag annehme? Denn darauf wird es gleich hinauslaufen, oder? Er wird sich wohl kaum mitten im Gespräch die Schuhe binden. Ein Gedanke ist jedoch vorherrschend und der bringt mich dazu, gelassen zu bleiben: Josh ist zu Hause. Die ganze Sache wird an ihm vorbeigehen.

Selbst wenn David und ich in einer glücklichen Beziehung wären, würde mir diese Art des Antrags missfallen. Aus meiner Sicht sollte ein Heiratsantrag ein Moment zwischen zwei Menschen sein. Eine intime Geschichte, verborgen vor den Augen anderer. Stattdessen bringt David mich nun in eine ätzende Lage. Entweder lüge ich gleich vor den anderen und nehme seinen Antrag an oder ich stelle ihn bloß. Natürlich wäre es schlimmer, wenn unsere Freunde und Verwandten anwesend wären, doch irgendetwas geht in David vor. Irgendetwas, das ihn nach Cornwall und zu dieser Aktion getrieben hat. Keine Ahnung, wie er auf eine Ablehnung reagieren wird. Es könnte der letzte Tropfen sein, der das Fass zum Überlaufen bringt.

»Carla«, sagt er und seine Stimme zittert absurderweise. David ist niemals nervös. Er absolviert jede Herausforderung mit einer Souveränität, die ich immer bewundert habe. »Bitte komm zurück nach Hause und werde meine Frau.«

Die Stille um uns herum ist erdrückend. Wie ein schwerer Stein prallt sie gegen meine Schultern, nimmt mir die Luft zum Atmen. Obwohl ich den Blick auf David gerichtet habe, verschwimmt meine Sicht, bis ich nur noch undeutliche Farbschlieren erkenne. Mein Puls dröhnt in jeder Faser des Körpers, treibt mein Hirn dazu an, einen Ausweg zu finden.

Flucht!

Flucht, Carla.

Renn.

Mein Blick schweift gehetzt umher, registriert Maggies Gesichtsausdruck, der zwischen Überraschung und Verwirrung hängt. Bleibt eine Sekunde an Ava hängen, die ihre Augenbrauen hochgezogen hat. Langsam beginnen die Umstehenden zu tuscheln. Ich muss eine Entscheidung treffen. Deswegen beuge ich mich zu David, lege die Arme um ihn und ziehe ihn mit mir hoch. Um uns brechen Jubel und Applaus aus. Damit habe ich gerechnet.

»Wir müssen reden«, flüstere ich David ins Ohr. »Das ist kein Ja.«

Wir lösen uns voneinander und ich setze ein Lächeln auf, ziehe David hinter mir in den Abstellraum, bevor die Gratulationen beginnen. Die Menge applaudiert weiterhin, jubelt uns zu. Natürlich, für jeden im Raum sieht es aus, als hätte ich den Antrag angenommen oder mich zumindest darüber gefreut. Woher sollen sie wissen, wie es in mir aussieht. Außer Maggie und Ava kennt niemand David. Keiner weiß, dass wir getrennt sind und ich eigentlich bis zur Nasenspitze in Josh verliebt bin.

In der Abstellkammer ist es düster wie immer. Wie oft habe ich diesen Ort in den letzten Tagen benutzt? Eigentlich kann ich einziehen oder mich zumindest häuslich einrichten. Ein Kissen auf dem Boden wäre auf jeden Fall hilfreich, denn der ist wirklich unbequem, selbst wenn man dort in einem schwarzen Loch versinken will. Dieses Mal schalte ich das Licht ein und schließe die Tür hinter David. Er hat bisher geschwiegen, weicht meinem Blick aus.

»War das dein Ernst?«, frage ich leise. Es liegt kein Spott oder Hohn in der Frage.

Er nickt. »Heirate mich.«

»Aber warum? Ich versuche wirklich, es zu verstehen. Wir machen Schluss, dann höre ich nichts von dir und plötzlich tauchst du in Cornwall auf, redest kaum mit mir und machst mir einen Heiratsantrag? Dabei hältst du die Ehe für ein sinnloses Konstrukt, das nur Steuerersparnisse bringt.« Während ich rede, steht David mir gegenüber, als hätte ich ihm sein liebstes Kuscheltier weggenommen. Seine Schultern hängen, die selbstbewusste Aura, die ihn sonst umgibt, ist verschwunden.

»Es tut mir leid«, murmelt er.

Ich gehe zu ihm, schließe ihn in die Arme. »Was ist denn los? Langsam bekomme ich Angst.«

»Keine Ahnung, was ich dachte ...« Seine Stimme bricht, ich sehe Tränen seine Wangen hinablaufen und streiche ihm sanft über den Rücken. Wir kennen uns jetzt schon so lange. Bisher habe ich ihn nie weinen gesehen. »Ich habe jemanden getötet, Carla.«

»Was?« Verwirrt löse ich mich ein Stück von ihm, schaue ihm ins Gesicht. Patienten sterben beinahe täglich vor seinen Augen. Was ist jetzt plötzlich anders?

David hat die Lider geschlossen, Tränenspuren zeichnen seine Wangen. »Auf meinem OP-Tisch ist jemand gestorben, weil ich einen Fehler gemacht habe. Ich dachte, der Eingriff wäre einfach, doch da waren viel mehr Tumore als wir auf den Bildern gesehen haben und auf einmal ist der Kreislauf gekippt. Der Mann hätte Monate leben können, die ich ihm geraubt habe, weil ich dachte, ich könnte den Tod besiegen.«

Zum ersten Mal in seinem Leben ist ihm seine Großspurigkeit in die Quere gekommen. Nein, sie hat ihn sogar ein Leben gekostet. Dabei hat sie ihm sonst stets Gutes gebracht. Verständnisvoll schließe ich ihn wieder in die Arme. »Das tut mir leid. Trotzdem hast du nur versucht zu helfen, ohne ...«

»Nein, Carla. Es ging mir nicht mehr darum, einem Menschen zu helfen oder seine Situation zu verbessern. In letzter Zeit ging es nur noch darum, die Karriereleiter rauf zu klettern, und zwar so schnell wie möglich. Wenn es dazu einen riskanten Eingriff brauchte, dann habe ich das Risiko billigend in Kauf genommen, solange es zu meinem Vorteil war.«

Wut dringt aus seiner Stimme und ich spüre, wie seine Muskeln sich anspannen. David ist sauer auf sich selbst. Wahrscheinlich hat er das seit dem Vorfall in sich hineingefressen, denn er ist weniger der Typ, der offen über seine Gefühle redet. Wenn ich ehrlich bin, ist das das erste Mal, dass wir ein solches Gespräch führen.

»David, hör zu, ich verstehe deinen Ärger, ich kann deine Trauer nachvollziehen, aber was geschehen ist, liegt in der Vergangenheit. Du musst nach vorne sehen und daraus lernen. Ziehe Konsequenzen, ändere deine

Einstellung und hilf Menschen«, sage ich, während ich in beruhigenden Kreisen über seinen Rücken streichle. »Lass die Gefühle zu, hör auf, sie zu verdrängen und nutze die Vergangenheit, für eine bessere Gegenwart.«

David drückt sich in meine Arme und ich bin erleichtert, dass er mir endlich die Wahrheit gesagt hat. Nun kann ich sein Verhalten nachvollziehen und es ergibt Sinn, wieso er sich wie ein anderer Mensch verhalten hat. Genau wie ich hat er sich an etwas festgeklammert, etwas, das ihm in der Vergangenheit Sicherheit gegeben hat. Doch wir müssen beide wachsen, müssen einsehen, dass Veränderung nötig ist, um endlich wieder zu uns zurückzufinden. Seltsam, anscheinend brauchte es ausgerechnet David, der mir das klar macht. Nie wieder will ich in das alte Muster fallen und mich von jemand anderem unterdrücken lassen.

»Es tut mir leid«, sagt er. »Irgendwie dachte ich, dass ich die Zeit zurückdrehen kann, wenn ich dich zurückhole und wir so tun, als wäre nichts geschehen.«

»Da fällt dir nur ein Heiratsantrag ein?«

Er zuckt mit den Schultern. »Du wolltest heiraten, es schien mir der schnellste Weg, um das zu bekommen, was ich wollte.«

Und da ist er zurück, der David, den ich kenne. Stets auf den Erfolg seiner Taten bedacht. Er hat diesen Antrag nie gemacht, weil er mich liebt oder weil er mich vermisst. Das hat allein die Tatsache bewiesen, dass sich zwischen uns nichts geändert hat. Nachdem er hier aufgetaucht ist, hat er jedes Gespräch abgeblockt, wir haben genauso wenig geredet wie früher. Stattdessen wollte er sein altes Leben zurück, hat nur an sich selbst und sein Glück gedacht. Ich und dieser Antrag waren lediglich ein Mittel zum Zweck. Wir wären am Ende beide unglücklich gewesen, was mir zeigt, wie richtig es war, mich von ihm zu lösen und das, was ich kannte, in Frankfurt zurückzulassen.

Am liebsten würde ich ihn für diese Aussage hauen, allerdings reiße ich mich zusammen. David liegt am Boden, nachtreten wäre grausam.

»Hast du zu Hause jemanden, mit dem du reden kannst?«, frage ich und übergehe seinen Kommentar. »Eine Heirat mit mir hätte dir nur mehr Probleme eingebracht.«

»Wieso?«

»Weil wir nicht zusammenpassen, David. Wir beide haben unterschiedliche Vorstellung von einer Beziehung, vom Leben und von der Zukunft. Außerdem haben wir kaum miteinander geredet.« Das alles ist mir erst bewusst geworden, seit ich Josh kenne. Mit ihm ist es anders, war es von der ersten Sekunde an, in der wir uns kennengelernt haben. Auch wenn ich zuerst dachte, er sei eingebildet und unhöflich, habe ich mich direkt in seiner Nähe wohlgefühlt. Auf jedes unserer Gespräche freue ich mich, weil ich weiß, dass ich ihm gegenüber jeden dummen Gedanken aussprechen kann. Deswegen liebe ich ihn.

David räuspert sich und bringt Abstand zwischen uns. »Du stellst es schlimmer dar, als es war.«

»Und du versuchst abzulenken, oder? Mach eine Therapie. Rede mit jemandem. Sei wieder der unglaubliche Arzt, der du immer warst.«

Natürlich können die Worte sein Problem nicht aus der Welt schaffen, aber ich hoffe, ihn damit zumindest zu motivieren, wirklich Hilfe zu suchen. Er braucht einen Menschen, mit dem er offen über das reden kann, was passiert ist. »Dein Glück hängt nicht von einer anderen Person ab, sondern es liegt in dir, David. Das habe ich in den letzten Wochen begriffen. Weglaufen bringt nichts, denn das Chaos verfolgt dich. Du musst dich ihm stellen.«

»Klar. Deswegen bist du immer noch in Cornwall, weil du dich allem gestellt hast?« Der Kommentar trifft – mitten ins Schwarze.

»Hey«, empöre ich mich. »Ich war gerade ziemlich nett zu dir, wieso bist du jetzt fies?« Nun lasse ich meinen Emotionen freien Lauf und boxe David gegen die Schulter.

»Du warst ehrlich, nun bin ich es.«

Schnaubend verschränke ich die Arme vor der Brust. »Es gibt zwei Arten von Ehrlichkeit. Nette, angebrachte Ehrlichkeit, die einen weiterbringt, und grausame, die man ausspricht, um sich selbst besser zu fühlen. Kannst mal überlegen, in welche Kategorie deine Anmerkung fällt.« Trotz allem hat er recht. Bisher habe ich es erfolgreich geschafft, die Dinge von mir zu schieben. Ich muss an Avas Worte denken. Vielleicht ist keins der Extreme das richtige, sondern ein Mittelweg. Eventuell muss ich mehr durchs Leben gehen und mich treiben lassen, während ich gleichzeitig versuche, das Chaos, das ich bereits veranstaltet habe, zu ordnen. Was genau ist es, was mich davon abhält zu schreiben? Wieso sträube ich mich so dagegen, weiter Content für meine Follower zu produzieren oder die Show zuzusagen, die Vera organisieren will?

Weil ich mir vorkam wie eine Lügnerin. Jemand, der Spaß verkauft, obwohl er selbst total unglücklich war. Unglücklich vor allem mit mir selbst und dem Leben, das ich geführt habe. Dabei habe ich die Fehler ständig in anderen gesucht, anstatt an mir zu arbeiten. Dank der Menschen hier konnte ich das. Sie haben mir neue Blickwinkel eröffnet, mich gefordert und waren ehrlich zu mir. Dafür bin ich dankbar. Vielleicht kann ich mich nun auch mit dem auseinandersetzen, wovor ich weggelaufen bin, und endlich Vera anrufen. Wir müssen eine Lösung finden. Sollte das das Ende meiner Karriere sein, ist es so. Aber wie ich Vera behandelt habe, war alles andere als nett, deswegen sollte ich das klären.

Unfassbar, dass dieser Heiratsantrag wirklich etwas Gutes hatte und mir Klarheit gegeben hat. Tatsächlich war Davids Auftauchen insgesamt positiv. Dadurch habe ich nicht nur begriffen, dass ich das Problem bin, sondern Josh und ich haben endlich zueinander gefunden und uns unsere Gefühle offenbart. Allein bei dem Gedanken an ihn heben sich meine Mundwinkel. Wahrscheinlich wird er in schallendes Gelächter ausbrechen, wenn ich ihm von der Geschichte erzähle.

»Carla?« Jemand hämmert gegen die Tür. »Tut mir leid, wenn ich euch störe, aber wir müssen reden.« Ava steht vor dem Abstellraum und blickt mich mit hochgezogenen Augenbrauen an. Die Gäste im Café haben sich wieder dem eigentlichen Grund der Party zugewandt – Maggie. Bei ihr muss ich mich unbedingt entschuldigen, weil wir ihr die Show gestohlen haben. Eigentlich sollte David das übernehmen. »Wäre es weniger dringend, hätte ich gewartet, bis ihr fertig seid, aber jetzt war ich unsicher, ob ihr da drin vielleicht vögelt und stundenlang braucht.«

»Ava«, entfährt es mir.

Sie zuckt mit den Schultern. »Auf die Art feiert man eine Verlobung doch, oder?«

»Wir sind nicht verlobt.«

»Nicht?«

Ich schüttle den Kopf. »Natürlich nicht. Was glaubst du, wer ich bin? Wir haben doch erst darüber gesprochen, dass ich in Josh verliebt bin. Wieso sollte ich da ja zu Davids Antrag sagen?«

»Keine Ahnung, vielleicht Nostalgie?«

Lachen? Weinen? Bin unentschlossen ... »Nostalgie, Ava?«

»Darüber können wir uns später streiten. Josh war hier.«

Mein Blick schweift im Raum umher, während ich weiterhin in der Tür des Abstellraumes stehe, David hinter mir. »Wirklich? Wo ist er?«

»Er *war* hier«, wiederholt Ava und sieht mir eindringlich in die Augen. »Während des Antrags.«

Die Info sinkt langsam in mein Hirn, muss erst in kleinere Bausteine aufgebrochen werden, damit ich sie verarbeiten kann. Augenblicklich überläuft mich ein kalter Schauer. Scheiße. Ach, Schicksal, wieso tust du mir das an? Gerade jetzt, wo ich einen Schritt in die richtige Richtung gemacht habe. »Was?« Endlich komme ich wieder zu mir, kann die Lippen gebrauchen und sprechen. Trotzdem kommt die Frage nur kleinlaut rüber.

»Er ist verschwunden, kaum dass du David um den Hals gefallen ist. Erwing ihm hinterher.«

Natürlich, der hat seine Chance gewittert, weil Josh ihm gerade aus dem Weg geht. Shit, das läuft alles vollkommen schief.

Erst du hast mir den Mut gegeben und ohne dich würde ich wahrscheinlich an Erwing verkaufen. Joshs Worte hallen durch meinen Kopf. Mit Sicherheit ist er sauer und verwirrt. Immerhin habe ich ihm gerade erst versichert, dass wir eine Chance haben. Die Angst, ihn nun zu verlieren, lässt mein Herz wie wild schlagen. Ob er wirklich an Erwing verkauft? Menschen haben schon viel dümmere Entscheidungen aus einem Impuls heraus getroffen.

»Wo sind sie hin?«, frage ich Ava atemlos, denn auf einmal ist meine Brust wie zugeschnürt.

Sie zuckt mit den Schultern. »Keine Ahnung. Grover Hall vielleicht?«

Schnell sprinte ich hinaus, ignoriere die anderen Anwesenden und stürme zum Auto. Dort angekommen setzt mein Hirn wieder ein. Josh würde nicht nach Grover Hall fahren, nein, er sucht einen Weg, seinen Kopf freizubekommen. Deswegen schlage ich den Weg zum Strand ein. Das Meer hilft Josh, Entscheidungen zu treffen, weil das Rauschen ihn an seine Kindheit erinnert. Die Sonne scheint unermüdlich vom Himmel und ich schwitze, obwohl mir kalt ist. In der Hand klimpert der Schlüssel mit seinen tausend Anhängern. Fest umklammere ich den Bund, bis sich das Metall schmerzhaft in meine Haut drückt.

Endlich erreiche ich den Strand, blicke nach rechts und links. Mein Herz schlägt mir bis zum Hals und ich schlucke schwer, während meine Muskeln unkontrolliert zittern.

Bingo.

In einigen hundert Metern Entfernung erkenne ich zwei Männer. Mit Sicherheit Josh und Erwing. Sie stehen nebeneinander, den Blick aufs Meer gerichtet. Während Erwings Arme hinabhängen, hat Josh seine vor der Brust verschränkt. Je näher ich komme, desto deutlicher erkenne ich sie. Joshs Mund bewegt sich und ich treibe mich weiter an, obwohl meine Lunge brennt und jeder Atemzug das Feuer anheizt.

Schwer keuchend erreiche ich sie und stütze die Hände auf den Knien ab. »Scheiße.«

»Carla?«, fragt Josh verwirrt. »Gehts dir gut?«

Ich schlucke meine grottenschlechte Ausdauer hinunter, kratze den letzten Rest Energie zusammen und richte mich auf. »Verkauf nicht, bitte, Josh. Deine Ideen sind gut und je mehr Form sie annehmen, desto mehr beginnst du zu strahlen. Als wir uns kennengelernt haben, warst du auf der Suche nach dem Glück, und ich glaube, du hast es gefunden. Dieses Anwesen ist es, was dich glücklich macht. Die Stadt kann dein Zuhause werden. Bitte, denke darüber nach.« Ich streiche mir eine Strähne aus dem Gesicht, die an meiner verschwitzten Wange klebt. »Du musst deine Träume umsetzen, mit oder ohne mich.«

Traurig lächelt er. »Da sind wir uns einig.«

»Wie bitte?« Der Puls schlägt so laut in den Ohren, dass mir Joshs Worte beinahe entgehen. »Was soll das heißen?«

»Das bedeutet, dass ich das Angebot von Mr Erwing gerade endgültig ausgeschlagen habe«, erklärt Josh und blickt zu Erwing. Mich würdigt er keines Blickes, fährt aber mit seiner Erklärung fort. »Dennoch wollen wir in

Kontakt bleiben, da er sich vorstellen kann, in die Idee, Grover Hall zu einem Hotel zu machen, zu investieren.«

»Hä?«, entfährt es mir und beinahe kippen mir die Beine weg, weil sie sich anfühlen wie Gummi.

Erwing räuspert sich. »Mein Stichwort. Sie haben meine Nummer, melden Sie sich, wenn der Businessplan steht.« Damit verabschiedet Erwing sich und geht davon.

»Du behältst Grover Hall?«

Josh nickt, wendet sich allerdings ab. Gut, er ist sauer, das verstehe ich. »Das ändert jedoch nichts daran, dass ich wütend auf dich bin.«

Nun bin ich diejenige, die den Blick senkt. »Es tut mir leid.«

Josh tritt einen Schritt zurück. »Du bist verlobt.«

»Nein, das war ein Missverständnis.«

»Auf die Erklärung bin ich gespannt.« Er dreht sich wieder dem Meer zu. »Du bist ihm um den Hals gefallen, hast ja gesagt. Nachdem du mir versprochen hast, unserer Beziehung eine Chance zu geben.«

»Stimmt, ich bin ihm um den Hals gefallen, ja habe ich allerdings nie gesagt. Im Gegenteil, sobald wir in der Abstellkammer waren, habe ich seinen Antrag abgelehnt.«

Josh verschränkt die Arme vor der Brust. Misstrauen trieft aus seiner Haltung. »Abgelehnt? Wozu dann das Theater?«

»Kein Theater, Josh. Aber hätte ich ihn vor den anderen bloßstellen sollen, obwohl ich gemerkt habe, dass es ihm schlecht geht? Dass irgendetwas im Busch ist, das ihn zu dieser bescheuerten Aktion getrieben hat?« Während ich spreche, greife ich nach seinem Oberarm, drücke ihn sanft, weil ich den Körperkontakt brauche. »Glaub mir, hätte ich gewusst, dass du anwesend bist, wäre ich direkt zu dir gekommen und hätte die Situation aufgeklärt. Sobald Ava mir erzählt hat, dass du mit Erwing weg bist, hatte ich Angst, du würdest deinen Traum aufgeben, und bin dir direkt hinterher.«

Das Meer rauscht, füllt die Stille zwischen uns, in der mein Hirn fieberhaft nach weiteren Erklärungen sucht, die Josh davon überzeugen könnten, mir zu glauben. Unruhig blinzle ich, weil meine Sicht verschwimmt. In meiner Luge brennt es weiterhin bei jedem Atemzug. Deswegen zwinge ich mich, ruhig zu bleiben, obwohl mir zum Heulen zumute ist. Josh ist sauer und das verstehe ich, allerdings wünschte ich, er würde mir glauben und sehen, wie stark meine Gefühle für ihn bereits jetzt sind.

Endlich wendet er mir das Gesicht zu. Seine Miene ist verschlossen. Er mustert mich, bis sich sein Blick auf einmal verändert. »Hast du geweint?« Verlegen wische ich mir über die Wangen, nicke. »Wieso?«

»Weil ich dachte, ich komme zu spät. Im Auto hab ich mir vorgestellt, wie du dein Traum verkaufst, weil du denkst, du schaffst es nicht allein«, gebe ich zu.

Joshs Mimik verändert sich. »Dann hat sich zwischen uns nichts verändert?«

»Rein gar nichts«, verspreche ich und ziehe leicht an seinem Arm, bis er die Verschränkung löst und ich mich an seine Brust lehnen kann. Sobald er mich umarmt, entspanne ich mich, atme auf. »Ich liebe dich, Joshua Blackwood. Das habe ich heute begriffen.«

»Ich dich auch.« Er lächelt. »Danke.«

»Wofür?«

»Dass du mir nachgekommen bist. Dass du Davids Antrag abgelehnt hast. Dass ich nun komplett glücklich bin und dieser Tag auf diese Weise endet. Vorhin dachte ich wirklich, ich hätte dich falsch eingeschätzt und ich wäre nur eine Nummer für dich. Trotzdem war ich dankbar, denn seit meiner Ankunft in Coverporth hast du mir den Rücken gestärkt und mir eine Sicherheit gegeben, die ich mein ganzes Leben lang gesucht habe. Deswegen konnte ich Erwings Angebot ablehnen, ohne zu zögern, obwohl meine Welt erst Momente vorher aus den Fugen geraten ist.« Josh legt sein Kinn auf meinen Kopf. »Nun zu wissen, dass die Sache nur ein Missverständnis war ... ich bin glücklich – deinetwegen.«

»Ich auch.« Die Flut treibt die Wellen an den Strand, hinterlässt kleine Schaumkrönchen. »Nun muss ich nur noch die Sache mit Vera klären und meine Muse wiederfinden, damit die Welt perfekt ist. Das Schreiben fehlt mir.«

Josh löst sich von mir. »Du schreibst doch die ganze Zeit.«

»Hä?« Also Eloquenz wurde mir heute definitiv in die Wiege gelegt.

»Dein Notizbuch, es ist fast voll, weil du beinahe jedes Erlebnis dort festhältst.« Josh lächelt. »Ich sehe dich eigentlich nur mit deiner Nase zwischen den Seiten steckend. Bist du sicher, dass dein Problem das Schreiben ist? Irgendwie fällt es mir schwer, das zu glauben.«

Zwar öffne ich den Mund, doch die Worte stecken fest. Deswegen schließe ich ihn wieder, schweige. Die Erkenntnis trifft mich hart, Josh hat recht. Bereits seit dem ersten Tag in Cornwall notiere ich meine Gedanken, halte schöne Momente fest und ordne die Ereignisse. Das Schreiben ist nicht das Problem. Ich bin es. Schon wieder. Ich habe mich verunsichern lassen, geglaubt, nichts mehr zu sagen zu haben, weil ich zu alt dafür bin und sich meine Prioritäten verschoben haben. Natürlich haben sie das, ich *bin* älter geworden, andere Dinge sind in den Mittelpunkt gerückt. Trotzdem will ich die Leser und Leserinnen weiterhin begeistern, will sie zum Lachen bringen, denn sie fehlen mir. Bin ich nun erwachsen geworden? Habe ich davor Angst? Dass sich die Leute von mir abwenden, weil ich mich verändert habe?

»Was, wenn die Follower die Version von mir hassen?«, spreche ich die Sorge aus.

Josh greift nach meiner Hand, verschränkt unsere Finger. »Was, wenn sie die Version noch mehr lieben? Niemand von uns bleibt bis an sein Lebensende gleich. Wir entdecken ständig neue Seiten an uns. Deswegen gehen und kommen kontinuierlich neue Menschen in unser Leben. Sieh es als Chance, Carla. Selbst wenn dich die Leute, die dir bisher gefolgt sind, hängen lassen, hast du die Möglichkeit, andere zu begeistern. Vielleicht bist du genau in diesem Moment das, was jemand braucht, um aus seinem eigenen schwarzen Loch zu finden.«

»Meinst du?«

»Ja«, sagt er und drückt meine Finger, gibt mir Stärke.

Tatsächlich waren mir die Nachrichten von den Menschen, die ich zum Lachen bringen konnte, wenn sie einen schlechten Tag hatten, die liebsten. Sie haben mich weitermachen lassen, weil ich das Hochgefühl genossen habe. Aber im Grunde habe ich nur mein Leben geteilt. Habe von den täglichen Problemen erzählt. Wenn ich also im Moment hänge und die Dinge hinterfrage, weil ich vom Weg abgekommen bin, geht es anderen womöglich genauso. Nicht jeder Mensch hat das Glück, seinem Josh zu begegnen, eine Tante zu haben, die einen aufnimmt, oder Freundinnen zu finden, die einen unterstützen. Dann könnte ich ihnen zumindest das Gefühl geben, dass ich ihren Kampf mit sich selbst verstehe, und sie im besten Fall mit witzigen Videos wieder zum Lachen bringen.

»Was denkst du?« Josh streicht mir eine Strähne hinters Ohr, tippt mir leicht gegen die Stirn. »Hör auf, dir Sorgen zu machen. Wir finden dafür eine Lösung. Und wenn du deinen Verlag, deine Agentin und deine Follower verlierst, hast du immer noch mich.«

»Ein kleiner Trost«, entgegne ich und ziehe ihn damit auf.

»Hey, ich komme wunderbar ohne dich klar.« Schmollend schiebt er die Unterlippe vor und ich ziehe ihn zu mir.

»Wirklich?«

Sein Blick ist weiterhin gen Boden gerichtet, weicht mir aus. »Ja.« Dann hebt er den Kopf und schüttelt ihn. »Nein, bitte bleib. Lass uns zusammen gegen die Welt und unsere Gedanken kämpfen.«

»Das klingt nach einem guten Plan.«

»Dem besten.« Josh küsst mich. »Also bleibst du in Cornwall?«

»Vorerst.«

Ob das nun bedeutet, dass ich für immer in Cornwall bleibe? Wer weiß. Denn auch in Deutschland gibt es Menschen, die ich liebe, die ich vermisse. Wieso muss ich in diesem Moment wissen, wie es in ein paar Wochen sein wird? Es ist in Ordnung, einfach nur geradeaus zu gehen und zu schauen, was passiert.

Ich grinse, lehne mich nach vorne und küsse ihn. Unsere Lippen treffen aufeinander und sofort breitet sich Ruhe in mir aus, flutet jede Zelle meines Körpers, während mir Joshs intensiver Geruch nach herbem Duschgel in die Nase steigt.

»Lass uns zurückgehen«, sage ich schließlich, weil mein Gehirn endlich wieder funktioniert und ich mich daran erinnere, dass heute Maggies Geburtstag ist. »Wir haben den Rest unseres Lebens Zeit.«

»Das klingt nett.«

»Nett?«

»Nicht?«

Ich schüttle ungläubig den Kopf, ziehe Josh mit mir Richtung *Cookieteria*. »Nett ist die kleine Schwester von scheiße.«

»Nein, nett wird nur sehr schlecht behandelt. Aber gut, was willst du dann? Perfekt? Wunderschön? Nice? Swag? Oder eher Superkalifragilistischexpialigetisch?«

Ich haue Josh gegen den Oberarm. »Hey, jetzt machst du dich lustig über mich.«

»Vielleicht ein bisschen.«

»Trotzdem«, sage ich zögerlich, »klingt superkalifragilistisch ganz *nett*.«

Josh lacht. »Sag ich doch. Die Zukunft wird superkalifragilistisch.«

Zusammen gehen wir Richtung Innenstadt. Josh nimmt meine Hand, verschränkt unsere Finger. Automatisch kriecht ein Lächeln auf meine Lippen. Ihn an meiner Seite zu wissen, erfüllt mich mit Zufriedenheit. Heute haben wir nicht die Lösung für all unsere Probleme gefunden, aber das ist auch nur zweitrangig, denn wir haben gemerkt, dass wir uns auch in harten Situationen aufeinander und auf uns selbst verlassen können. Es gibt Menschen, die hinter mir stehen, die den Weg mit mir gehen. Selbst wenn ich vergesse, wohin ich eigentlich laufe, oder wenn ich von einer Klippe springe, sie sind da. Sie fangen mich auf, leuchten mir ein Licht, damit ich aus der Dunkelheit zurückfinde. Im Moment bin ich in Coverporth glücklich, habe hier etwas gefunden, für das sich das Aufstehen jeden Morgen lohnt. Daran möchte ich festhalten. Bis ich etwas anderes brauche, das mich aus dem Bett reißen kann.

Josh öffnet die Tür der *Cookieteria* und Lärm dringt uns entgegen. Lautes Lachen erfüllt den Raum, wird untermalt von fröhlichen Gesprächen und ganz leiser Musik. Beinahe in jede Ritze haben sich Freunde und Bekannte von Maggie gequetscht. Viele davon kenne ich mittlerweile und auf dem Weg zu Maggie halten sie mich immer wieder auf, wollen mit mir sprechen. Anscheinend hat Ava das Missverständnis aufgeklärt, trotzdem ist die Beinahe-Verlobung das Gesprächsthema Nummer eins. Josh hält die ganze Zeit meine Finger fest umschlossen. Wir treten zum ersten Mal als Paar in der Öffentlichkeit auf und ich bin glücklich darüber.

Irgendwann schaffe ich es endlich zu Maggie. Mittlerweile trägt sie einen Partyhut auf dem Kopf und hat Papierluftschlangen um ihren Hals.

»Tut mir leid, dass David deine Party missbraucht hat«, entschuldige ich mich.

»Also, ich muss sagen, ihr wisst, wie man eine Show abliefert.« Maggie lacht herzhaft und mein Herz wird leicht. »Er sitzt übrigens da drüben. Ich habe ihn gezwungen, ein Stück Torte zu essen und mit mir zu reden.«

»Er hat dir gesagt, was mit ihm los ist?«

Maggie schüttelt den Kopf. »Nein, aber mir war sofort klar, dass du den Antrag nicht angenommen hast. Er tat mir leid.«

»Danke, dass du dich um ihn gekümmert hast.«

Maggie blickt zu meiner Hand, die fest im Griff von Josh ist, dann umarmt sie mich. »Jetzt wird alles gut«, flüstert sie mir ins Ohr und eine Gänsehaut läuft über meinen Rücken.

»Ja, jetzt wird alles gut.«

Epilog

Mr Darcy, Tony Stark oder Joshua Blackwood – das ist hier die Frage

»Und das hier wird unser Speisesaal, den wir einem Wintergarten nachempfinden werden.« Ich deute auf den Plan, der an der Wand hängt. Mehrere Pflanzen sind darauf zu sehen, die in großen Töpfen im ganzen Raum verteilt sind. Dazwischen runde elegante Holztische und die passenden Stühle. Wir wollen uns an der Regency-Ära orientieren und das ganze Hotel in dem Stil halten. Tatsächlich werden die Angestellten elegante schlichte Kleidung tragen, die aus besagtem Jahrhundert stammen könnte, servieren Tee in feinem Porzellan und Sandwiches auf Etageren. Im Hintergrund soll klassische Musik laufen. Allerdings wird es noch mehrere Monate dauern, bis die Dinge umgesetzt sind, denn wir sind mitten im Umbau.

Mimi streicht über die Blätter eines kleinen Bäumchens, das ich bereits gekauft habe, um dem Raum dennoch etwas Flair zu verleihen. Josh könnte ihr mit Sicherheit sagen, um welche Art von Pflanze es sich handelt, wie sie zu pflegen ist und welchen Standort sie bevorzugt. Denn er hat sich ganz genau mit allem beschäftigt, was das Hotel betrifft. »Werden die echt sein?«, fragt Mimi und ich nicke.

»Was glaubst du? Josh nimmt das Ganze wirklich ernst.«

Das letzte Jahr steckte voller Herausforderungen, die unsere frische Beziehung das ein oder andere Mal auf die Probe gestellt haben. Doch am Ende sind wir nur weiter zusammengerückt. Wir haben Konzepte erstellt, uns Investoren vorgestellt und bauen Grover Hall nun mit sehr viel Liebe zum Detail komplett um. Ende des kommenden Jahres wollen wir offiziell öffnen.

Mimi räuspert sich. »Wirklich schön.« Sie deutet auf den Plan. Irgendwie ist es surreal, sie bei mir in Cornwall zu haben. Sie war diejenige, die mir in den Arsch getreten hat, als ich vor mehr als einem Jahr in einer Krise gesteckt habe, und die stets an meiner Seite stand. Wir haben beinahe jeden Tag telefoniert und trotzdem habe ich sie schrecklich vermisst.

Grinsend lege ich Mimi den Arm um die Schulter, drücke sie an die Brust. »Es ist schön, dich bei mir zu haben.«

»Ehrlich gesagt überlege ich gerade, ob ich einziehe. Euer Hotel wird wunderschön!«

»Danke. Hier steckt auch viel Blut und Schweiß drin. Vor allem Schweiß. Eventuell sogar ein paar Tränen.«

Mimi legt ihren Kopf auf meine Schulter. »Das wird es wert sein!«

»Werden wir sehen.«

Bauarbeiter wuseln um uns herum und wir gehen ein Stück zur Seite, um weniger im Weg zu stehen.

Mimi löst sich von mir, legt ihre Hände an meine Wangen und drückt sie zusammen. »Ich sehe es jetzt schon.«

»Was?«

»Das Glück. Du strahlst, beinahe habe ich Angst, dass du mich damit radioaktiv verseuchst oder so.«

Ich versuche zu lachen, allerdings hält Mimi weiterhin mein Gesicht zwischen ihren Fingern fest. Daher grinse ich bloß. Doch es stimmt, seit ich in Cornwall bin, haben sich die Dinge verändert, denn ich arbeite an mir, versuche, das Leben zu leben, ohne mir dabei ständig selbst Druck zu machen. Dank der Menschen in Coverporth, die mir so viel Energie geben, funktioniert es so gut, dass ich wieder angefangen habe zu schreiben. Das Konzept hat dem Verlag gefallen und dank Vera habe ich direkt einen Programmplatz bekommen. Bald beginnt die erste Lesereise durch Deutschland, die ich tatsächlich kaum erwarten kann.

Weiterhin gibt es noch immer Tage, an denen ich mich wie eine Betrügerin fühle, an denen ich mit mir selbst kämpfe. Allerdings weiß ich nun, dass diese vorbeigehen und schönere darauf folgen.

Ich greife nach Mimis Tasche. »Du bist unser erster Gast. Soll ich dir dein Zimmer zeigen?«

»Gern.« Endlich lässt sie mein Gesicht los.

»Du darfst aussuchen. Ich habe schon mal zwei Zimmer ansatzweise so eingerichtet, wie sie einmal aussehen sollen. Willst du Jane Austen oder Emily Bronte?«

»Bekomme ich Tom Lefroy vom Zimmerservice geliefert, wenn ich das Jane-Austen-Zimmer auswähle?« Mimi hakt sich bei mir ein und wir gehen ein Stockwerk nach oben.

Scheltend haue ich ihr gegen den Oberarm. »Du bist verheiratet.«

»Und Tom Lefroy seit Jahrhunderten tot. Wie sollte mir daraus jemand einen Strick drehen?«

»Du schaust zu viele Filme.«

»Das sagt die Richtige. Immerhin hast du selbst James McAvoy angesabbert, als wir zusammen *Geliebte Jane* gesehen haben.«

Damit hat sie leider recht. »Nun, wer kann schon McAvoy widerstehen?«

»Lefroy, Darcy, McAvoy ... ganz schön viele Männer, mit denen ich konkurriere.« Josh kommt uns aus dem obersten Stockwerk, das wir zu unseren Wohnräumen umgebaut haben, entgegen. Auf seinen Lippen liegt ein Lächeln, sein Haar ist mittlerweile so lang, dass es ihm ins Gesicht hängt und er es zu einem Zopf zusammenfassen kann. »Schön, dich live kennenzulernen«, sagt er zu Mimi und umarmt sie.

»Du bist natürlich unangefochten auf Platz eins.«

Josh grinst. »Neben Tony Stark versteht sich.«

»Oh, diesen Kampf hast du bereits vor Jahren verloren«, prophezeit Mimi.

»Das weiß ich, deswegen habe ich mich genügsam neben ihn gestellt.«

Ich wuschle ihm durchs Haar. »Gute Entscheidung.«

»Außerdem kann ich ihn auf diese Weise selbst an-
schmachten.«

»Hey«, entfährt es mir, dann zucke ich mit den Schultern. »Nun gut, gleiches Recht für uns beide.« Mit der
Hand deute ich in den Flur. »Sollen wir weiter zu deinem Zimmer? Und wer weiß, vielleicht versteckt sich
eine Überraschung in deinem Bett, Mimi.«

Sie zieht die Augenbrauen überrascht in die Höhe.
»Jetzt bin ich gespannt.«

»Kommt doch in die Küche, sobald ihr durch seid. Solange bereite ich eine Tea Time vor.«

»Gern«, entgegne ich und ziehe Mimi weiter. Auf dem
kurzen Weg erzählt sie mir von meinem Patenkind,
was der Kleine im Kindergarten gelernt hat und dass er
allerhand Selbstgebasteltes für mich in Mimis Koffer
gesteckt hat. Ich lege mir die Hand auf die Brust, vermisse den Zwerg. Am liebsten würde ich Mimi und ihre
Familie einfach nach Cornwall umsiedeln. Dann wäre
das Glück perfekt.

»Bereit?«, frage ich sie. Mimi nickt und ich öffne die
Tür. Sonnenlicht blendet mich einige Sekunden und
ich blinzle dagegen an. Mimi geht an mir vorbei, tritt
ein.

»Nein, wer bist du denn?«, fragt sie und geht zu dem
großen Himmelbett, das den Raum dominiert. Auf der
Tagesdecke hat sich eine kleine schwarze Katze zusam-
mengerollt. Müde öffnet sie die Augen.
»Das ist Mimi, unsere Lieblingskatze. Sie ist ver-
schmust, liebt von ganzem Herzen und hat es faustdick
hinter den Ohren.«

Mimi geht in die Knie, sodass sie mit dem Fellknäul auf Augenhöhe ist. »Bist du genauso bezaubernd wie deine Namensvetterin?«

»Bezaubernd? Eher ein wilder unberechenbarer Wildfang. Deswegen erinnert sie mich an dich«, ziehe ich Mimi auf, während Katzenmimi das Köpfchen hebt. »Das ist ihr liebster Schlafplatz. Stört sie dich? Dann kann ich sie rausbringen, aber ich fand es charmant, auch die Tiere im Haus frei laufen zu lassen. Solange sie niemanden nerven. Wir werden sehen, wie das funktioniert.«

Mimi streichelt der Katze sanft über die Stirn. Diese schließt genießerisch die Augen. »Gar nicht. Ich liebe sie jetzt schon.«

Während die beiden sich anfreunden, gehe ich zum Fenster und schaue hinaus in den Garten. Bunte Blumen blühen in dem kleinen Labyrinth aus Buchs, das wir angelegt haben. In der Mitte befindet sich ein Pavillon, der zum Verweilen einlädt. Ich öffne das Fenster, atme die Meeresluft ein und schließe einen Moment die Lider. Wer hätte gedacht, dass mich mein Weg hierherführt? Wer hätte gedacht, dass sich innerhalb eines Jahres so viel verändern könnte? Verrückt, wie das Leben manchmal spielt, denn rückblickend war der Tiefpunkt in meinem Leben das Beste, was mir bisher passiert ist. Dank der Schwierigkeiten, die ich hatte, bin ich aus Frankfurt geflohen, habe mich in den Flieger nach Cornwall gesetzt und Josh kennengelernt. Außerdem habe ich ein Zuhause bei Maggie und eine gute Freundin in Ava gefunden. Beinahe kommt es mir zu schön vor, um wahr zu sein, denn dank ihnen habe ich endlich zurück zu mir selbst gefunden und weiß jetzt, wie man als Millenial überlebt: Dafür braucht es nur ein bisschen Liebe und Selbstvertrauen.